Schmucker, Johann Leberecht – Erster Generalchirurgus und Direktor der Charité

»Herr« Schöning – Erster Kammerdiener Friedrichs II.

Alexander Stimming – Sohn des Wirts vom »Neuen Krug« in Wannsee

Johann Christoph Wallner – Rentmeister der Domänenkammer des Prinzen Heinrich von Preußen

Johann Heinrich Wiedebrock – Polizeiinspektor

Die Bande (der feste Jochum, der Sachse, der Pötter, der Schornsteinfeger, die Indianerin, die Hutmacherin, das Frettchen, der rote Christian, die drei Brüder Drillisch)

Der Überfluß pflegt auch den
allerweisesten Verstand zu blenden.

Sie reden mir von Bankerott etc.,
die ganze Welt macht Bankerott,
und was ist endlich der Tod anders,
als ein Bankerott am Leben?

Friedrich der Große

Freitag, 26. April 1782

Berlin war nass und kühl. Seit Wochen regnete es unaufhörlich, und das Spree-Hochwasser bildete das Tagesgespräch, wo es schon sonst so wenig zu reden gab. Der König besuchte seine Residenzstadt selten – selbst zum Karneval kam er nicht mehr jedes Jahr wie früher. Fast nur noch bei den jährlichen Manövern konnte man sicher sein, ihn zu sehen, oder bei seinen Besuchen der geliebten alten Schwester Amalie. Wenn er kam, wohnte er jedoch lieber in seiner Charlottenburger Schlosswohnung als in der Berliner, denn das Schloss in der nominellen Hauptresidenz liebte er nicht, vielleicht, weil ihm die Erinnerung an den zornigen und geistlosen Vater darin noch immer zu lebendig wurde. Auch seine Brüder Heinrich und Ferdinand brachten kaum Leben in die Stadt. Der Unter den Linden wohnende Heinrich verbrachte die meiste Zeit lieber in seinem Schloss Rheinsberg, und Ferdinand siedelte vor den Toren der Stadt im Schlösschen Friedrichsfelde. Wirtschaft und Handel, die für gewöhnlich eine große Stadt umtreiben und beleben, waren durch eine vom König eingesetzte französische Regieverwaltung mehr behindert als gefördert. Alles, was in die Stadt kam und heraus wollte, wurde mit penibel festgesetzten Abgabebeträgen besteuert, sodass Berlin mehr einer Festung der Verwaltung und Kontrolle glich denn einer lebenslustigen Metropole. Unter Stadtpräsident und Polizeichef Philippi war Berlin das Musterbeispiel an Recht und Ordnung für ganz Preußen, sodass Friedrich Nicolai, Buchhändler und Verfasser der langweiligsten aller Stadtbeschreibungen, frohlocken konnte: *Von Diebesbanden hört man selten, von Morden auf der Straße gar nicht, von gewaltsamen Einbrüchen und anderen beträchtlichen Diebstählen, vergleichsweise gegen andere große Städte, nicht viel. Man kann auf den Straßen die ganze Nacht hindurch ebenso sicher gehen als bei Tage – diese*

Sicherheit hat man teils der Aufmerksamkeit der Polizei auf das Betragen aller verdächtigen Personen zu danken; teils tragen die Patrouillen, welche auf Befehl des Gouverneurs die Wacht habende Garnison die ganze Nacht tut, die Nachtwächter und in allen Straßen von September bis Mai brennenden Laternen nicht wenig dazu bei. Kurz gesagt: Es war viel einfacher, in diesem Berlin an Langeweile oder Herzverfettung zu sterben als an irgendetwas sonst.

Noch machte keiner der achtzehn Nachtwächter seine Runde in den Distrikten. Nur an der königlichen Salzniederlage in der Stralauer Vorstadt, inmitten der Königlichen Holzmärkte, Holzniederlagen, Kalkscheunen und Kalkniederlagen, herrschte trotz der vorgerückten Stunde noch Geschäftigkeit. Am späten Nachmittag war eine Lieferung aus den Schönebecker Salinen im Herzogtum Magdeburg eingetroffen – wegen des Hochwassers viel später als üblich. Das Löschen war nicht ohne Gefahr für die Ladung und das Wohl der Schiffer abgegangen. Drei Mann hatten beim Vertäuen des Kahns Blessuren erlitten, denn er war vom Wasser mit Gewalt an den Anleger gedrückt worden. Nur vier Fuß durfte der Fluss noch steigen, danach würde er bis an die Mauern des Niederlaggebäudes schwappen. Auch das Salzlager des Magazingebäudes an der Friedrichsgracht lief Gefahr, sich in Wasser aufzulösen. Fünftausend Salzfässer wurden aus dem Parterre auf die oberen Stockwerke verteilt.

Im Verwaltungsgebäude des Salzhofes vollzog sich ungeachtet all dessen die letzte Amtshandlung des Tages. Wie jeden Freitag mussten die Einnahmen der Woche an die Generalsalzkasse auf dem Königlichen Schloss abgeliefert werden. Hauptmann Heinrich Gottlieb von Römer, Stellvertreter des Oberkontrolleurs des Kanal-, Salinen- und Salzwesens, Major Georg Christian von Schumann, welcher sich auf Inspektionsreise im

Salzkreis befand, blickte trotz des Unfalls an der Salzniederlage zufrieden auf die Woche zurück. Die Kassentruhe war praller gefüllt als gewöhnlich, denn in den vergangenen Tagen waren Gelder aus Hinterpommern, dem Netzedistrikt und dem Herzogtum Preußen eingetroffen. Nachdem die schwere Eisentruhe in einen Planwagen verfrachtet war, setzten sich die vier Mann des Wachtrupps auf niedrige Bänke zu ihren Seiten. Der Hauptmann nahm auf dem Kutschbock neben dem Kutscher Platz, während sich sein Assistent, Feldwebel und Salzhofschreiber Friedrich Christian Flemming, zu den Soldaten unter die Plane begab. Flemmings militärischer Rang verlieh ihm mehr Autorität über sie, als er sonst gehabt hätte, denn er war für sie ein weibischer, eitler und selbstgefälliger Geck. Ein Assistent des stellvertretenden Kontrolleurs – was war das schon in den Augen eines Soldaten Seiner Majestät? Ein *Waibel* dagegen stand immer über ihnen, ganz gleich, was sie von ihm als Mensch dachten.

Langsam rollte das Gefährt auf die breite Allee der Holzmarktstraße hinaus. Heftiger Regen rauschte auf die kahlen Äste der Ulmen, Robinien und Maulbeerbäume im ehemaligen Königlichen Lustgarten Belvedere auf der anderen Straßenseite hernieder, von dem ein halbes Jahrhundert zuvor die auswärtigen Gesandten der größeren Mächte ihre Prunkeinzüge nach Berlin und Cölln zum Schloss hin begonnen hatten.

Römer schlug den Kragen seiner Uniformjacke hoch und hielt ihn vorne zusammen, denn er hasste es, wenn ihm das Wasser am Hals schon herab Richtung Bauchnabel lief, wiewohl alles andere noch trocken war. Sie waren in Sichtweite der ehemaligen Bastion VIII, des Stralauer Bollwerks, hinter dessen fast vier Lachter hohem Wall die Schleusenbrücke auf die Insel Berlin lag, als im schwachen Lichtschein weiter vorne auf der Straße ein seltsames Hindernis auftauchte. Römer sah es im Regen nicht deutlich, doch er wies den Kutscher an, langsamer zu fahren, um bei eventueller Notwendigkeit rasch anhalten zu können. Sie passierten das letzte bebaute Grundstück auf der linken Seite, hinter dem ein Streifen Niemandsland zwischen Straße und Spree begann. Flemming unterhielt die Soldaten hinten unter der Plane gerade mit einer galanten Geschichte über ein hübsches Mädchen von der Jungfernbrücke auf dem Friedrichswerder:

»Sie war die absolute Schönheit, die schönste und liebreizendste Frau, die ich jemals sah, und ich ließ mich von ihr, nachdem sie mich an der Brücke angelächelt und angesprochen, wie verzaubert ins *Elisium* hinter der Stralauer Mauer entführen.«

Bei dem Wort *Elisium* leuchteten aller Augen, denn es war ohne jeden Zweifel das bekannteste der Berliner Bordelle – inmitten von Kasernen und militärischen Magazingebäuden. Die Mädchen waren liebreizend anzuschauen, sie waren nicht vulgär, sondern hatten Herz und auch Verstand, denn die Betreiberin, Elise Kuckuck, achtete sehr darauf, dass hier stets ein kultivierter normaler Café-Betrieb das Dahinterliegende kaschierte, dem sich auch der achtbare Bürger, vor dem Eintreten vielleicht gerade mal vorsichtig nach allen Seiten sichernd, nicht verschloss ...

»Ich durfte sie zu einem Glase Wein einladen, das mich einen halben Wochensold kostete. Aber ich hätte ihr mit Freuden das kümmerliche Salär eines ganzen Monats zu Füßen gelegt.«

Die Zuhörer stellten sich alle ihr ideales Mädchen vor (jeder ein gänzlich anderes, versteht sich). Sie lauschten mit eher gemäßigtem Interesse ...

»Doch als wir beim zweiten Glas angekommen waren und ich schon hypnotisiert wie das Kaninchen vor der Schlange saß, stürmte plötzlich ein grober Kerl herein, baute sich wutschnaubend vor mir auf und ...«

Weiter kam Flemming nicht, denn der Wagen stoppte abrupt, sodass sie alle Mühe hatten, auf den Bänken sitzen zu bleiben, und sich aneinander festhalten mussten. Laute Stimmen waren zu hören, und es war sofort ausgemacht, dass sie nach draußen mussten. Flemming saß stocksteif da und sah tatenlos zu, wie die vier, zwei und zwei nacheinander, den Abgang machten. Er hörte zweimal das gleiche Handgemenge und ein paar harte Schläge, dann war es still. Zwei Gesichter tauchten in der hinteren Öffnung des Planwagens auf. Die Männer trugen Soldatenuniformen, waren aber alles andere als Soldaten ...

»Kiek an, det Kanzlistenjespenst!«, bellte der eine, ein Ochse von Mann, der bei den Seinen der feste Jochum hieß.

»Los, ruff uff den Bock!«, bellte er zu Flemming hin.

Der andere lächelte nur dazu, aber es war ein böses, bitteres Lächeln. Diesen nannten sie den Doktor, eine dürre Figur mit zu großem Kopf. Er hatte in Paris bei berühmten Männern die Medizin studiert, hatte jedoch kein Diplom – irgendetwas war schiefgegangen und er seither auf der schiefen Bahn.

Beim Rausklettern sah Flemming das emsige Treiben auf der Straße: Zweie schlugen die Plane eines seitlich stehenden Wagens zurück – er erkannte den Pötter und den Schornsteinfeger. Zwei weitere, der Sachse und das Frettchen, luden die Wochenkasse dorthin um. Am hier frei zugänglichen Spreeufer, wegen des Hochwassers bis auf zwanzig Lachter an die Holzmarktstraße herangerückt, lag ein Kahn vertäut, zu dem anschließend mit der Hilfe dreier weiterer – der Drillisch-Brüder – die bewusstlosen Körper Römers, des Kutschers und der Wachen geschleift wurden.

Flemming setzte sich neben den festen Jochum, der ihn so derb angeredet hatte und der jetzt den neuen Kutscher gab. Die drei Drillisch-Brüder und der Sachse, eilig vom Ufer zurückgekehrt, kletterten hinten hinein. Ihre Soldatenuniformen saßen genauso schlecht wie die von echten Soldaten. Dies alles hatte sich in Minutenschnelle abgespielt. Schon drehten sich die Räder wieder ... Flemming bekam kaum mit, wie sie über die

Schleusenbrücke fuhren, im Rechtsschwenk zwischen Großem Friedrichshospital und Provianthaus hindurch in die Stralauer Straße gelangten und sich via Molkenmarkt und Berlinischem Fischmarkt dem Nadelöhr des Mühlendamms mit seinen unzähligen Krämerbuden und Mühlen näherten. Auf Cöllnischer Seite angelangt, bogen sie über den Cöllnischen Fischmarkt rechts in die Breite Straße ein und rappelten am Marstall vorbei dem Schlosse zu.

Regenhuschen versprühten sich auf den Katzenköpfen des Schlossplatzes, als die eisenbeschlagenen Reifen darüberschrammten und die Hufe der Rösser ihre hell klingenden Schläge hören ließen. Die Pflastersteine glänzten im Mondlicht, das in der Dunkelheit immer dann auflebte, wenn der Südwest die Regenwolken zerfranste und die bleiche Scheibe – noch ein Tag bis Vollmond – in den Zwischenräumen auftauchte. Die Wachen am Portal Nummer Zwei interessierten sich nur wenig für den üblichen Geldtransport des königlichen Salzhofes an diesem Abend. Der matte Blick, der in den Wagen fiel – flankiert vom müden Strahl aus dem Schlitz einer Blendlaterne – bemerkte nichts Verdächtiges, nur vier Soldatengesichter, die aus höchst bekannten, über jeden Verdacht erhabenen ungepflegten und schlecht geschnittenen Uniformen herausstachen. Flemming wies seinen Pass vor und erklärte, dass der Vertreter des Kontrolleurs, Hauptmann von Römer, wegen des Unfalls am Graben in der Charité sei. Die Laternen in der Passage flackerten und rußten. Es wurde ungemütlich in diesem Zugwind. Die Männer in der Durchfahrt schlugen die Mantelkrägen hoch und waren bemüht, schnell wieder in ihre rot-weiß angestrichenen Holzhäuschen zu kommen.
»Wünschen jute Verrichtung! Passieren!«
Schon war die Durchfahrt frei. Der Wagen rollte die letzten Meter bis zum Einstieg in die Katakomben. Wegen Ausbes-

serungsarbeiten war die Fassade des Eosanderbaus fast völlig eingerüstet. Hier schlummerte, in greifbarer Nähe bereits, der große Hauptschatz Preußens. Schon der Soldatenkönig hatte in dieser Höhle, im Kellergewölbe des Schlosses direkt unterm eigenen Schlafzimmer das Geld lagern lassen, seinerzeit noch in plumpen Bierfässern. Heute waren es schwere eiserne Kisten, mit dicken Beschlägen und Schlössern, in denen die Gelder der Generaldomänenkasse, der Kriegskasse, der Chargenkasse, der Salarien- und Extraordinarienkasse, der Hofstaatskasse, der Generalstrafkasse, der Departementskassen, der Generalsalzkasse, der Orangischen Successionskasse, der Haupt-Manufakturkasse, der Haupt-Magazin- und Fouragekasse, der Invalidenkasse sowie der Haupt-Bergwerks- und Hüttenkasse ruhten. Der Gesamtbetrag belief sich zu dieser Stunde auf 52.789.000.341 Taler und 27 Kreuzer, den erwarteten Geldtransport noch nicht mitgerechnet. Diese Gelder wurden – als Sicherheit für die von der mittlerweile existierenden Staatsbank ausgegebenen Pfund-Banco-Scheine – nie bewegt. Nahezu das ganze Schlossfundament auf der Schlossplatzseite bestand aus Silber.
Flemming pochte an eine kupfergrün gestrichene zweiflügelige Tür in der Ecke zwischen Portal Zwei und dem Eosanderportal zur Schlossfreiheit hin. Unter trübe brennenden Unschlittlampen kroch eine kleine livrierte Gestalt aus der preußischen Schatzkammer.
»Ergebenster Diener, Herr Flemming. Ja, wo ist denn der Herr Hauptmann?«
»Ergebenster Diener, Raabe! Es gab einen Unfall beim Löschen der Magdeburger Fracht. Das verdammte Hochwasser! Hauptmann Römer ist noch auf der Neuen Wache, er wird gleich nachkommen. Lassen Sie uns anfangen – es ist doch sehr ungemütlich in diesem verdammten Regen. Hier der Kassenbericht!«

»Na, das ist ja eine schöne Bescherung ... Ist denn einer gestorben?«
Der emsige kleine Mann war voll des Mitgefühls, aber auch voll der rabenhaften Neugier.
»Zum Glück nicht. Aber einen hat es schwer erwischt. Der wird hoffentlich seine Beine behalten. Ein Tau hat sie ihm an der Bordwand fast abgeschnürt.«
»Meine Güte, das ist ja ein Elend! Und die anderen?«
»Ein Arm ausgerenkt, ein Matrose fast ertrunken. Als er ins Wasser fiel, riss ihm ein Haken die Hand auf.«
Die vier Uniformierten hatten derweil mit gespielter Kraftanstrengung die leere Wochenkassentruhe in die Kassenkatakomben getragen, wo in der Wachstube zwei gelangweilte Wächter Karten spielten. Am Ort des Überfalls hatten sie das Behältnis mit Römers Schlüssel geöffnet und den Inhalt auf den Kutschenboden geleert.
»Lauter neue Jesichter! Wo hamse euch denn uffjegabelt?«
Als Antwort kamen sattsam geübte Schläge des festen Jochums und des Sachsen gegen den Hals und vor die Brust. Bewusstlos und gefesselt lagen die beiden am Boden, als Kassenschreiber Raabe eintrat. Offenen Mundes stand er da, als er bemerkte, was geschehen war. Der längste der vermeintlichen Begleitsoldaten des Transports hatte sich hinter ihn gestellt, legte ihm jetzt den Arm um den Hals und fasste ihn beim Kinn. Ohne dass man sah, was der Doktor tat, sank Raabe mit einem Mal zu Boden. In des Doktors Augen stand ein merkwürdiges Leuchten. Flemming, der ihm gefolgt war, sagte mit käseweißem Gesicht:
»Seid ihr toll? Raabe hat uns doch gar nichts getan ...«
»Noch vor dem Morgengrauen hätte er uns verpfiffen«, sagte der Doktor.
Der feste Jochum war ebenfalls bleich geworden, gab sich jedoch so, als wäre dies alles längst bekannter Bestandteil ihres Planes gewesen, und ergänzte:

»Und du Neunmalkluger solltest jetzt besser den Mund halten. Wir hätten auch dich kaltmachen können. In der Wirkung wäre es aufs Gleiche rausgekommen.«
»Aber die Wachen am Tor … Für die braucht ihr mich noch«, sagte Flemming, der mit zitternden Knien auf einen Stuhl sank und vor sich hin starrte, während die Geldkisten der Generalsalzkasse eine nach der anderen nach draußen wanderten. Über den Verlauf dieser verfluchten Chose war er alles andere als glücklich.
»Noch …«, hauchte der Doktor, und das fürchterliche Leuchten in seinen Augen war wieder da, während er Flemming beim Kinn packte und dieses zärtlich hin und her bewegte. »*Noch*, mein Lieber. Das hast du gut gesagt …«

Im ehemals Krumbholz'schen Haus am Neuen Markt in Potsdam ging es an diesem Abend äußerst geheimnisvoll zu. Kronprinzessin Friederike Luise brachte gerade ihre fünf Kinder zu Bett, als Kronprinz Friedrich Wilhelm ihrer beider Abendgesellschaft willkommen hieß und in den hinteren Gebäudeteil geleitete. Dort, im Haus in der Schwerdfegerstraße, wo normalerweise rauschende Bälle stattfanden, flackerten an diesem Abend nur einige Kerzen in der Mitte des großen Saales. Ein Halbkreis aus goldenen, mit roter Seide bezogenen Stühlen war aufgestellt. Hier nahmen wenig später Platz: das Kronprinzenpaar, die prinzlichen Adjutanten von Prittwitz und von Oertzen, der Amtsrat Karl Ahasverus Neuhof – Großarchivar der Großen National-Mutterloge in den preußischen Staaten –, Johann Christoph Wallner – Rentmeister der Domänenkammer des Prinzen Heinrich von Preußen – sowie Louis Philippe de La Vallée – Schatullverwalter und Finanzberater des Kronprinzen. Alle fassten einander auf einen Wink seiner Hoheit hin an den Händen und saßen fünf Minuten schweigend da. Dann gab der Kronprinz das Zeichen zum

Beginn, worauf sich de La Vallée erhob, aus dem Saal ging und mit dem Medium wieder hereinkam. Die kleine Frau mit seltsam gelblich gefärbter Haut und schwarzem Haar setzte sich im Schneidersitz in den Brennpunkt des Halbkreises, mit dem Gesicht von den Sitzenden abgewendet. Der Kronprinz, den die Berliner wegen seiner enormen, immer noch wachsenden Leibesfülle den *dicken Willem* nannten, wegen seiner vermeintlichen Unfähigkeit, das Leben zu meistern, den *dicken Lüderjahn* und wegen der Fülle an Liebschaften den *Vielgeliebten*, instruierte seinen Adjutanten von Prittwitz, das Medium zu fragen, wer aus der Runde während der Sitzung sein Ansprechpartner sein solle. Das Medium erhob sich, drehte sich mit ausgestreckter rechter Hand dreimal um die eigene Achse und verharrte dann abrupt. Der Zeigefinger deutete auf de La Vallée, der einen schwachen Versuch machte, dieses Amt abzuwehren, was aber fehlschlug. Dem Befehl des Kronprinzen, seines Brotherrn, konnte er sich schwerlich widersetzen, und so fügte er sich schließlich mit Seufzen in sein Schicksal.

Als Erstes fragte das Medium, das wieder zu Boden gesunken war, nun jedoch das Gesicht den Sitzenden zuwandte, nach dem Geburtsort, dem Geburtstag und der genauen Geburtsstunde des Kronprinzen. De La Vallées Augen blickten irritiert zum künftigen König, der jedoch alle Bedenken wegwischte und lächelnd Auskunft erteilte:

»Berlin, 25. September 1744, 1.30 Uhr in der Nacht.«

Nachdem sie dies in der Wiederholung aus de La Vallées Mund erfahren hatte, verkündete die Gelbhäutige:

»Sonne in der Waage … Königliche Hoheit wägen oft die Vor- und Nachteile einer Situation genau ab, ehe Sie eine Entscheidung treffen. Hoheit können mitunter sehr unentschlossen sein. Sie haben einen angeborenen Sinn für Gerechtigkeit, sind diplomatisch, hilfsbereit, idealistisch, gesellig, manchmal aber auch abhängig, unaufrichtig, müßiggehend und zügellos.«

Hier war ein deutliches Glucksen zu hören, doch in der Dunkelheit war schlecht zu entscheiden, von wem es kam.
»Am glücklichsten sind Sie in Gemeinschaft oder in Situationen, in denen ein starker Wert auf menschliches Miteinander gelegt wird. Hoheit lieben ein angenehmes Ambiente. Da Hoheit die menschliche Gesellschaft das höchste Vergnügen bereitet, sind Sie nur ungern allein und haben eine starke Tendenz zum *Verliebt-Sein-in-die-Liebe*. Die Venus ist in Hoheits Horoskop äußerst wichtig.«
Hier schluchzte die Kronprinzessin tief auf, nur ein einziges Mal, um danach in Katatonie zu sinken.
»Königliche Hoheit haben eine romantische und sentimentale Natur und lieben es nicht, wenn um sie herum gestritten wird. Frieden ist für Sie sehr wichtig, und ebenfalls, von anderen gemocht zu werden. Da Sie häufig unentschlossen sind, entgehen Ihnen gute Chancen. Hoheit haben jedoch auch die Fähigkeit, die Dinge von mehreren Seiten zu betrachten, und sind somit ein wertvoller Ratgeber. Nein zu sagen fällt Ihnen sehr schwer. Daher ist es anderen oft leicht, die Meinung von Hoheit zu beeinflussen. Eine starke Persönlichkeit vermag Hoheit leicht zu dominieren. Sie müssen daher daran arbeiten, selbstständiger zu denken und sich für Ihre eigenen Überzeugungen und Prinzipien einzusetzen.«
Der Kronprinz klatschte, da hier ein Ende erreicht schien, in die Hände. Seinem dicken Lächeln war zu entnehmen, dass dieses Horoskop nicht ganz falsch sein konnte. Auch die Übrigen fielen nun in den Applaus ein und waren nahezu einhellig von der Treffsicherheit dieser Sprüche frappiert.
Das Medium wartete, bis alle sich wieder beruhigt hatten, um de La Vallée den Kronprinzen anschließend fragen zu lassen, ob es ihm aus der Hand lesen dürfe, um ihm eventuell in augenblicklichen Fragen oder Sorgen Auskunft und Entlastung geben zu können. Die Adjutanten erhoben sogleich Einspruch,

fürchteten sie doch immer, dass die übergroße Nähe des Kronprinzen zu unbekannten Personen in ein Attentat, eine Behexung oder etwas anderes Schlimmes münden könnte. Doch der Kronprinz zerstreute ihre Bedenken. De La Vallée musste einen weiteren Stuhl für das Medium holen, das sich vis-à-vis vom Kronprinzen hinsetzte, geduldig wartete, bis der hohe, wohlgerundete Herr sich seines rechten Handschuhs entledigt und die Hand mit der Fläche nach oben vorgestreckt hatte. Die Gelbhäutige besah sich die fleischige, weiße, große Hand – auf der sich nur wenige schwach ausgeprägte Linien zeigten –, nickte dann, quasi zum Dank für diese Einblicke, und begab sich wieder in ihre vorige Position in den Schneidersitz.

De La Vallée entfernte den Stuhl und fragte, was sie gesehen habe. Hierauf blickte das Medium den Kronprinzen ernst an und sagte:

»Sie werden Berlin zu einer Schönheit machen, nach kurzem Krieg Frieden mit Frankreich schließen, wo der Pöbel die Macht an sich reißt. Sie werden ein weiteres Stück von Polen erhalten und am Ende Preußen um ein Drittel vergrößert haben. Aber wenn Ihre Zeit dem Ende zugeht, wird der Staatsschatz verschwunden sein und an seiner Stelle ein ebenso großes Loch klaffen.«

Alle saßen stumm nach diesem Wahrspruch. Der Kronprinz fragte direkt:

»Es wird viel spekuliert. Wann werde ich König?«

Nun verschleierte sich das Gesicht des Mediums, und es sagte:

»Hierauf eine Antwort zu geben bedarf der Hilfe eines Geistes, der der überzeitlichen Ebene angehört! Denn nur diese Geister können über die Zukunft genaue Angaben machen. Ich dagegen kann nur Tendenzen aufzeigen und summarische Ergebnisse. Gibt es einen Geist, der mit Ihrer Familie in engstem Zusammenhang steht?«

Die Kronprinzessin, aus ihrer Lähmung erwacht, verfiel in heftiges Schluchzen, tupfte sich mit dem Taschentuch Nase und Augen, nickte und sagte mit scheuen, ängstlichen Blicken zu ihrem Gatten und zu der Gelbhäutigen:
»Christine! Ei, mei Christinsche doch …«
Die Gelbhäutige streckte den Rücken durch. Sie bat de La Vallée, ihr eine kleine Trommel zu geben, die nebst anderem Zubehör in einem hölzernen Koffer hinter der Stuhlreihe verborgen war. Nachdem dies geschehen, schlug sie die Trommel rhythmisch und ohne Unterlass, etwa fünf Minuten lang, dann plötzlich hörte das Trommeln auf. Sie schien nichts anderes mehr wahrzunehmen als das eigene Innere. Auf schauerliche Weise hatte sie plötzlich die Augen umgekehrt, sodass den Sitzenden aus den Höhlen in ihrem gelblichen Gesicht zwei alabasterweiße Flächen entgegenblickten. Den Eingeweihten war dies das Zeichen der vollendeten Trance. Plötzlich fragte die solcherart Entrückte mit Grabesstimme:
»Ist jemand hier?«
Dieses wiederholte sich noch zweimal:
»Ist jemand hier?«
»Ist jemand hier?«
Sie wendete den Kopf, und dort, wo hinter ihr bisher nur Dunkelheit gewesen war, sah man eine Nebelbank, in der, zum allgemeinen Entsetzen, eine hell leuchtende kleine Gestalt auftauchte.
»Mei Christiiinsche!«, rief die Kronprinzessin außer sich.
Ohne den Blick auf etwas Bestimmtes zu richten, sagte das Medium:
»Wie lautet dein Name?«
»Christine!«, kam es mit leiser, fast fiepender Stimme.
Die Kronprinzessin sackte auf ihrem Stuhl zusammen und kam erst wieder zu sich, nachdem der Kronprinz ihr etwas Riechsalz unter die Nase gehalten hatte.

Es folgten einige Fragen, welche die Lauterkeit des Geistes und seine Vertrautheit mit der kronprinzlichen Familie unter Beweis stellen sollten. Nachdem dies zur Zufriedenheit geschehen war, instruierte das Medium den Geist des kleinen Mädchens folgendermaßen:
»Wir möchten von dir einige Auskünfte über die Zukunft. Bist du bereit, diese Auskünfte zu geben?«
»Ja!«
»So sage mir: Wann wird der jetzige König zum letzten Mal König sein?«
Das Bild wurde matter, verschwand zur Gänze, um dann überhell wieder zu erscheinen. Die Kinderstimme verkündete:
»Am 17. August 1786.«
Eine allgemeine Welle der Enttäuschung lief durch den Halbkreis der Stühle. Dieses Datum lag viel ferner in der Zukunft, als alle Anwesenden gehofft hatten.
»Das kann doch nicht wahr sein!«, entfuhr es Wallner, der de La Vallée ansah, als brächen die Säulen zusammen, die den Himmel trugen.
Der Geist verschwand, und das Medium, aus seiner Trance erwacht, sagte mit ärgerlicher Stimme:
»Die Konnexion ist unterbrochen! Die Unruhe hat den Geist vertrieben! Ich muss Sie alle bitten, absolute Stille einzuhalten, denn nur so lässt sich vernehmen, was der Geist uns sagen kann. Allein in völliger Ruhe kann er noch einmal gerufen werden, und auch dieses nur, wenn wir Glück haben und das Schicksal es gut mit uns meint.«
Wieder begann das Trommeln, wieder begann das Fragen:
»Ist jemand hier?«
»Ist jemand hier?«
»Ist jemand hier?«
Dieses Mal schien das nicht auszureichen. Sie wiederholte es. Erst nach drei mal drei Fragen flackerte das Bild des Geis-

tes auf der erneut im Raume stehenden Nebelbank wieder auf.

De La Vallée bat den Kronprinzen, als folgte er einer plötzlichen Eingebung, selbst eine Frage stellen zu dürfen. Der Kronprinz erlaubte es und versicherte dem Medium, dass die folgende Frage quasi von ihm gestellt sei. Das Medium gestattete dieses Vorgehen nun seinerseits, und so fragte de La Vallée:

»Ist es wahr, dass die kronprinzliche Schatulle dann bis zur Neige geleert sein wird und im Folgenden auch alle Kassen des Staates vollständig ausgeschöpft werden?«

Das Medium gab die Frage weiter, und der Geist antwortete:

»Ja, vollständig und darüber hinaus. Was vorher da war, wird später nicht mehr da sein, und so viel, wie da war, wird fehlen.«

Ein allgemeines Aufseufzen durchwehte den hohen Raum. Von den meisten unbemerkt, hatte ein Diener sich de La Vallée von hinten genähert und ihm einen Zettel gereicht, um sofort wieder zu verschwinden. De La Vallée entfaltete den Zettel, und seine Augen glommen mit einem Mal in einem überirdischen Feuer.

Er fixierte das Medium und hob dreimal in rascher Folge die Augenbrauen. Ohne den Kronprinzen um Erlaubnis zu bitten, fragte er:

»Besteht Hoffnung, den Bankerott, welcher der kronprinzlichen Schatulle droht, in irgendeiner Weise abzuwenden?«

Hier wand sich der Kronprinz mit deutlichem Unbehagen auf seinem Stuhl wie ein dicker, in blauen Uniformstoff eingenähter Wurm. Die Kronprinzessin hatte die Augen geschlossen, und ihr Kopf war auf die Brust gesunken. Sie schien eingeschlafen zu sein.

»Ja, es kann geschehen. Es besteht durchaus Hoffnung, dass Sie Ihre Verluste ausgleichen und sich einen dauerhaften, außerordentlichen Wohlstand erhalten können, sofern Sie fähige Berater für sich wirken lassen.«

Das Geisterbild flackerte, dann erstarb es. Das Medium sank bewusstlos zu Boden. Alle Teilnehmer der Sitzung sprachen aufgeregt durcheinander. De La Vallée ging zum Medium, half der Gelbhäutigen behutsam auf die Beine, die sich gegen das Prinzenpaar verneigte, die Augen wieder geöffnet, doch scheinbar ohne Erinnerung an das gerade Vorgefallene, und führte sie aus dem Saal.
»Das war perfekt!«, flüsterte er. »Deine Bauchrednerei hat große Fortschritte gemacht!«
»Dann ist es also gut gegangen? In Berlin?«, fragte sie.
Er nickte und wachte, nachdem er sie in die Kutsche gesetzt, später auch persönlich darüber, dass die Laterna Magica, mit der das Geisterbild auf die künstliche Nebelbank projiziert worden war, das Palais verließ.

Sonnabend, 27. April 1782

Honoré Langustier saß auf der Terrasse seiner Villa am Heiligensee in der Sonne. Der Winter war zwar mild gewesen, hatte aber dennoch an den Nerven gezerrt. Klirrende Kälte wäre ihm viel lieber gewesen als dieser lange Zustand der kühlen Indifferenz. Jetzt schien urplötzlich mit großer Heftigkeit der Frühling ausgebrochen. Er blickte über seinen Garten, in dem fast über Nacht ein Blütenteppich aus Krokussen, Winterlingen, Schneeglöckchen, Buschwindröschen, Scharbockskraut und Zweiblättrigen Blausternen ausgerollt worden war, hinaus aufs Wasser, das in der Sonne blinkte wie gehämmertes Silber. Seit fünf Jahren war er nun schon in Rente, aber dies war ein Zustand, der recht eigentlich nur auf dem Papier Bestand hatte. Im tiefsten Innern seines Herzens blieb er weiterhin der Zweite Hofküchenmeister Seiner Königlichen Majestät, wachte jeden Morgen gegen vier Uhr auf und entwarf im Geiste einen ima-

ginären Küchenzettel, den er gegen fünf dem König vorlegte. Dann erst konnte er wieder einschlafen. Es gab diese Zettel wirklich, er schrieb sie tatsächlich und legte sie in eine kleine, kunstvoll aus hellem Rosenholz gearbeitete Schatulle.
In Sorge, seine knapp bemessene Zeit mit aufkeimenden Erinnerungen oder Sentimentalitäten zu verplempern, widmete er sich lieber der Post, die ihn nach wenigen Tagen der Abwesenheit erreicht hatte – er war in Begleitung seiner geliebten Frau Rahel in Bad Pyrmont gewesen, um den Brunnen zu trinken wie jedes Frühjahr nach des Königs früherer Manier. Der konnte sich allerdings schon seit Jahren diesen Luxus nicht mehr leisten – ein entspanntes öffentliches Flanieren ließen seine Beine nicht mehr zu.
Erfreut zog Langustier einen Brief aus Königsberg, der schon durch die akkurate Kupferstichschrift des Absenders hervortrat, aus dem Stapel, brach das Siegel und entfaltete die beiden Blätter.

Verehrtester Freund,
ich bin Ihnen für Ihre selbstlosen Bemühungen um meine professorale Wenigkeit zu größtem Dank verpflichtet! Da ist der Umstand, dass sie bislang fruchtlos blieben, und so, wie ich die Lage einschätze, auch bleiben werden, nur von sekundärer Bedeutung. Wenn sich Seine Majestät nun auch partout dagegen sträuben, eine öffentliche Widmung von einem für verschroben und fischig geltenden alternden Kollegen (soll heißen: Philosophen …) zu akzeptieren, so mag es mir recht sein, und ich will es hinnehmen wie einen unergründlich Spruch der Gottheit oder auch eine Emanation des Dinges an sich. Hätte er das Vergnügen gehabt, einmal leibhaftig in der Welt der Erscheinungen mit mir zu philosophieren, so wäre vielleicht alles anders gekommen. Statt des unseligen Kakadus (=Voltaire) wäre *ich* an seiner Seite

gewesen, und wir hätten gemeinsam die Welt »einmal über den Kamin balbiert«, wie man hier in Königsberg so vieldeutig und die bekannte Redewendung verballhornend sagt. Ich trage indessen Seiner Majestät rein gar nichts nach und würde den Teufel tun, jemals die Stadt zu verlassen, die sozusagen seinen angeborenen, gottbegnadeten Titel im Namen führt. Damit Sie einmal sehen, wie hoch der gemeine Mann hierzulande vom König denkt, schließe ich den Brief eines Hirschberger Studenten ein, in dem mir dieser schilderte, wie der König vor einigen Monaten durch seine Heimatstadt fuhr:

Die Reise des Königs ist das allgemeine Gespräch. Am 18. August reiste er hier durch. Sie hätten das frohe Gewühl vieler Tausende, die aus der ganzen Gegend zusammengekommen waren, sehen sollen. Schon etliche Stunden vor seiner Ankunft ging's an, und man las auf allen Gesichtern, dass man etwas Großes mit Freuden erwarte. Die voranreitenden Kuriere spannten diese Erwartung aufs Höchste. Endlich kam Er, der Einzige, und aller Augen waren mit dem sprechendsten Ausdruck von Ehrfurcht und Liebe auf einen Punkt gerichtet. Da Er im Wagen saß, so können Sie sich die mannigfaltigen Stellungen und Wendungen denken, die jeder machte, um sich die beste Richtung zu geben. Jeder vergaß sich und den drängenden Nachbarn und dachte jetzt nur an Ihn.

Ich kann die Empfindungen nicht beschreiben, die sich meiner, und gewiss eines jeden, bemächtigten, als ich Ihn sah, den Greis – in der schwachen Hand den Hut, im großen Auge freundlichen Vaterblick auf die unzählige Menge, die seinen Wagen umgab und stromweise begleitete. Als er vorbei war und ich mich wieder umsah, glänzte hin und wieder eine Träne im Auge; und das auch bei eifrigen Katholiken, die sonst immer in Verdacht sind (wohl zu Unrecht), als ob sie nicht gut preußisch wären. Alle, die das Glück traf, Ihn zu sprechen, waren über die väterliche Milde des großen Königs außerordentlich gerührt. Als Er sich eine lange Zeit über verschiedene Gegenstände mit den Ihm aufwartenden Kaufleuten aus dem Gebirge unterhalten hatte, fragte Er sie zuletzt, ob jemand noch etwas zu sagen habe. Der Kaufmannsälteste Lachmann aus Greiffenberg trat vor und sagte: die abgebrannten Bürger zu Greiffenberg statteten nochmals ihren untertänigsten Dank für das Königliche Gnadengeschenk zum Wiederaufbau ihrer Häuser ab; zwar sei ihr Dank von keinem Gewicht, sie bäten aber täglich Gott, diese Königliche Huld zu belohnen. Der König war sichtlich gerührt und antwortete: »Sie haben nicht Ursach, sich deswegen bei mir zu bedanken, es ist meine Schuldigkeit, dass ich meinen verunglückten Untertanen wieder aufhelfe, dafür bin ich da.« Worte, würdig eines Friedrichs. So spricht Er nicht nur, so handelt Er auch. Der ganze Tag war für die Stadt ein Festtag, und man sprach von nichts, als dass der König so freundlich gewesen wäre und auf die Menge so mit Wohlgefallen gesehen hätte. Als er wieder wegfuhr, war alles eine Stimme: Lange noch lebe unser Vater! Und ein großer Strom begleitete Ihn. Abends wurde ein Feuerwerk veranstaltet, wobei die Worte brannten: Es lebe Friedrich der beste König!

Dem ist nun rein gar nichts von meiner Seite hinzuzufügen! Zum Beschluss möchte ich es aber nicht versäumen, Ihnen noch mit ein paar dürftigen Worten die Hauptfragen meiner Philosophie zu umschreiben, worum Sie mich baten. Meiner Ansicht nach muss jede engagierte Philosophie die folgenden vier Fragen beantworten: 1. Was kann ich wissen? 2. Was soll ich tun? 3. Was darf ich hoffen? Und 4. Was ist der Mensch? Mit andern Worten, mein lieber Freund: genau die vier Fragen, die sich auch ein jeder seiner Verantwortung bewusste Küchenmeister stellen muss, bevor er sich daranmacht, für die Großen und Mächtigen unserer Welt zu kochen. In der

Hoffnung auf weitere erquickliche Nachrichten von Ihnen, werter Herr, verbleibe ich als Ihnen treulich ergebener
I. Kant, Königsberg.

1755 hatte Langustier Kants erstes Buch über die Sterne gelesen und seither versucht, dem König durch gelegentlich eingestreute Bemerkungen eine bessere Meinung von dem gelehrten Mann zu verschaffen. Behutsam, als handelte es sich um eine Rindenschrift aus den Gräbern der alten Babylonier, faltete Langustier den Brief wieder, legte ihn auf die Seite und nahm ein zweites Schreiben aus dem Stapel, bei welchem er ebenfalls sofort den Absender erkannte.

In der Hoffnung, Ihnen, wertester Herr, bei Gelegenheit einer freudigen Nachricht schreiben zu können, hielt ich die ganze Zeit mit einem Briefe zurück. Nunmehr, da für uns nach Lessings Tod hier ein Jahr lang alle Hoffnung in Trauer sich verwandelt und mich des Königs Schrift über die deutsche Literatur mit seiner Abkanzelung meines Götzen in eine arge Schlucht der dunklen Gefühle gestürzt hat, muss ich mich förmlich am eigenen Schopfe packen und aus dem Sumpfe der Lethargie ziehen, um Ihnen endlich meinen schuldigen Dank zu sagen für die extraordinäre Sendung märkischer Geschiebe und Petrefakten! Besonders die Knochen der eiszeitlichen Pferde, die Sie geruhten, mir selbstlos zu überstellen, sind mir mehr als begehrt und werden demnächst in die hiesigen herzoglichen Sammlungen einziehen. Falls Sie einen Schädel finden, so senden Sie ihn doch auch! Seit ich das neue, große Haus am Frauenplan bezogen habe, tun sich auch für meine häuslichen Studien immer mehr Möglichkeiten der Expansion vor mir auf, und ich gedenke wohl, das kleine Garten-Häusgen zu einem geognostischen oder osteologischen oder auch botanischen Laboratorium

und Privat-Kabinett zu machen. Am allerliebsten alles zusammen! Ich wünsche Ihnen von Herzen Gesundheit (was mir angesichts des schrecklichen Schnuppens, mit dem der Herzog hier sein ganzes Geheimes Konsilium inklusive meinerselbst infiziert hat, nur umso aufrichtiger von der Seele geht) und lege als kleine erheiternde Gegengabe eine winzige Entgegnung auf des Königs Schrift über die deutsche Literatur bei. Sie mögen sie lesen und anschließend verbrennen oder aber auf irgendeinem, nur Ihnen möglichen Wege (vielleicht als Bittsteller verkleidet?), Seiner Majestät in die knochige Hand drücken. Seine Schrift hat vor der drögen und langweiligen Mendelssohn'schen *Deutschen Litteratur* immerhin den Vorzug der absoluten Ignoranz, dito Ungerechtigkeit, veritablen Maßlosigkeit und fulminanten Absurdität. Man sollte ihm eine Karte für Schillers eben vom Stapel gelassene *Räuber* und eine Expresskalesche ins Mannheimer Theatrum Maximum spendieren, damit er einmal begriffe, dass es in deutschen Landen sehr wohl eine Literatur gibt, die sich einen feuchten Kehricht um die Plümos der Paläste und um den parfümierten Wortausstoß der Franzosen schert, es sei denn, man könnte damit ein Feuer machen und am Spieße eines preußischen Nachtwächters einen Verfasser ungerechter *Deutscher Litteraturen* darüber braten.
Weimar, den 3. April ... JWG.

Langustier hatte das Glück gehabt, den Weimarer 1778 in Berlin kennenzulernen, und erinnerte sich lebhaft an den seinerzeit etwas verstockten, auf sein Inkognito bedachten Gast des Langustier'schen Familientreffens. Er hatte die rapide Entwicklung des Dichters und umtriebigen Hobbywissenschaftlers seither mit Interesse verfolgt und lachte aus vollem Herzen über die erhaltenen Zeilen, sodass einige Gänsesäger und Löffelenten, die unweit reglos wie Rettungsringe aus Kork auf dem Wasser vor sich hin gebrütet hatten, mit lautem Geschnatter aufflogen. Er griff begierig nach dem erwähnten Zettel, als ihn der Ruf seiner Gattin Rahel aufhorchen ließ, der von einem Fenster der Villa über die ersten grünen Spitzen der Sträucher zu ihm herklang wie zartes Vogelgezwitscher:

»Honoré? Honoré-é! Da sind so ein paar Soldaten! Die wollen mir dich an diesem herrlichen Tag entführen. Ich glaube, es ist dringlich. Sie lassen sich nicht abwimmeln.«

Er erhob sich seufzend, die heiligen Briefe nur ungern auf dem Gartentisch im Pavillon zurücklassend. Daher legte er sie in eine Mappe aus dickem Wachspapier, die er im abschließbaren Schrank verwahrte. Den Landmäusen war nicht zu trauen. Die würden aus Neugier glatt ein unersetzliches Goethemanuskript zernagen ...

Ein Lieutenant in der Halle übergab ihm mit großer Geste ein Billett, dessen Anblick ihn allein schon zusammenzucken ließ. Wie straffte sich seine Gestalt erst, als er es mit seiner vor die Augen gehaltenen Brille entziffert hatte. Die Schrift war selbst für einen Kenner des königlichen Gekrakels nur noch rudimentär zu erahnen. Besonders im zweiten Teil, der offenbar an die deutsche Sprache erinnern sollte ...

> Mon très cher maître – voulez-vous venir a mon cabinet, s'il vous plaît? Es seindt was Krudes forgevalln à Börlengn!
>
> F.

Langustier hatte sich in aller Eile seinen alten betressten Küchenmeisterrock übergeworfen, den er hegte und pflegte wie ein Kalmückenpriester seinen Gebetsmantel, und zitterte innerlich vor Freude und vor Furcht, während er mit seinem Begleitoffizier in der Kutsche am ägyptischen Obelisken vorbei- und anschließend den Hügel von Sanssouci hinauffuhr.

Wann hatte er zum letzten Mal etwas für Ihn gekocht? Was für Spezialaufgaben waren es gewesen, die ihn vor Jahren noch einmal mit Ihm hatten zusammentreffen lassen? Die Kutsche nahm die steile Schwelle zum Ehrenhof vor dem königlichen Weinbergs-Schloss, von dessen Wänden die letzten Reste des einst gelb gestrichenen Verputzes abblätterten, denn der König war der Ansicht, dass es ohnehin mit ihm in die Grube fahre. Er war diesmal früher als sonst aus der Stadt in sein geliebtes Hauptdomizil übergesiedelt.
Langustiers Gehirn fühlte sich weich und leer an, als ihn der Offizier an den Kommandeur der nur Truppstärke besitzenden Schlosswache übergab, der ihn an Kammerlakai Schöning weiterreichte, welcher am Portal bereits auf ihn wartete. Langustier versuchte sich auf Schönings Vornamen zu besinnen, doch er kam nicht drauf. Alle Welt nannte ihn *Herr* Schöning, vielleicht war ja *Herr* sein wirklicher Vorname? Herr Schöning brachte ihn bis vor das Bibliotheks- und Arbeitszimmer des Königs. Er hieß ihn zu warten und schlüpfte lautlos zum König hinein.
Langustiers Blick fiel auf eine kleine, fürchterlich urzeitliche und hässliche Kommode im längst untergangenen Stil dieses Schlosses, unter einem ebenso sintflutartig alten Spiegel, wo – wie er sich jetzt plötzlich erinnerte – bei seinem letzten Besuch 1778 ein kleines Bildnis Kaiser Josephs gestanden hatte. Und tatsächlich, es stand noch so dort wie vor vier Jahren. Er konnte es sich nicht verkneifen und hob es leicht an: Ein dunkler Streifen zeigte, wie herrlich Rosenholz unter einer dicken Staubschicht herausleuchten konnte … Langustiers Herzschlag begann den Standuhren des Schlosses Konkurrenz zu machen. Es war Viertel vor zwölf. Warum hörte man nichts von den Vorbereitungen zur Mittagstafel? Was war mit den königlichen Beitafeln? Im Eintreten hatte er instinktiv zu den Küchentüren am rechten Flügel neben dem Pferdestall gelinst, sie jedoch ge-

schlossen vorgefunden. Auch an den Kaminen war kein Rauchwölkchen zu sehen gewesen.

Ein Scharren an der Tür rief ihn wieder zur Aufmerksamkeit. Herr Schöning kam heraus, ließ die Tür offen und bedeutete ihm einzutreten, was er vorsichtig tat. Es herrschte eine unbeschreibliche Unordnung im Bibliothekszimmer. Der zierliche Schreibtisch brach schier zusammen unter Papierstapeln. Vor der übervollen Bibliothek, bei der jeder Zwischenraum von quergelegten Bänden ausgestopft war, waren am Boden weitere Büchertürme gebaut. Die Stimme aus dem angrenzenden Schlafzimmer stand indes sauber und deutlich über alledem und klang viel entzückender und angenehmer, als Langustier sie über die Jahre in der Erinnerung bewahrt hatte. Es war das Flöten, das immer in des Königs Stimme kam, wenn er mit gewollter Freundlichkeit das Hoffranzösisch intonierte:

»*Monsieur! Je vous remercie bien de la complaisance que vous avez bien voulu avoir de venir ici, et de la promptitude avec laquelle vous avez fait votre voyage!*«

Etwas forcierter und diesen höfischen, floskulären Beginn damit gleichsam auslöschend, setzte er hinzu, aber weiterhin auf Französisch:

»Treten Sie ein, mein Herr! Doch erschrecken Sie nicht: Ich sehe aus wie ein Streuselkuchen – wie ein *gateau au levain …*«

Langustier tat, wie ihm geheißen, und schlug doch ganz automatisch die Hand vor den Mund, als er das Antlitz des Königs hinter diesem seltsamen Fleckenschleier sah.

»Seien Sie unbesorgt, ist weder die Pest, noch sind es die Blattern, es sind keine Pocken und auch keine Masern. Schmucker will wissen, dass es die Hundsflöhe seien! Ich dagegen bin mir sicher – es sind nur die Emanationen meines Ärgers.«

Langustier fühlte förmlich den Blick des Königs – denn auch wenn dieser mit Hut, eingeschlagen in einen blauen Morgenrock, auf seinem Bette lag, halb zugedeckt mit einer alten braunen Wolldecke, und im ersten Moment kaum mehr als der Oberkörper mit dem gepunkteten Gesicht aus dem Futteral herauslugte, so war in den Augen doch noch immer das altbekannte Feuer, und sie blickten so eindringlich und fest wie eh und je. Aller Geist und alle Größe seiner besten Jahre strahlten noch aus diesen Augen, mit denen der König mehr als jeder andere, so dachte Langustier, in der Tat *zublicken* konnte, so wie andere zupackten. Ja, er hatte noch immer einen sehr fest zupackenden Blick! Unordnung aber schien ihm nichts mehr auszumachen. Auch hier türmten sich überall auf dem Boden Bücher und Briefe. Des Königs Windhunde lagen still dazwischen wie ägyptische Statuen und nahmen nur kurz Witterung auf, als Langustier eintrat. Wachhunde waren das nicht, eher faule Gören …

»Schmucker ist ein herausragender Arzt. Und dennoch: Auch er kam nicht aus seiner Haut. Er hat sich nun einmal in den Kopf gesetzt, dass mich meine Lebensweise noch umbringt. Diese Ärzte … Sie haben mich schon vor einer Dekade für sterbend erklärt, und es vergeht kein Jahr, dass sie ihre Prophezeiung wiederholen. So werden jede Saison von allen Mitgliedern meines Hofstaates Trauerkleider in Massen gekauft, immer wieder, eine ganze Generation von Schneidern lebt von nichts anderem, denn auch – und gerade – in der hoffärtigen Trauer will ein jeder ja mit der Mode gehen. In Berlin und Potsdam gibt es eine Menge Propheten, die immer neue Berechnungen meines Todesdatums erstellen und publizieren. Ich glaube, im Augenblick führt der 30. April die Listen an. Auch mein gieriger Herr Neffe hat schon seine Agenten in allen Amtsgängen, damit sie ihm den Weg frei machen und alle wichtigen Ämter neu besetzen, sobald ich den Löffel abgebe. Um ein Amt zu bekleiden, braucht es übrigens auch nur einen guten Schneider. Ich glaube, das Schneiderhandwerk wurde bislang unterschätzt und nicht als das er-

kannt, was es eigentlich ist: die Hauptsäule unserer hoffärtigen Welt.«
Langustier erinnerte sich an den einmaligen, großartigen Tribut, den der König 1772 an das Schneiderhandwerk und an die Haute Couture gezollt hatte und wie viel Freude ihm dieser Exkurs aus seiner Uniformwelt selbst damals gemacht zu haben schien.[1]
»Aber ich gebe noch nicht so schnell klein bei. Ich bin nicht so leicht totzukriegen, auch nicht von Flohbissen oder von den Fleckenausschlägen des Ärgers. Früher hätten Sie um diese Zeit aufgetragen, doch mir ist momentan der Appetit ganz verhagelt. Hier wird heute nicht getafelt, und auch morgen nicht. Ich habe beschlossen, so lange zu fasten, bis ein erstes Licht auf die Berliner Kassenraubsache gefallen ist. Der Polizeichef tappt so im Dunkeln, dass ich fürchten muss, unter all meinen Flecken am Ende zu verhungern. Sie sind hier, Monsieur, um dies nach Kräften zu verhindern.«
Langustier hatte insgeheim gehofft, dass es so etwas wäre. Er hatte keine Mühe, den sprudelnden Reden zu folgen, auch wenn er selbst bereits zehn Jahre mehr auf dem Buckel hatte als sein Gegenüber. Es schien ihm, als freute sich der König, dass er einen leibhaftigen Zuhörer hatte, denn es waren – neben Herrn Schöning – sicher wenige, denen er seine innersten Wesenszüge, seine Gefühle und Ängste anvertraute. Langustier hatte sich dieses Vertrauen hart erarbeitet und es sich erhalten, weil er es niemals ausgenutzt hatte. Zum Lohn war es jetzt, als wäre er noch immer im Dienst, ohne eine Spur der zurückliegenden Trennung.
»Majestät sehen einen alten Mann, der sich nur dank Ihres Befehls noch einmal die Stufen heraufgeschleppt …«, sagte Langustier, während er sich verbeugte.

—
1 Vgl. »Kreideweiß. Letzte Schreie«

Der König winkte mit seinem schmuddeligen braunen Wildlederhandschuh ab, der wie eine Puppe unterm Deckenschurz hervorgeschnellt war.
»Stellen Sie nur Ihr Licht nicht unter den Scheffel! Sie sind doch im Gegensatz zu meiner Trauergestalt das blühende Leben! Das sehe ich von außen klar und deutlich. Lassen Sie mich nun hören, ob Ihr Geist auch noch in gleichem Maße am Leben ist. Ich habe heute ein Rätsel für Sie, das mir in dieser Frage Klarheit verschaffen soll. Und hoffentlich sorgen Sie dafür, dass mein Appetit wiederkehrt ...«
Er machte eine Pause, schlug dann energisch die Decke zurück und wollte aufspringen wie ein Junger. Ein wenig zu schnell, wie Langustier bemerkte, denn er sah das verzerrte Gesicht und hörte das Zischen eines unterdrückten Fluchs. Doch der alte erste Soldat und Staatsdiener ignorierte seinen Schmerz verbissen und kämpfte sich mit dem Stock ins Bibliothekszimmer vor, Langustier mit einer Fleckenkopfbewegung zum Folgen auffordernd. Aus einer Unmenge von Rollen, die aus mehreren riesigen, weitrandigen chinesischen Vasen herausragten, zog er treffsicher einen Stadtplan von Berlin und einen Grundriss des Berliner Schlosses und bat Langustier, den Schreibtisch frei zu räumen.
»Legen Sie die Stapel vorsichtig auf den Boden, wo eben noch Platz ist – es nimmt so überhand mit dem Papier, dass ich mir manchmal einen Großbrand wünsche, der wieder reinen Tisch macht. Aber es sind auch Sachen darunter, um die es mir leid täte. Kommen Sie einmal her und sehen Sie sich das an.«
Die Windhunde hatten sich erhoben, nachdem ihr Herr und Gebieter es ihnen vorgemacht, und legten nun die Schnauzen liebevoll an seine Seiten. Ein Tier jedoch, das auf den schönen Namen *Melpomene* hörte, bzw. nicht hörte, verbiss sich trotz des Königs mahnendem Zischen hartnäckig in Langustiers Rock und gab nicht eher Ruhe, als bis es ein Stück herausgeris-

sen hatte. Der König sagte, schalkisch auch zu seinem Gast blickend:
»Melpomene, das war garstig von dir! Du kostest mich ja ein Vermögen! Wenn du meine Möbel und meine Kleider zerreißt, so ist es ein Spaß, den ich dir von Herzen gönne. Aber wenn ich jedem Gast einen neuen Anzug machen lassen muss, dann ist mir das zu teuer, hörst du?«
Der König hatte dem Hund zugeredet, zuletzt mit dem Finger wie einem unfolgsamen Kinde. Zu Langustier, der sich fassungslos den Schaden besah, sagte er dann begütigend:
»Nehmen Sie es den Filous nicht krumm. Ich habe sie schlecht erzogen. Hätte ich Kinder, so wären es die letzten Rabenäser. Das ist meine späte Rebellion gegen die Diktatur meines Vaters. Sie sollen Ihres Schadens entsetzt werden, wenn Sie ihn meiner Kammer angeben.«
Mit einer unwirschen Geste rief er Langustier, der sich bereits ausmalte, dass er seine knapp bemessene Zeit jetzt auch noch mit dem Abfassen eines Briefes an eine Behörde vertrödeln müsste, die Opfer der Verbrechen der königlichen Hunde entschädigte, zur Aufmerksamkeit. Mühsam folgte er mit den Augen dem knochigen Finger des Königs über den Berliner Stadtplan.
»Hier sehen Sie den Weg, den der Transport der Wochengelder der Salzfaktorei in Richtung auf die Salzkasse im Berliner Schloss wie üblich an einem Freitagabend genommen hat. Auf diesem Weg jedoch hat dieses Mal eine dreiste Räuberbande die Regie übernommen.«
»*Mon Dieu!*«, entfuhr es Langustier, und er fügte noch an: »*Quelle prétention!*«
Die Flecken auf des Königs Gesicht veränderten sich von hellem Purpur zu Karmesin und pulsierten am Ende in Nachtviolett, so sehr drückte ihn der Ärger. Mit blecherner Stimme fuhr er fort:

»Der begleitende Trupp sowie sein Befehlshaber – Hauptmann von Römer – wurde vor dem Stralauer Tor angehalten, gefesselt und geknebelt in einen Torfkahn geworfen, der heute morgen am Bollwerk im Morast gefunden wurde. In der Wochenschatulle waren nach Römers Angaben 1.407 Taler. Doch der Raubzug ging noch weiter.«

Der König hustete trocken und rief nach seinem Diener:

»Carl! Bringen Sie uns etwas zu trinken!«

Also Carl hieß er …

In Windeseile stand der Kammerdiener Carl Schöning mit einem Tablett und zwei Gläsern sowie einer Flasche des herrscherlichen Lieblingsgetränks, einer Sektmarke namens *Rose von Flavigny*, im Raum und schenkte ein. Des Königs Wangen belebten sich schon nach den ersten hastigen Schlucken, und nach dem zweiten Glas begannen selbst die Flecken unter der Wangenröte zu verblassen.

»Da sind sie rein«, sagte er mit wieder gelenkigerer Stimme, deutete es knochenfingrig an und ergänzte, »und haben die Wachmannschaft bewusstlos geschlagen. Der Kassenaufseher fand dabei den Tod. Seindt eine gottserpermliche Hundts-Teufelsbrut! Der Satan hat sie geborn – soll sie auch wieder holen!«

Die letzten Sätze hatte er, wie immer, wenn es ans Fluchen ging, auf Kutscherdeutsch ausgestoßen, und seine Augäpfel, die so groß und so weiß wie kleine Hühnereier erschienen, traten sichtlich hervor. Langustier stürzte fassungslos zwei Gläser Sekt hinunter, und auch der König hielt sich nicht zurück, sodass Schöning flugs fortspringen und aus einem nahen Vorratsraum Nachschub holen musste.

»Die Schlosswache unter einem gewesenen Hauptmann Wust, der ab sofort als einfacher Soldat in Pyritz Dienst tun darf, will nichts Verdächtiges bemerkt haben. Statt Römer saß ein Schreiber-Waibel oben auf dem Bock, angeblich hat man ihn dazu gedungen! Der Wagen, beladen mit einer Viertelmillion Taler, fuhr gegen neun Uhr wieder durch das Tor zum Schlossplatz. Danach verliert sich jede Spur. Es gibt nicht den kleinsten Hinweis. Weder den Wagen hat man gefunden noch die Pferde, keine der Kassetten und natürlich keinen der Mords-Räuber.«

Auch *Mords-Räuber* war auf Deutsch herausgeschnellt. Der König wollte sein Sektglas schon wütend in die Ecke schleudern, wie Luther das Tintenfass nach dem Gottseibeiuns, doch dann besann er sich, die Schleuderbewegung abrupt unterbrechend, und stellte es behutsam, mit einem knisternden Lächeln seiner bereits wieder trockenen Greisenlippen, die Langustier so verletzlich vorkamen wie dünn gescheuertes Pergamentpapier, auf das grünrankige chinesische Tablett, welches Schöning in Ermangelung eines besseren Platzes auf die rotseidene Sitzfläche des königlichen Schreibtischstuhles niedergesetzt hatte.

Langustier sah gedankenverloren aus zwei Metern auf die auf dem Tische ausgebreiteten Karten. Er hatte sich die Lage der Kassenräume unter den Bedientenzimmern des Eosanderflügels genau eingeprägt.

»Was ist mit diesem Schreiber? Wie lautet sein Name?«

Der König musste kurz überlegen.

»Wie diese Vögels aus Barbaria ...«

»Äh ...Ente.«

Der König schnaubte unwirsch.

»Ach, Ohnfug – Flo...«

»Flohvogel?«

»Bah ... Lass er mir nachdenken!«

Der König war angespannt, dass konnte Langustier an dem Wechsel ins Deutsche und dem damit verbundenen Übergang vom *Sie* zum *er* in der Anrede erkennen ...

»Fleminker ... Der Waibel heißt Fleminker!«

»Ein einprägsamer Name, durchaus«, entgegnete Langustier mit Erleichterung, denn er hätte nicht neben einem König stehen wollen, den das Gedächtnis im Stich ließ. *Fleminker* sollte wohl Flamingo heißen, das war ein reiherartiger Vogel auf dem schwarzen Kontinent, soweit er wusste. Er hatte Kupferstiche gesehen. »Ich werde mir diesen Vogel einmal vorknöpfen. Danach den Römer und den ganzen Zug, der den Transport begleitet hat. Ich werde die Wachen der Kasse befragen. Mal sehen, was ich herausfinden kann.«

Der König hatte Langustier, dessen Augen noch immer auf den Plan gerichtet waren, von der Seite aufmerksam betrachtet. Jetzt stand ein Lächeln auf seiner Gesichtshaut, die fast wie schmutzfleckiges cremeweißes Wildleder aussah, über das nach einer Attacke ein Regen aus Blutspritzern hinweggegangen war. Genauso hatte er den König einst im Kunersdorfer Gefecht gesehen …

»Machen Sie mich keine Schande – lassen Sie einen Verhungernden nicht länger darben! Kommen Sie bald und bringen Sie mich neben Neuigkeiten auch Preziosen für meinen kranken Leib.«

Langustier empfand das Gesiezt-Werden auf gebrochenem Deutsch wie immer als einen Ritterschlag, denn das »vous« des Französischen konnte jeder übersetzen wie er wollte – als *er* oder als *Sie*.

»Nehmen Eure Majestät doch heute wenigstens eine Ochsenschwanzsuppe mit Eierstich, etwas Grünkohl und Rindfleisch und ein kleines Dessert von Schokoladencreme zu sich – ich könnte es nicht verwinden, Sire, wenn Sie über meinen Nachforschungen verstürben! Ich war so frei, ohne Ihr Urteil abgewartet zu haben, einen kleinen Korb vorzubereiten, den ich Ihnen auf den Abend hin mit Ihrer Erlaubnis schicken werde!«

Der König entließ ihn lächelnd.

»Je sous la dette de vous! Hier seindt ein Permiss! Geb er Acht auf sich! Prenez garde!«
Der König hatte ihm ein gefaltetes Schreiben in die Hand gedrückt. Langustier verbeugte sich und schritt rücklings aus dem Raum, nicht ohne seinen Sekt sturzbachartig in sich hineingeleert und eine halbvolle Pulle in der Hand auf dem Rücken behalten zu haben. Schöning begleitete ihn zum Ausgang und verlor vor Aufregung kein Wort über diesen dreisten Raub. So waren Köche nun einmal ...
»Können Sie ihm nicht irgendwie helfen? Mein Herr, es geht um Leben und Tod – ich fürchte, er macht es nicht mehr lang, wenn Sie ihm nicht ein paar Hoffnungslichter aufstecken!«
Der reservierte Mensch taute etwas auf, und Langustier spürte, dass hier nicht nur ein Diener seine Arbeit erledigte, so gut, wie es eben ging, sondern dass der König in Schöning einen echten Freund und Beistand hatte, der alles tun würde, um seinem Herrn das Leben zu erleichtern und zu verlängern.
Langustier schüttelte den Rest Pensionsträgheit von sich und entgegnete:
»Seien Sie *sans souci* – binnen weniger Tage Frist wird er schon wieder anfangen, Suppe zu fassen!«
Sein Gegenüber streckte ihm die Hand entgegen und sagte:
»Ich bin Friedrich Wilhelm August ...«
»Und ich Honoré ... Ich dachte, du hießest Carl?«
»Das ist nur mein Dienername – er hat meinesgleichen immer Carl genannt.«

Das mit dem Fresskorb für den König war freilich eine dumme Idee gewesen, denn er hätte eigentlich sofort nach Berlin aufbrechen wollen. So stand er am Herd in der eigenen Küche und war eine geschlagene Stunde damit beschäftigt, sein kleines erstes Versprechen einzulösen. Die halbe Flasche Raubsekt war rasch verdunstet. Rahel hatte sich zu einigen Freundinnen begeben, denn schließlich war es Sonnabend, und so konnte er sich nur mit einem zurückgelassenen Billett auf dem Küchentisch von ihr verabschieden.

Meine Liebste, warte heute und morgen nicht auf mich: Dringliche Pflichten in ALLERHÖCHSTEM Auftrage rufen mich nach Berlin, wo ich wenigstens einen, wenn nicht gar zwei Tage werde zubringen und mich umtun müssen. Ich bin bei Marie wie immer gut aufgehoben und freue mich schon darauf, ihr und auch Gerardine, die vielleicht noch bei ihr ist, Deine Grüße zu bestellen! Kuss – H.

Er empfand es als eine große Erleichterung, dass seine Tochter Marie und ihr Mann – der Seidenfabrikant Alexander von Quandt – ein Haus in der Rossstraße besaßen, in der sich seit 1740 Maries Laden, das Delicatess-Comptoir, befand. Eine der Wohnungen im Haus war Langustier und Rahel von den Hausbesitzern zu ihrer freien Nutzung zur Verfügung gestellt worden, doch inzwischen fungierte diese Zuflucht als Fremdenpension für alle Teile der großen, weit verzweigten Familie. Vorsichtshalber schaute er noch einmal in den Korb für den König, denn er war sich plötzlich gar nicht mehr so sicher, ob er auch wirklich das gekocht hatte, was er ihm versprochen. Doch in dieser Hinsicht schien noch alles zu funktionieren, wiewohl er deutlich spürte, dass es für einen Mann in seinem Alter keine kleine Sache war, mittags so mir nichts, dir nichts zwei Flaschen Sekt in sich hineinzustürzen, immerhin war er nicht mehr fünfundsiebzig! Als er sich in seinen Sportwagen setzte – einen schicken weißen Sommer-Zweisitzer mit grauem Verdeck –, war es bereits kurz nach zwei. Er verwirrte mehrfach die Zügel und wäre beinahe zu Tode gestürzt, da er zur einen Seite auf den Kutschersitz hinauf-, aber seltsamerweise gleich zur anderen wieder herausfallen wollte. Drei- oder auch achtmal hatte er ein nicht näher bestimmbares Rondell in der Stadt umkreist, dann kam ihm wieder die vage Idee, wie es zum Schloss Sanssouci weitergehen könnte. Die Schlosswache war nahe dran, ihn mit einer Kanone von der Auffahrt zu fegen, als er in wildem Tempo, einem Attentäter mit einer Ladung Sprengstoff gleich, in den Ehrenhof preschte. Doch zum Glück hatte ihnen Herr Friedrich Wilhelm August Schöning, offenbar vom König auf Lauerposition gestellt, noch rechtzeitig Einhalt gebieten können. Schöning nahm freudestrahlend den Korb entgegen und konnte kaum noch seinen Dank und seine guten Wünsche anbringen, denn Langustier raste schon, wie von Furien gehetzt, wieder die steile Zufahrt hinunter. Wie er in die Berliner Vorstadt zurückgekommen war und das Berliner Tor passiert hatte, war ihm unerfindlich und nicht erinnerlich, als er vorm *Neuen Krug* in Wannsee hielt, um seinen Pferden, die derlei schon seit Jahren nicht mehr gewohnt waren, eine Erfrischung zu gönnen. Während sie trocken gerieben, getränkt und gefüttert wurden, ließ er sich vom dicken Stimming einen Kaffee brauen, mit dem man hätte Tote aufwecken und zu stundenlangem Tanze aufstacheln können …

»Sie sollten in Ihrem Zustand die Zügel einen Tag ruhen lassen«, sagte der Wirt und blinzelte ihn schalkisch an.

»Morgen, übermorgen – jeden Tag, nur nicht heute! Ich muss nach Berlin und zwar sofort! Koste es was es wolle!«

»Wenn Sie so weiterfahren, wird es erst das Leben Ihrer Pferde und dann Ihr eigenes kosten, mein Freund. Ich werde Ihnen meinen Sohn als Kutscher mitgeben. Er kann eine städtische Besorgung für mich erledigen, insofern wäre ich Ihnen sogar dankbar, denn so spare ich ein Billett für die Fahrpost.«

Langustier war beim Bodensatz seines auf türkische Art gebrühten Kaffees angelangt.

»Einverstanden!«, sagte er, denn trotz des Kaffees fühlte er sich wie eine torkelnde mechanische Ente.

Alexander Stimming gab sich besondere Mühe, das ihm anvertraute teure Gefährt, eine weiße Sandspinne neuester Bauart, nicht zu Schaden zu bringen. Langustier hatte rein gar nichts von der Fahrt mitbekommen. Er erwachte erst, als ihn die Wache am Potsdamer Tor barsch um seinen Passeport anherrschte. Die Wachen an den Toren waren verstärkt, das sah der Angehaltene auch durch den leichten Nebel, der seinen sonst so klaren Blick trübte. Offensichtlich wollte man verhindern, dass das Raubgut die Stadt verließ. Alle ausfahrwilligen Personen-Fahrzeuge wurden regelrecht auseinandergenommen. Die Lastwagen mussten sich vorher auf dem Packhof untersuchen lassen, abladen, aufladen und bekamen dann einen gestempelten Freibrief für eines der Tore. Doch die abgehalfterten wandelnden Uniformbeutel wurden zu kerzengeraden Vorzeige-Habacht-Figuren, als sie sahen, was ihnen der müde reiche Mann in seiner Sportkutsche entgegenreckte:

FR
Generall-Permiss
vor den außerordentlichen Geheim-Commissär
Honoré Pierre André Laurent-Étienne Langustier,
gewesten *Cusinier secondaire à votre chateaux.*

Seindt dem Träger dieses Permiss der Zutritt verstattet zu allen Räumen und Auskunft zu geben auf sämmbtliche Nachfrage, in allen Materien und Ohmständen ohn Außnahm, ganz so als täte Höchstselbsten gefragt haben
Euer Allergnädigster König
Friech
PS: Wer den Träger dieser Permissßion in seinen Thune hindert oder darzwüschen funkkt, der wird mit Spantd=Au nicht unter zehn Jahren bestraffft!

Zufrieden grunzend steckte er es wieder in die Tasche seines bleumouranten Paraderockes aus Quandt'scher Seide, den ihm Rahel und ihre begabten Freundinnen jüngst zum Achtzigsten geschneidert hatten – mehr aus Jux als im Glauben, dass er ihn jemals öffentlich tragen würde –, und fragte, als sie wieder Fahrt aufnahmen, den schmucken, kernigen Jüngling neben sich auf der Kutschbank:
»Und wer, mein junger Freund, sind Sie?«

Heute werde ich die Schatten an meiner Seite einfach nicht los, dachte Langustier, als ihn der junge Stimming seinem Wunsche gemäß beim Hauptquartier der Gens d'armes am Großen Stall absetzte.
»Machen Sie Ihre vermaledeite Besorgung, und dann stellen Sie meine Kutsche gefälligst in der Rossstraße 48 hinten im Hof ab. Und lassen Sie sich im Laden meiner Tochter ein Fresspaket schnüren für Ihre Rückkehr – mit den besten Grüßen an Ihren lieben Herrn Vater! Vergessen Sie nicht: Die letzte Expresskutsche nach Potsdam geht um vier! Dann sind Sie um halb sechs in Wannsee.«
Ein wenig schwummerig war ihm noch, als er vor dem Polizeihauptquartier stand. Doch er erinnerte sich eines Umstands, der seinen ungelenken Schritt begradigte, seinen Körper straffte und ein wissendes Lächeln auf sein Gesicht zauberte: Der Chef dieses zweifelhaften Hauses war Mitglied im selben Club. Und der Mann, der ihm hier als Erster entgegentrat, kannte sogar seinen Namen, wie er verblüfft feststellen musste …
»Monsieur Langustier! Welch große Ehre!«
»Ganz meinerseits … doch – halten zu Gnaden, ich bin ein alter Mann. Mit wem habe ich …«
»Ein alter Mann mit einem hervorragenden Schneider, wenn ich Ihre Selbstbeschreibung ergänzen darf. Gestatten: Polizeikommissar Distel, wir hatten vor Jahren das Vergnügen.«

Langustier schlug sich leicht an den Kopf.
»Mein Bester – wie konnte ich das vergessen! Ich möchte mit Major Wiedebrock sprechen.«
Er zeigte sein Permiss, und die gesunde Farbe verschwand kurz aus Distels Gesicht.
»Kommen Sie bitte mit!«
Johann Heinrich Wiedebrock machte große Augen, dann entspannte sich sein Gesicht.
Die beiden Meister der Großen National-Mutterloge in den preußischen Staaten umarmten sich freudig, und Wiedebrock fragte:
»Was führt Sie zu mir, Bruder?«
Langustier kicherte.
»Allerhöchster Befehl!«
»Wie meinen Sie ... Ich meine ... Hat er Sie wieder mal ...«, fragte Wiedebrock und linste zu Distel, der im Übrigen ebenfalls der Weltkugelloge angehörte.
»Genau. Wegen der gestohlenen Taler und des erschlagenen Aufsehers.«
Wiedebrock besah sich das Permissschreiben und schüttelte entsetzt den Kopf.
»Es wird immer absurder. Man kann sein Geschmier ja kaum noch lesen. Schreibt er jetzt angeblich doch mit links, weil die Gicht in der rechten Hand zu heftig wütet.«
»Seine Majestät trank auch mit links!«, gluckste Langustier. »Wenn ich es genau bedenke, habe ich Seiner Majestät rechte Hand gar nicht gesehen. Aber ich hatte auch viel zu viel damit zu tun, diese Räubergeschichte zu verfolgen, die Er mir erzählt hat. Ich hatte meine Brille nicht dabei und musste die Pläne von Stadt und Schloss auf drei Meter Abstand anvisieren. Die Polizei ist nicht weit gekommen bisher, nicht wahr? Er zumindest sagte so.«
Wiedebrock schüttelte erst den Kopf, dann nickte er.

»Polizeikommissar Distel, der für den Schlossbezirk zuständig ist, leitet diese Ermittlung.«

»Vor vier Jahren, bei dieser Mordgeschichte, sind wir einander schon einmal begegnet, dienstlich sozusagen.«[2]

Langustier sah Distel an und lächelte. Sie schwiegen alle drei eine Weile, denn die Erinnerung an diesen Fall war für die Freimaurer nicht eben angenehm.

»Haben Sie etwas dagegen, Bruder Wiedebrock, wenn ich Bruder Distel ein paar Fragen stelle?«

»Nicht im Mindesten, Bruder Langustier. Stört es Sie, wenn ich dieser Befragung beiwohne?«

»Keine Spur, Bruder Wiedebrock! Ich bitte sogar darum.«

Langustier begann damit, dass er kurz rekapitulierte, was der König ihm erzählt hatte.

»Ich dachte mir, ich könnte die Sache abkürzen und vielleicht von Ihnen erfahren, was die überwältigten Männer des Transports berichtet haben. Viel dürfte es ja ohnehin nicht gewesen sein …«

Distel wiegte den Kopf.

»Wie man es nimmt. Einer der Begleitsoldaten will einen der Angreifer schon einmal gesehen haben. Er war angeblich einmal mit ihm zusammen unterwegs. Ein gewalttätiger Typ, massiv gebaut, bärenstark. Leider fehlt uns der wirkliche Name, und auch über den derzeitigen Verbleib war aus dem Soldaten nichts herauszubekommen.«

»Sind ähnliche Totschläge aktenkundig, die auf das Konto dieses Menschen oder Seinesgleichen gehen könnten?«

»Ich habe in der Tat drei ähnliche Totschläge gefunden!«

»Aber keinerlei Hinweise auf die Bande? Ich denke, es müssten mindestens zwei Dutzend Männer bei dieser Sache gestern mitgespielt haben.«

—

2 Vgl. »Goldblond. Verheerende Torheit«

Wiedebrock nickte zu dieser Zahl, und Distel sagte:
»Auffällig ist, dass diese drei Totschläge alle im Vogtland stattfanden. Alles Raubmorde.«
Langustier horchte auf.
»Vogtland ... Ist das nicht die sogenannte Rosenthaler Vorstadt?«
Distel nickte.
»Es ist aber weit mehr als das – es ist eine Stadt für sich.«
Hier schaltete sich Wiedebrock ein und referierte:
»Die Bewohnerschaft dieser Gaunerstadt setzt sich zusammen aus Dirnen, Kesselflickern, Korbflechtern, Torfträgern, Lumpensammlern, Hundehändlern, Schweineschneidern, Knochensammlern, Holzhauern, Webern, Flickschustern, Bücklingshändlern, Obsthökern, Schuhflickern, Vogelstellern, Pyramidenfabrikanten und Waldteufeljungen. Als Honoratioren lassen sich noch nennen: pensionierte Unterbeamte, bedürftige Witwen, unbemittelte Hauseigentümer, Inhaber von Krämerläden sowie ortsansässige Beamte.«
»Pyramidenfabrikanten? Waldteufeljungen?«, fragte Langustier.
»Pyramiden, das sind solche Drahtgestelle, mit grünen Fransen beklebt. Ein Weihnachtsbaumersatz für kleine Verhältnisse ... Und Waldteufel nennt man primitive Lärm-Drehorgeln: Die Gassenjungen nerven einen damit beim Jahrmarkt, bis man ihnen Schweigegeld gibt.«
»Also sollte man sich dort einmal umhören?«
»Vielleicht. Aber da dürfen Sie auf keinen Fall *so* herumlaufen!«, sagte Wiedebrock mit Blick auf Langustiers Prachtkleid. »Sonst sind Sie das nächste Raubmordopfer!«
Langustier besann sich auf das, was er weiters fragen wollte:
»Was ist mit dem Schreiber? Waibel Fleminker ...«
»Meinen Sie Flemming, Friedrich Christian Flemming?«
»Werde ich wohl meinen.«
»Der wurde offenbar dazu gezwungen, auf dem Bock zu sitzen

und der Bande leichten Zugang zu Schlosshof und Kassenkeller zu verschaffen. Die Schlosswache sah ihn ein- und auspassieren.«

Langustier stutzte.

»Kommt Ihnen da nicht auch etwas merkwürdig vor?«

Distel sah Wiedebrock an und Wiedebrock Distel, bevor sich beider Augen fragend auf Langustier richteten.

»Wenn man eine solche Sache plant – ich meine, so stelle ich es mir zumindest vor –, dann ist das der wichtigste Punkt bei der ganzen Geschichte ... Den Hauptmann konnten sie nicht zwingen, denn der hätte nur zum Schein mitgespielt, bis sie im bewachten Schlosshof gewesen wären. Dann hätte er die Schlosswache gegen die Bande eingesetzt. Ein Hauptmann Seiner Majestät betrügt seinen König wohl kaum – ein Waibel schon eher. Flemming, auf sich allein gestellt, mit kärglichem Sold, ohne Aussicht auf Besserung, spielte mit. Sie haben den Kassenwart umgebracht, weil er sie hätte erkennen und verraten können, aber den Flemming lassen sie laufen? Ich glaube, der Junge hat da eine ganz andere, freiwillige Rolle gespielt, vielleicht hat er sogar die ganze Sache allein auf dem Gewissen! Hätten Sie gegen eine weitere Befragung Flemmings durch meine Person etwas einzuwenden?«

Distel sah Wiedebrock an und sagte vorsichtig:

»Man soll keine Gelegenheit versäumen, sich in seinem Berufe auszubilden. Die Fingerzeige der Erfahrenen sind von unschätzbarem Wert. Aber was Flemming betrifft, so gibt es ein kleines Problem: Er ist spurlos verschwunden. Wir haben ihn bislang nicht befragen können, glauben indes genau wie Sie, dass er tiefer mit drinsteckt in der Sache.«

Langustier wurde hellhörig.

»Er ist verschwunden?«

In diesem Moment schienen draußen vor der Tür einige Kosaken mit metallbeschlagenen Stiefeln einen Volkstanz aufzu-

führen. Nach kurzem Klopfen wurde die Tür aufgerissen, und ein im Laufschritt herangekommener Soldat meldete:
»Herr Major! Herr Kommissar! Hinter der Pulverwiese im Schwemmholz am Moabiter Ufer wurde ein lebloser Körper gefunden. Es stehen zwei Wachen dort, damit …«
»Was ist es? Lassen Sie mich raten: ein toter Fisch?«, scherzte Wiedebrock.
»Es scheint sich um einen menschlichen Körper zu handeln«, ergänzte der Melder todernst. »Er trägt die Jacke eines einfachen Soldaten.«
»Lassen Sie uns hinfahren«, sagte Wiedebrock.

Unter den Linden entlang ging's in Wiedebrocks Kutsche flott übers Karree vors Brandenburger Tor, wo beim Anblick der Kutsche des Polizeiinspektors ohne Ansehen seiner Begleitpersonen der Schlagbaum hochging. Die Torwache grüßte militärisch, während der Wagen gefährlich rasant durch die recht enge Öffnung rauschte. Rechts ab führte die schnelle Fahrt an der Königlichen Molkerei vorbei zur Unterbaumbrücke, wo die eisenbewehrten Palisaden kaum noch aus dem Wasser herausragten. Der Fluss drohte die gesamte Anlage – erdacht, um Schmugglern, die auf dem Wasserwege nächtens unbeaufsichtigt in die Stadt einpassieren wollten, das Handwerk zu legen – in Kürze zu überspülen. Der Bohlenweg war schon leicht überflutet. Auf dringliches Geheiß Wiedebrocks wurde die Klappbrücke über die Schifffahrtsöffnung in der Mitte (wo nachts der Unterbaum die Zufahrt blockierte) abgelassen, hing jedoch ebenfalls schon schwankend im tosenden Wasser. Die Brückenwache weigerte sich strikt, sie hinüberfahren zu lassen, da Gefahr bestand, dass die Brücke samt Wagen bereits im nächsten Augenblick vom Flusse fortgerissen würde. Doch Wiedebrock setzte sich brüsk über alle Befürchtungen hinweg. Im Moment der Überfahrt schloss Langustier die Augen, spür-

te das heftige Rucken des Wagens und hörte links und rechts die Gischt am Kutschkörper aufspritzen. Doch als er seine Augen wieder aufmachte, ratterten sie bereits den schlammigen Weg am Pankekanal entlang. Der Weg beschrieb – wie auch der Schönhauser Kanal – einen Knick nach links, und sie hielten direkt auf Berlins höchsten Weinberg zu, der noch immer der Menadier'sche hieß, obwohl er seit 1757 einem Herrn Müller gehörte. Rechts, auf der anderen Kanalseite, stand die königliche Charité, und Langustier, der durchs kleine quadratische Kutschenfenster blickte, rechnete sich aus, dass sie im weiteren Verlauf des Nachmittags auch dort noch aufschlagen würden. Man konnte bereits das kleine Gasthaus auf dem Weinberg sehen und die stark befestigte, weiträumige Anlage der Königlichen Pulverfabrik linker Hand jenseits des natürlichen Bachlaufes der Panke, der sich hier durch das hereindrückende Wasser der Spree zu einer Kette mittelgroßer Teiche verbreitert hatte. Der Wagen fuhr am Weinbergstor vorbei, über eine kleine Brücke über die Panke. Da die Brücke knapp einen halben Meter unter Wasser lag, wurde sie nur durchs große Geschick des Kutschers überhaupt getroffen.
»Wir hätten ein Boot nehmen sollen!«, witzelte Distel, während sie einen pankenahen Weg zwischen Weinberg und Pulverfabrik entlangfuhren.
Es gab jedoch einen etwas höher gelegenen, der nahe am Zaun der Fabrik entlangführte, sodass sich ihr Gefährt bald wieder wie eine Kutsche ausnahm. Langustier linste durch einige Lücken in der Palisade, doch er konnte kein größeres Gebäude sehen. Er sah nur ein paar Windmühlen und Baracken, weit verstreut auf dem öden Gelände. Die weite Fläche war mit kurzem dürrem Gras besteppt.
»Wo ist denn die Pulverfabrik?«, fragte Langustier.
»Zur Sicherheit stehen die Pulvermühlen in weitem Abstand voneinander, und auch die Baracken, damit im Falle einer

Explosion nicht alle gleichzeitig draufgehen. Bei der großen Pulverturmexplosion 1720 in der Spandauer Straße gab es 85 Tote, darunter 35 Kinder der Garnisonsschule. Der Küster der Garnisonskirche wurde samt Sohn durch einen Gesteinsbrocken erschlagen, der ihm durchs Fenster hereinflog …«

»Was machen die Windmühlen da? Sollen die durch den Druck der Explosionen angetrieben werden?«

»Ihr spezieller Humor, mein Herr, macht Sie ebenso beliebt wie gefürchtet … Natürlich werden in diesen Mühlen die Zutaten des Schwarzpulvers zu feinem Puder zermahlen. Allerdings hält man es erst feucht, bis die endgültige Feinheit erreicht ist. Dann wird es getrocknet und durch feine Siebe gepresst.«

Sie bogen um die Ecke des quadratischen, eingefriedeten Geländes und fuhren nunmehr am rückwärtigen Zaun entlang. Ein ganzes Stück weit ging es durch die Jungfernheide auf Spandau zu, und Langustier konnte mehrere riesige Pulverspeichertürme erkennen, die aus dem noch kahlen Gebüsch der zur Spree hin überfluteten Ebene der Pulverwiesen linker Hand herausstachen.

»Ist es noch weit, großer Meister?«, fragte Langustier.

Wiedebrock schüttelte den Kopf.

»Wir zweigen bei den Westfalen ab, das letzte Stück aber werden wir wahrscheinlich schwimmen müssen.«

Dort, wo einst die vom Großen Kurfürsten eingeladenen Hugenotten ihre erste Heimstatt gefunden hatten (von *mon habitat* rührte angeblich der Name Moabiter Land für diese Gegend her – andere meinten, es sei einfach das Berlinerische *Moorjebiet* …), waren seit einigen Jahrzehnten westfälische Pflanzer damit beschäftigt, den Berlinern beizubringen, wie man Felder und Gärten durch Heckeneinfriedungen vor den Wetterunbilden schützen konnte. Sie fuhren durch die Gehölzgärtnereien, wo auch einige beim Volk sehr beliebte Wirtschaften betrieben wurden, in denen sich besonders die hauseigenen Obstweine großer Beliebtheit erfreuten. Der fahrbare Weg endete an einer Blockhütte. Zwei Soldaten, die hier Wache hielten, nahmen Haltung an, als sie Wiedebrocks Kutsche erkannten.

Langustier konnte es kaum erwarten, aus der Enge wieder ins Freie zu kommen. Weit öffnete sich der Blick über die Wasserfläche der überfluteten Gärten und Äcker zum königlichen Tiergarten auf der anderen Spreeseite hinüber, der als ferner Regenwald direkt aus dem Wasser aufragte. Südöstlich standen, weiß wie Gespenster, die sieben Kurfürsten über der dunklen See. Nahebei waren bereits wieder einige Zelte aufgeschlagen, zu denen bis in den Herbst die Berliner pilgern würden, allerdings, dachte Langustier, dürfte noch etwas Zeit verstreichen, bis man bei einem Spaziergang dorthin trockene Füße behielte. Auf dem Hochwassersee indes herrschte schon jetzt reges Treiben: Möwen, Höckerschwäne, Enten, Kormorane, Graureiher und Greifvögel nutzten die neuen Jagdgründe. Seeadler, Fischadler, Rohrweih und Rotmilan nebeneinander zu sehen war auch für einen langjährigen Vogelfreund wie Langustier eine Novität.

»Wo ist der Tote, den sie gefunden haben?«, fragte Wiedebrock einen der Soldaten, der zum eigentlichen Ufer der Spree deutete, das sich jetzt wie ein Weideninselstreifen in einem breiten Strom ausnahm.

»Wir haben alles noch unverändert gelassen.«

»Keine Gefahr, dass die Leiche abtreibt?«, fragte Distel.

»Nein, nein, ausgeschlossenen – sie treibt inmitten einer Menge Holz in einer toten alten Spreeschlaufe.«

»Wie weit führt der fahrbare Weg noch?«, fragte Distel.

»Bis fast zum Ufer. Mit der Kutsche kommen Sie zwar nur bis auf Sichtweite, dann wird das Wasser zu tief. Aber wir haben unseren Kahn bei den Weiden. Mit dem bringen wir Sie das letzte Stück bis zu der Stelle.«

Langustier freute sich, nun doch nicht schwimmen zu müssen. Zwar war der Umstieg aus der Kutsche in den herbeigepfiffenen Kahn auch für ihn, der er die einzige preußische Seeschlacht im Stettiner Haff miterlebt hatte – also durchaus über die größte seemännische Erfahrung von allen verfügte –, eine heikle Angelegenheit, doch schließlich war auch dies bewältigt. Einer der Soldaten ruderte Wiedebrock, Distel und Langustier mit kräftigen Schlägen auf eine Lücke in der Weidenlinie zu.

»Hier, wo wir jetzt sind«, sagte der Rudernde auf Nachfrage, »zweigt bei normalem Wasserstand ein alter Flussarm ab. Das Wasser strömt in der Kurve des Flusslaufes in diese tote Schlinge und an derselben Stelle auch wieder heraus. Dieser Wirbel existiert natürlich auch jetzt. Er wird die Leiche in den Altarm getrieben haben, wo sich bereits eine Menge Schwimmholz gestaut hat, da ist sie hängen geblieben und nicht wieder rausgetrieben worden.«

»Wer hat die Leiche gefunden?«, fragte Langustier.

»Ein Fischer«, sagte der Soldat.

»Wo ist der jetzt?«, hakte Wiedebrock nach.

»Er fischt weiter flussaufwärts. Wir haben ihn angewiesen, sich bei Bedarf wieder hier einzustellen. Da hinten können Sie ihn sehen!«

Sie sahen ihn alle drei und waren über diesen Punkt am Wasserhorizont im Augenblick beruhigt. Dann richteten sich aller Blicke auf den leblosen Körper, der jetzt bereits gut sichtbar etwa fünfzig Lachter entfernt vor ihnen auf einem Tableau zusammengespülten Holzes zu liegen schien, in Wahrheit aber inmitten all der kleinen Äste, dünnen und mittleren und dicken Stämme trieb, vergeblich vorgebend, nur ein Stück Holz unter Hölzern zu sein.

»Wer hat behauptet, das sei die Uniform eines einfachen Soldaten?«, fragte Wiedebrock. »Dieser Mann muss ja wohl mit

Blindheit geschlagen sein! Das ist die Uniform eines Feldwebels!«

»Und wer hat behauptet, das sei die Leiche eines Soldaten?«, fragte Langustier.

»Das hat niemand behauptet!«, sagte Distel. »Anfangs war sogar von einem Fisch die Rede.«

»Gut. Denn wenn ich mich nicht täusche ...«, sagte Langustier, nahm eine im Boot liegende Hakenstange, stocherte damit nach der Leiche und drehte sie kunstvoll herum, »... war das eine Frau.«

Er staunte bei seiner Entdeckung nicht weniger als die anderen.

»*Mon Dieu!* Eine sehr schöne Frau!«, ergänzte Langustier.

Einer der beiden Soldaten ging baden. Mit vereinten Kräften hievten sie die tote Unbekannte ins Boot. Sie trug keine vollständige Uniform, nur eine Soldatenjacke. Im Übrigen war sie auffallend gekleidet, dem ersten Anschein nach eine Jungfer von der Jungfernbrücke.

»Das sieht mir nach einem Selbstmord aus«, sagte Wiedebrock. »Nach einem der üblichen Selbstmorde: kein Geld, keine Zukunft sowie eine unglückliche Liebe zu einem Soldaten, der in eine andere Stadt versetzt wird und ihr zum Abschied seine Jacke schenkt.«

Langustier schüttelte den Kopf.

»Das wäre ja dann doch ein ziemlich seltsames Abschiedsgeschenk! Sie müsste immer an ihn denken, könnte die Jacke nur insgeheim tragen, und er müsste sie bei der Armee ersetzen. Überhaupt, endgültiger Abschied und Abschiedsgeschenk – das ergibt keinen rechten Sinn.«

Es war eine traurige letzte Fahrt für sie und das einzige Besondere daran, dass sie statt eines Fähr- oder Fuhrmannes gleich deren vier hatte. Die Schönheit ruhte zwischen ihnen, aufgebahrt auf einer Schwemmholzplanke, die sie mittig über die Ruderbänke gelegt hatten. Sie konnten nicht anders, als unverwandt, ja gebannt ihr Gesicht anzuschauen, das in seiner engelsgleichen Blässe wie eine Anklage der ganzen noch lebendigen Schöpfung wirkte. Langustier strich ihr fast zärtlich einige verirrte Strähnen des dunkelbraunen Haares aus dem Antlitz. Eine feine goldene Kette lag um ihren Hals. Behutsam löste er den kleinen Verschluss in ihrem Nacken. Er holte eine riesige Hornbrille aus seiner prächtigen, wiewohl von Melpomenes Biss lädierten Jacke (er hatte den Fetzen sichergestellt, um Maries Flickkünste in Anspruch nehmen zu können) und hielt sie wie ein Lorgnon, um sich das kleine Medaillon genauer zu besehen, das daran hing.

»Na, da wird ja der Hund in der Pfanne verrückt!«

Er reichte das Schmuckstück an Wiedebrock, der es betrachtete, umdrehte und kopfschüttelnd an Distel weiterreichte. Der las laut, was die beiden schon still für sich gelesen hatten:

»Für immer Dein – FCF«

Das kleine Ölbildchen, mit feinstem Rosshaarpinsel auf Emaille gemalt, zeigte das Gesicht eines Jünglings, den zumindest Distel und Wiedebrock sofort erkannten, nicht zuletzt, da ihnen die Initialen bereits einen Hinweis auf seinen Namen gegeben hatten:

»Friedrich Christian Flemming!«, sagten sie unisono.

»Mit anderen Worten«, schlussfolgerte Langustier, »ist das hier Flemmings Jacke, die … an dem Überfall beteiligt war!«

Er versuchte sich zu erinnern, ob es im Deutschen die Redensart *Einer toten Schönheit greift man nicht in die Tasche* gab, konnte sich jedoch absolut an nichts Derartiges erinnern. Daher knüpfte er vorsichtig die Jacke über dem kanariengelben, grob gemusterten Kleid auf. Mit der Behändigkeit eines versierten, durch langjährige Übung sich selbst perfektioniert habenden Taschendiebes – die dem eines Zweiten königlichen Hofküchenmeisters in nichts nachstand – brachte er einen

Brief zum Vorschein. Vorsichtig legte er das klatschnasse kleine Kuvert auf eine Holzplanke.
»Wir haben Glück«, sagte er, »der Kanzlist hat seine private Korrespondenz mit Bleistift geschrieben. Der Vorname der Dame hier lautet, wenn meine Vermutung richtig ist, Magdalena.«
»Öffnen und lesen!«, wies Polizeiinspektor Wiedebrock den Polizeikommissar Distel an.
»Halt!«, sagte Langustier schnell, sogleich hinzufügend: »Erst trocknen lassen, sonst bleiben uns nur die Fetzen.«

Im *Sandkrug* vor der Sandkrugbrücke über den Pankekanal machten sie, einigermaßen erschöpft nach der zurückliegenden Strapaze, eine kurze Station, um sich leiblich und seelisch auf den bevorstehenden Besuch in den Katakomben der königlichen Charité vorzubereiten. Es ging auf vier, und Langustier spürte den bohrenden Hunger wie ein streunender Straßenköter. Auch hing ihm vor Trockenheit fast schon die Zunge aus dem Hals. Jetzt saßen sie nahe am offenen Kamin in der Wirtsstube, und Langustier hatte den nassen Brief vorsichtig auf dünnen Spelzen in sicherem Abstand zum Feuer aufgebahrt. Sein Stoßseufzer nach dem ersten Schluck aus dem riesigen Bierkrug, den der *Sandkrug*-Wirt mit kollegialem Lächeln vor ihm aufs honiggelbe Holz des Tisches hingesetzt hatte, kam aus tiefstem Herzen, und nachdem er sich mit dem Handrücken den Schaum vom Mund gewischt hatte, sagte er:
»Ich sehe die Sache so – er geht zu ihr, eine Handvoll des geraubten Silbers in der Tasche, drückt es ihr in die Hand, und sie feiern beglückt. Im Innern seines Herzens hat er beschlossen, sie zu heiraten, doch er weiß, dass er eine Weile untertauchen muss. Es ist ihm klar, dass ihn die Geschichte seiner zwangsweisen Beteiligung an diesem Raubzug niemand lange abkaufen wird. Er war die Schwachstelle der Salzkasse. Durch ihn hatte die Bande den Fuß in der Tür zur königlichen Schatz-

kammer. Sie tanzen, dabei trägt sie seine Uniformjacke, ohne zu wissen, dass darin der Brief steckt, in dem er ihr mitteilt, dass er eine Weile verschwinden muss, aber sie zur Frau nehmen will, sobald Gras über die Sache gewachsen ist. Dann wird er ihr eine Reise spendieren, damit sie ihm dorthin folgt, wohin er jetzt gehen muss. Den Ort aber könne er noch nicht angeben, damit sie ihm nicht folgt und sie beide dadurch in Gefahr bringt, entdeckt zu werden.«

Er nahm einen weiteren tiefen Schluck und fügte noch hinzu: »Ob ich richtig liege, wissen wir erst, wenn wir ihn gelesen haben…«

»Das klingt plausibel«, sagte Distel. »Aber warum ist sie jetzt tot?«

»Und was ist mit den Talern passiert?«, fragte Wiedebrock. »Die werden sie wohl kaum an einem Abend in einer Berliner Spelunke verprasst haben.«

»Vielleicht haben sie sie verspielt? Da er genug davon hatte, kam es nicht darauf an. Wahrscheinlicher aber ist, dass sie sie bei sich trug, samt der Jacke, die er ihr überließ – weil er ohnehin untertauchen musste und sie also nicht mehr gebrauchen konnte –, und sie dann selbst das Opfer eines Raubmordes wurde. In die Spree gestoßen, von der Strömung des Hochwassers mitgerissen, selbst den Unterbaum anstandslos passiert habend und schließlich vor Entkräftung gestorben.«

»Der Brief!«, sagte Distel, der eben vorsichtig die Probe gemacht hatte. »Ich glaube, er ist trocken!«

Behutsam löste Langustier das Siegelwachs vom Papier, in das Flemmings verschlungene Initialen gedrückt worden waren, entfaltete das knisternde Blatt und las vor:

Meine innig geliebte Magdalena,
wenn Du diese Zeilen liest, so werde ich Berlin schon verlassen haben. Allein, das zu schreiben, kostet mich Über-

windung und schmerzt mich über die Maßen, denn wenn Deine Augen diese Worte sehen und Dein Verstand ihre Bedeutung zu erfassen sucht, so musst Du ja unweigerlich denken, dass ich Dir zu verstehen geben wollte, ich hätte damit auch Dich verlassen. Glaube mir, meine geliebte Magdalena, dass mir nichts ferner liegt als das! Welch ein Widerstreit der Gefühle tobte in mir, als ich die Entscheidung zu treffen versuchte, wie ich Dir diese Notwendigkeit wohl schonend beibringen könnte. Doch ich habe keine andere Möglichkeit gesehen, als Dir die Wahrheit zu sagen: Ich habe, um unser beider Zukunft besorgt und nach einer Lösung händeringend suchend, sie zu verbessern und dir ein Leben zu ermöglichen, wie's Dir zusteht, wahrscheinlich eine große Dummheit begangen. Ich kann Dir die Einzelheiten nicht erzählen, denn sie würden Dich zu sehr ängstigen und belasten, nur so viel – mein Plan ging nicht auf, und alles, was ich erträumte, mir für uns beide erträumte, ist verweht wie ein Nebelstreif. Alles, was ich retten kann, zu retten versuchen werde, ist mein eigenes Leben, denn ich möchte lebendig sein, damit ich Dich in naher Zukunft als mein geliebtes Weib vor den Altar führen kann. Ich weiß nichts mehr zu schreiben, als dass ich Dich von Herzen liebe und immer lieben werde, auch wenn Du mich wahrscheinlich nun zutiefst verachten und aus Deinem Herzen verbannen wirst. Vielleicht ist das meine mir vom Herrgott zugedachte Strafe für die Übeltat, an der ich beteiligt war. Sie hat mir und uns beiden nur Kummer gebracht und keinerlei Gewinn. Doch ich möchte, bevor Du mich gänzlich verdammst, dass Du weißt, dass ich keinen Menschen getötet und einzig und allein dem reichsten Mann im Staat geholfen habe, ein paar von seinen in tiefster Schatzhöhle verborgenen Talern wieder unters Volk zu bringen.
Dein Dich immer liebender
Flemming.

»So hat sie es nie erfahren. Vielleicht war der Tod sogar ein Glück für sie …«, sinnierte Langustier.
»Ach Unsinn«, schimpfte Wiedebrock. »Der Tod ist niemals ein Glück, vor allem nicht für zwei Liebende. Sie hätten schon wieder zueinandergefunden. Dieser Brief sagt uns überhaupt nichts.«
»Ich glaube ihm, dass er keinen getötet hat«, sagte Langustier. »Außerdem geht ziemlich deutlich daraus hervor, dass die Bande in ihm nur einen willigen Handlanger sah und ihn danach versucht hat abzusägen. Er scheint entkommen zu sein, denn sonst hätte er diesen Brief nicht schreiben können. Die Frage ist, ob Magdalenas Tod etwas mit seiner Verfolgung durch die gewalttätigen Mitglieder der Bande zu tun hat. Dann wäre er am Ende schuldig geworden an ihrem Tod, was all seine übrige Schuld um ein Weites übersteigen würde.«
»Sie fantasieren, mein Lieber«, sagte Distel. »Wir müssen uns an die Fakten halten. Vielleicht hat er gelogen und den Kassenschreiber Raabe eigenhändig umgebracht. Vielleicht sitzt er mit einem Sack voll Geld in einer Kutsche nach Magdeburg, Leipzig, Frankfurt oder Moskau. Es ist ein Brief, und Papier, egal ob feucht oder trocken, ist äußerst geduldig, wie wir alle wissen.«
»Wohlan denn, meine Herren«, sagte Wiedebrock und erhob sich, lässig auf den Tisch klopfend. »Lassen Sie uns der Sache weiter auf den Grund gehen und in die Charité fahren. Ich glaube, wir sind nun gestärkt genug, um in diese Höhle des Grauens überzusetzen.«
Schon kurz danach rollte die Kutsche über den Hades, der hier, an der Berliner Stadtgrenze, vom Schönhauser oder Pankekanal vertreten wurde.

»Eines ist schon sicher«, hob Langustier an, während sie im Keller der königlichen Charité dem königlichen Leibarzt und

Chef des Hauses gegenüberstanden, »ertrunken ist sie nicht. Mit Wasserleichen kenne ich mich inzwischen aus. Wäre sie ertrunken, hätte sie den typischen Schaumpilz vor dem Mund. Und ihre Gesichtszüge wären weniger die einer Schlafenden. Sie wären verkrampft, erschöpft vom Todeskampf.«

»Aus Ihnen wäre ein hervorragender Gerichtsmediziner geworden, mein Herr!«

Johann Leberecht Schmucker, zusätzlich zu seinen anderen Ämtern Erster Generalchirurg der preußischen Armee und praktizierender Arzt in Berlin, war ein hochgewachsener Mann, der aufgrund seiner Gesichtszüge – namentlich der fliehenden Stirn – etwas ungeschlacht und grob wirkte, in jedem Falle geradeheraus und burschikos. Im Sektionskeller, angetan mit einem blutverschmierten Kittel, war seine Erscheinung nicht danach, ihn für einen Menschenfreund durchgehen zu lassen. Wer ihn aber etwas näher kannte, und Langustier hatte dieses Vergnügen, weil Schmucker seit ein paar Jahren sein Hausarzt war und zudem genau wie er korrespondierendes Mitglied der naturforschenden Gesellschaft *Leopoldina*, der wusste, dass er der wärmste und feinsinnigste Mensch war, den man sich nur denken konnte. Er war nicht nur ein ausgezeichneter Arzt, für den die viel beschworene Hippokratische Eidesformel kein bloßes Lippenbekenntnis war, sondern überdies ein Philantrop – was sich etwa darin ausdrückte, dass er als erster Armeechirurgus gegen das voreilige Amputieren zu Felde zog und in seinen klar geschriebenen, ja mitunter fast poetischen *Chirurgischen Wahrnehmungen* äußerst einfühlsame Schilderungen der tragischen Verwundetenschicksale in den Feldlazaretten sowie in den vom Krieg verheerten Landstrichen geliefert hatte.

»Und Sie einen hervorragenden Trancheur!«

»Der bin ich doch auch, gewissermaßen, in meiner Wurstküche hier …«

Langustier lachte, im Gegensatz zu Distel und Wiedebrock, die sich in betretenem Schweigen übten.
Schmucker war eine Koryphäe in Chirurgie und Wundbehandlung: Er hatte das große Wundbesteck verbessert sowie eine Essenz entwickelt, welche die Wahrscheinlichkeit, dass sich eine offene Wunde entzündete, um ein Vielfaches verringerte.
»Nun, lassen Sie uns nicht lange um den heißen Brei herumreden«, sagte er und blickte auf die verhüllte Gestalt auf dem gemauerten Sektionstisch zwischen ihnen. Nur die Kopfpartie bis zu den feinen weißen Schultern war aufgedeckt.
»Diese unglückliche junge Dame hier hätte es auch nicht geschätzt, wenn wir sie lange an der Nase herumführten. Was zuvörderst die Todesart betrifft – die nicht zu verwechseln ist mit der Todesursache –, so ist sie eindeutig *nicht natürlich*. Es handelt sich nicht um einen Unfall, nicht um einen Suizid und auch nicht um eine Vergiftung, weder eine absichtliche noch eine versehentliche. Es sieht alles danach aus, als müssten wir von einem Tötungsdelikt ausgehen!«
Falls sich Schmucker auf diese Verlautbarung hin große Verblüffung seiner Besucher erhofft hatte, wurde diese Erwartung nicht erfüllt. Wiedebrock, Distel und Langustier harrten reglos. Schmucker räusperte sich und sagte bemüht sachlich:
»Es gibt einen Punkt neben dem großen Kopfwendemuskel an der Seite des Halses, an dem die Hautnerven des Halsnervengeflechtes, des *plexus cervicalis*, am Hinterrand des Muskels nah beieinander an die Oberfläche treten: den sogenannten *punctum nervosum*. Es handelt sich um folgende Nerven: 1. den *nervus occipitalis minor*, der am Hinterkopf nach oben zieht; 2. den *nervus auricularis magnus*, der zum Ohr geht; 3. den *nervus transversus colli*, der horizontal über den Hals wandert und als Folgearterie die *arteria transversa colli* hat, sowie 4. und letztens die *nervi supraclaviculares – mediales, intermedii und laterales* –, die *kaudal* …«

»Kaudal?«, fragte Wiedebrock, so schnell, dass Langustier ohne Lösung blieb auf die ihn brennend interessierende Frage, ob Schmucker noch ein weiteres Synonym für *sich hinerstrecken*, die *Direktion* oder *den Verlauf nehmen* aus dem Ärmel schütteln würde.

»Zu den Füßen hin, nach unten«, erklärte Schmucker. »Ein Schlag auf diesen Punkt, etwa mit starker Hand geführt, vielleicht mit der Handkante, hat den Reflextod im Gefolge. Das Opfer muss keine empfindsame, schwache, weibliche Natur sein, das kann jedem passieren.«

»Der Brecher!«, sagte Distel.

»Wie meinen?«, fragte Schmucker.

»Der mutmaßliche Mörder dieser unglücklichen sowie mindestens drei weiterer Personen in der Vergangenheit«, erklärte Wiedebrock.

»Ist es außerdem denkbar«, fragte Langustier, »dass ein Schlag auf diesen Punkt am Hals auch eine bloße Betäubung bewirkt?«

»Dies ist in der Tat möglich. Wobei ich hinzufügen möchte: Denkbar ist vieles, die Frage ist nur, ob es auch jemand verwirklicht.«

»Ist während des Überfalls gestern neunmal geschehen«, sagte Wiedebrock. »Zwei Wachmannschaften wurden auf diese Weise lahmgelegt. Der Brecher muss auf jeden Fall auch ein, zwei gute Schüler haben. Doch scheint auch die härteste Hand mitunter zu ermüden: Beim Kassenschreiber Raabe war die Methode eine andere. Haben Sie hierüber noch etwas herausgefunden?«

Schmucker wendete sich um, und sie folgten ihm zu einem zweiten Tisch. Er schlug das abdeckende Laken über dem dortigen Korpus wiederum bis zu den Schultern zurück.

»Durchaus, und ich muss sagen, dass ich einigermaßen erstaunt war.«

Seine gebannten Zuhörer erstaunten nicht minder, als sie sahen, dass Raabes Leichnam bäuchlings auf dem Tische lag, sodass sie, als Schmucker zu seinen Erläuterungen ansetzte, den bleichen Totennacken vor sich sahen.
»Die erste Annahme, man habe dem Mann durch einen Schlag oder heftigen Zug das Genick gebrochen, hat sich nicht bestätigt. Genauso wenig geschah selbiges bei einem Sturz. Sehen Sie hier …«
Er deutete auf das obere Kopfgelenk.
»Dies ist der *articulatio atlantooccipitalis*, wir sprechen auch vom Atlantookzipitalgelenk. Es macht, dass wir mit dem Kopf nicken können, weshalb der Engländer es auch den *Yes-Joint*, auf gut Deutsch *Ja-Gelenk*, nennt.«
Wiedebrock räusperte sich und sagte:
»Das ist sehr interessant, mein Herr, doch ich fürchte, für eine Vorlesung sind wir schon zu erschöpft. Ich bitte Sie daher, auf den Punkt zu kommen!«
Langustier war darüber etwas enttäuscht, denn er hätte gerne mehr über dieses herrliche Gelenk erfahren und Schmucker stundenlang zuhören können. Aus der Küche kannte er dieses Gelenk im Übrigen gut, denn ein großer Unterschied bestand hier bei den Wirbeltieren nicht.
»Nun gut – dies *ist* der Punkt!«
Schmucker legte den Finger auf eine kleine gerötete Stelle am Hals des toten Kassenschreibers.
»Die Gelenkkapsel hat rücken- und bauchwärts Membranen, und hinter der Erstgenannten gibt es ein Loch zwischen zwei Halswirbeln. Hier kann man mit einem spitzen Gegenstand das Rückenmark zerstören.«
»Genickstich!«, sagte Langustier. »Den beherrscht jeder Bauer, jeder Jäger und jeder Koch.«
»Nur beim Menschen wird er eher selten angewendet«, sagte Schmucker. »Mir ist bislang zumindest kein einziger Fall außer

diesem hier bekannt geworden. Denn, ehrlich gesagt, diesen Punkt am menschlichen Hals kennt nur der studierte Mediziner.«

Für einen Augenblick war es still.

»Was soll das heißen?«, fragte Wiedebrock. »Müssen wir uns jetzt an den Akademien umsehen, um eines der Bandenmitglieder zu finden?«

»Nicht unbedingt«, sagte Langustier. »Es gibt auch Studienabbrecher.«

»Gebildete Laien nicht zu vergessen«, fügte Distel an.

»Und den Doktor Heim!«, sagte Schmucker.

Hier nun lachten sie alle, denn die Wissbegier des Kreisphysikers und seine Sucht, alles, was ihm unters Messer kam, zu sezieren, war stadtbekannt. Ein Wunder, dass die Menschen noch so begierig waren, von ihm behandelt zu werden.

»Tatsache ist, dass derjenige, der diesen Genickstich ausgeführt hat, den Punkt so gut getroffen hat, dass nicht einmal ein Tropfen Blut austrat, was – etwa bei Pferden – die Regel ist, von Rehen, Hirschen und Schweinen ganz zu schweigen.«

»Kennen Sie jemanden, der infrage kommt?«, fragte Langustier.

Schmucker schien angestrengt nachzudenken, dann schüttelte er vorsichtig den Kopf, wohl um seinen *articulatio atlantooccipitalis* nicht zu sehr zu belasten.

»Schade«, sagte Langustier. »Es wäre schön gewesen, gerade in diesem Augenblick, Ihren *Yes-Joint* in Aktion zu sehen.«

Es dunkelte, als Langustier die Rossstraße erreichte. Distel hatte es sich nicht nehmen lassen, ihn dieses letzte Stück zu chauffieren. Sie waren im Großen Stall während der letzten Stunde bemüht gewesen, ihr weiteres Vorgehen abzustimmen. Es galt jetzt für ausgemacht, dass Langustier in den nächsten Tagen Flemmings Salzhofkollegen und die Soldaten von Schloss und Kassenwache befragen und sich anschließend wieder zu ihnen begeben sollte. Bei allen wichtigen neuen Erkenntnissen, so war vereinbart worden, würde man des Königs Geheim-Commissär umgehend benachrichtigen.

»Möchten Sie noch kurz mit hinaufkommen? Marie würde sich sicher freuen«, fragte Langustier, als sie vor der Nummer 48 hielten.

Beim Blick in die Hofeinfahrt sah er, dass der junge Stimming die Kutsche vereinbarungsgemäß abgestellt hatte.

»Das täte ich gerne«, sagte Distel, »aber meine Frau würde es mir übel auslegen!«

Langustier gratulierte ihm, denn er hatte Distel immer noch für ledig gehalten.

»Dann werden Sie bei Gelegenheit beide unsere Gäste sein, ob nun hier oder in Potsdam.«

Damit verabschiedete sich Langustier, kletterte aus der Kutsche und verschwand nach oben. Schon während er auf der viel zu langen Stiege war, hörte er ein Lachen, das ihn alle Strapazen vergessen ließ. Das war doch … Kaum hatte er an der Tür zu Maries Wohnung geläutet, hörte er drinnen ein Jauchzen, gefolgt von einer Kaskade schneller Tritte. Die Tür wurde aufgerissen, und ein junges Mädchen fiel ihm freudestrahlend um den Hals.

»Urgroßvater!«

»Gerardine!«

Für einen Augenblick wusste er vor lauter Glück nicht, was er sagen sollte.

»Ich hatte gehofft, dich noch hier anzutreffen! Es wäre so schade gewesen, wenn du abgefahren wärest, ohne dass wir uns gesehen hätten, denn du weißt ja … oder weißt eben nicht, wie lange das überhaupt noch möglich ist …«

Sie lächelte, dann tadelte sie ihn mit dem Zeigefinger und sagte: »Unfug! Du bist fünfzig, vielleicht einundfünfzig, und es gibt keinen Grund, dass wir nicht von nun an jedes Jahr einen Fall zusammen lösen.«

»Fall? Wovon redest du, meine Liebe? Hat irgendjemand etwas von einem Fall gesagt?«
»Oh ja – es gibt einen Fall! Ganz Berlin weiß morgen davon, dass du deswegen hier bist, und ich werde den ganzen Abend von nichts anderem reden, bis du mir versprochen hast, dass wir gemeinsam daran arbeiten.«
»Ganz Berlin weiß ...«, stotterte er und suchte sich auszumalen, wie das wohl zugegangen war.
»Du hast der Torwache dein Permiss gezeigt, ganz einfach! Die Schwester des Soldaten, der dich kontrollierte, hat es wohl ihrer Wirtin erzählt, und die hat es vorhin beim Einkaufen jener Dame berichtet, die in Maries Laden stand.«
Langustier seufzte. Dann sah er sie erstaunt an und fragte:
»Du trägst keine Hosen mehr? Was ist passiert?«
»Es ist zu lästig, ich habe mich entschlossen, wieder inkognito aufzutreten ...«
Sie spielte die Ernsthafte, doch nach ein paar Sekunden explodierte ihr Lachen, in das Langustier gerne einstimmte.
»Papa, wie schön, dich zu sehen! Du kommst gerade richtig, es gibt Abendessen«, rief Langustiers Tochter Marie.
Eigentlich war er viel zu müde und hätte sich am liebsten eine Etage tiefer ins Bett seiner Stadtwohnung geworfen, die Augen geschlossen und von einem Picknick mit Rahel auf einer Sommerwiese geträumt. Nun jedoch sah alles danach aus, dass dieser Traum noch etwas auf sich warten lassen würde.
»Ich kann euch Grüße von Rahel bestellen, sie war sehr traurig, dass ihr nicht zu ihrem Geburtstag gekommen seid, wiewohl sie natürlich eure Entschuldigung, eine Einladung der Prinzessin Amalie nicht brüsk ignorieren zu können, akzeptieren musste.«
»Es ist ja nicht mehr lange hin bis zu unserem Familienfest«, sagte Marie, die ihrem Vater im Gesicht unverkennbar immer ähnlicher wurde.

»Glaubst du, du wirst dann auch kommen können?«, fragte Langustier seine Urenkelin Gerardine, die ohne weiteres Nachdenken nickte, denn zum jährlichen Langustier'schen Clantreffen im Mai käme sie in jedem Fall – und wenn sie deswegen einen Berg versetzen müsste.
»Ich habe heute in der Charité gelernt, wie das Gelenk heißt, welches dir ermöglicht, diese Geste ins Werk zu setzen.«
Bis dahin hatte sie bloß an seinen Lippen gehangen, doch von da an war sie ihm restlos verfallen.
»Du musst mir alles erzählen und mir schwören, beim Leben des großen Königs, dass du mich mitnimmst, was immer du in seinem Auftrage morgen noch unternimmst!«
»Lass uns erst einmal essen, ich habe einen fürchterlichen Hunger! Wollen doch mal sehen, was deine Großmutter aus dem Hut gezaubert hat.«
Marie lächelte, und seine Augen wurden groß und größer, als er mit Gerardine am langen Tisch im Speisezimmer Platz nahm. Doch es waren nicht die Speisen, die vom Küchenmädchen aufgetischt wurden, welche diese Reaktion hervorriefen, sondern die Gegenwart Alexander Stimmings, seines jugendlichen Kutschers vom frühen Nachmittag.
»Wir sind schuld!«, bekannte Marie. »Wir baten ihn, zum Kaffee zu bleiben, daher hat er die Expresskutsche nach Potsdam verpasst.«
»Der Ärmste«, sagte Gerardine. »Jetzt wird der junge Herr Stimming bei uns übernachten müssen …«
Langustier spielte drohend mit den Augen.
»Wenn Ihr Herr Vater nun bloß nicht die Polizei alarmiert!«
Alexander Stimming lächelte und sagte: »Er ist es gewohnt, dass ich mich um einen Tag verspäte, wenn er mich nach Berlin schickt. Das gehört schon gewissermaßen zum guten Ton zwischen uns. Außerdem wird mir Ihre Tochter eine schriftliche Entschuldigung mitgeben, das haben wir schon vereinbart.«

»Wenn das so ist, dann will ich nichts gesagt haben«, entgegnete Langustier und ließ den Blick über das kleine Festmenü schweifen.
Die Betreiberin des vormals Stolzenhagen'schen Delicatess-Comptoirs hatte sich für diesen kleinen überraschenden familiären Anlass nicht lumpen lassen.

Gemüsesuppe
Klare Fleischbrühe

*

Hechtklößchen in Senfsauce
Lachsrollen mit Meerrettich

**

Braunschweiger Wurst auf Erbspüree
Rehmedaillons in Chilisauce an Herzogin-Tartuffeln

***

Eingelegte Mirabellen und Sahne
Schokoladencreme
Kaffee und Ratafia-Likör

»Marie, du hast dich wieder einmal selbst übertroffen!«
»Kunststück, bei dem Vater!«
Langustier spürte, wie die Müdigkeit ihn überwältigte, kaum dass er den letzten Schluck Kaffee und das letzte Gläschen des katalanischen Likörs aus Kräutern und grünen Walnüssen intus hatte.
»Du wolltest mir alles erzählen!«, bestürmte ihn Gerardine.
»Lass uns morgen beim Frühstück darüber reden!«
Das war das Letzte, was Gerardine und Marie von Langustier an diesem Abend noch hörten. Alexander Stimming begleitete ihn nach unten in die Langustier'sche Stadtwohnung, wo ihnen beiden bereits das Quartier bereitet war.
»Darf ich Sie morgen auch begleiten?«

»Kommt gar nicht infrage – Sie werden schön nach Wannsee zurückfahren! Ich will mir Ihren Herrn Vater nicht zum Feind machen.«

Damit erstarb das Gespräch. Kurz darauf schlief Langustier schon den Schlaf des Gerechten. Alexander Stimming wälzte sich unruhig auf dem Gästebett in der Bedientenkammer, das man ihm zugedacht hatte. Von oben hörte er Maries und Gerardines Lachen. Das junge Frauenzimmer, diese verrückte Urenkelin des alten wunderlichen Mannes im Nebenraum, hatte ihm vollkommen den Blondschopf verdreht …

Ich habe mich schon oft gefragt, wie Sie es wohl geschafft haben mögen, sich selbst zu erfinden. – Oh, es blieb mir nichts anderes übrig, ich bin eine Frau. Frauen sind nun einmal gezwungen, mehr Geschicklichkeit aufzuwenden als Männer. Weil man unseren Ruf und unser Leben mit ein paar wohl gesetzten Worten zu ruinieren vermag. Ich musste nicht nur mich selbst erfinden, ich musste vielmehr auf Fluchtwege kommen, an die noch keiner je zuvor gedacht hatte. Und ich habe alles erreicht, weil ich immer gewusst habe, dass ich dazu geboren war, über ihr Geschlecht zu herrschen und mein eigenes zu rächen. – Ja, aber ich fragte nach dem Wie. – (Sie lächelte, setzte die Teetasse ab, schaut in die Ferne, ohne etwas Bestimmtes zu fixieren, und begann:) Ich wurde in die Gesellschaft eingeführt, da war ich fünfzehn. Ich wusste schon, dass die Rolle, zu der ich verurteilt war, nämlich still zu halten und ohne Widerrede zu tun, was mir gesagt wurde, zu der besten Gelegenheit verhalf, zuzuhören und zu beobachten. Das, was die Leute mir erzählten, war natürlich vollkommen uninteressant, aber all das, was sie vor mir zu verbergen suchten … Ich habe mich in Gleichgültigkeit geübt, ich lernte, wie man heiter wirkt, wenn man sich eine Gabel in den Handrücken stößt, natürlich heimlich unter dem Tisch, ich wurde schon damals eine Virtuosin der Verstellung, ich war nicht auf Vergnügungen aus, sondern auf Wissen, ich unterrichtete mich bei den strengsten Moralisten, um zu lernen, wie man den Schein wahrt, bei den Philosophen, um herauszufinden, welchen Ideen der Vorzug zu geben ist, bei den Romanciers, um zu sehen, wie weit ich ungestraft gehen konnte. Und schließlich, als ich das alles am Ende vereinigt hatte, ergab sich ein wunderbar einfaches Prinzip: Siege oder stirb!

»Ist das nicht köstlich?«, sagte Gerardine, und Marie nickte. Großmutter und Enkelin hatten sich in den vergangenen Tagen einen Spaß daraus gemacht, einander spätabends den neuesten Pariser Skandalroman vorzulesen. Von einer prominenten Kundin hatte Marie eines der zweitausend Exemplare von Pierre-Ambroise-François Choderlos de Laclos' *Liaisons dangereuses* zum Geschenk erhalten, das mit Sicherheit schon durch viele Hände gegangen war.
»Gib es zu, meine Liebe – du hast dein Vorbild gefunden!«, sagte Marie.
Gerardine lächelte und bekam rote Wangen.
»Nein, nein, Großmutter ... Aber in der Tat ... Ich will es so sagen: Die Marquise de Merteuil ist zwar die verworfenste Person, aber ich denke, bevor sich die Verhältnisse in unserer Gesellschaft nicht grundlegend gewandelt haben werden, ist das, was sie uns rät, die einzige Möglichkeit, in dieser Zeit als Frau nicht unterzugehen. Ich habe ehrlich gesagt keine Lust, eines dieser Dutzendwesen zu werden, die in der Liebe für ihren Ehemann und ihre Kinder aufgehen und ansonsten noch nicht einmal eine Fußnote in der Geschichte zu werden vermögen.«
»Was du da sagst, würden die meisten Menschen – Männer wie Frauen – wohl ein Sakrileg nennen!«, erwiderte Marie, die in Gerardines Augen eine unselige Neigung zur Gesetztheit entwickelte.

»Zum Glück sagte ich es im Verbund mit dem Autor dieses Buches. Das wird auch der Grund dafür sein, dass es wie eine Bombe bei uns aufmerksamen Leserinnen einschlug.«

»Ich glaube nicht, dass gerade diese kleine Äußerung der Marquise für das Publikum das Entscheidende ist«, wendete Marie ein. »Der Autor – Offizier der französischen Artillerie, soweit ich gehört habe – sagt doch auch im Vorwort, dass er diesen Roman gegen den selbstherrlichen Adel in Frankreich und gegen die Libertinage schrieb! Ich denke eher, dass die Darstellung der Intrige, der Perfidie, der Bosheit, Hinterhältigkeit und Verruchtheit für den Erfolg ausschlaggebend ist. Die Seelenzustände der Figuren sind so genau geschildert …«

»Komischerweise kann ich diesen Themen überhaupt nichts abgewinnen. Aber das Buch ist gut geschrieben, das muss ich zugeben. Wie schade, dass wir es nicht ein zweites Mal durchbekommen«, sagte Gerardine.

»Ein paar Tage bleiben uns ja noch. Kommt ganz drauf an, wie schnell unser Herr … Geheim-Commissär mit seiner Aufgabe zurande kommt. Also – je mehr du ihm hilfst, desto weniger werden wir gemeinsam noch lesen können. Sag: Gibt es keinen Vicomte de Valmont in deinem Leben?«

Gerardine lachte hell auf.

»Ich bitte dich, Großmutter: Wer sollte das denn sein? Solche Männer gibt es in Berlin nicht, ja ich möchte sagen, in ganz Preußen nicht. Die kann es nur in Frankreich geben. Ach, was würde ich darum geben, nur einmal dorthin zu kommen.«

»Nein, meine Liebe, diese Männer gibt es überall! Ich hoffe nur, dass du von ihnen verschont bleibst. Und was Frankreich angeht: Ich bin mir sicher, dass du über kurz oder lang einmal für längere Zeit dort landen wirst.«

»Glaubst du wirklich?«, fragte Gerardine, und ihre Augen leuchteten.

»Aber sicher, ganz gewiss. Du wirst einen Franzosen heiraten, das sehe ich so sicher vor mir, als wäre es schon geschehen.«
»Oh, ich danke dir!«
»Dank nicht mir, sondern dem lieben Gott. Und außerdem: Noch ist es ja nicht so weit. Doch jetzt lass uns schlafen gehen, es war ein langer Tag.«
»Gute Nacht, Marie!«
»Gute Nacht, Gerardine!«

Seit Generalleutnant Graf von Hacke, seinerzeit Stadtkommandant, am 22. September 1751 vom preußischen König Friedrich II. den Befehl erhalten hatte, auf einer Fläche vor der Berliner Zollmauer, zwischen dem Hamburger Tor und dem Rosenthaler Tor, Wohnhäuser für qualifizierte Fachkräfte anlegen zu lassen, waren dort bereits drei Straßenzüge entstanden. Anfangs wurden hier ausschließlich Familien aus dem bayerischen Vogtland angesiedelt, weshalb das neu entstandene Viertel die Bezeichnung *Neu-Vogtland* oder kurz *Vogtland* erhielt. Die drei Straßen erhielten noch keine richtigen Namen, sondern wurden provisorisch *Erste, Zweite* und *Dritte Reihe im Neuen Vogtland* genannt. Auch sonst sah alles nach Notbehelf aus – alle Häuser der Kolonie waren schnell und preiswert errichtete Typenbauten. Wiewohl zwischen den Einzelgebäuden Gärten angelegt wurden, gemeinschaftliche Backhäuser und eine Wäscherei, kam die Siedlung nicht recht in Flor. Die angesiedelten Handwerker hatten es schwer, vor der Stadt ihr Auskommen zu finden, und sahen sich schnell von Verelendung bedroht. Schließlich zogen die meisten der Bewohner tagsüber nach Berlin hinein, um sich als Tagelöhner zu verdingen, zu betteln oder sich auf andere Weise einen geringen Unterhalt zu verschaffen.
Am Rande gen Norden, wo sich das Vogtland in eine große Menge einzelner Gehöfte auflöste, die mehr oder weniger auf

freiem Felde erbaut waren, betrieb der Schankwirt Heinrich Wackernagel eine versteckte Kellerwirtschaft. Eine kleine, unscheinbare rote Lampe, an einem Fenster aufgestellt, zeigte an, dass das Lokal geöffnet hatte. Durch Wackernagels Wohnstube gelangten die Besucher in einen geräumigen Kellerraum, von dem ein langer, finsterer Gang in die Gewölbe des Seitengebäudes führte. Die eigentliche Spelunke bestand aus einem vielleicht zehn Schritt im Quadrat messenden Raum mit mäßig gewölbter Decke. Zwei kleine, viereckige Fenster ließen Bruchteile der Tageshelligkeit herein, sodass im Innern nur durch allerlei Talglichter eine schummerige Beleuchtung herzustellen war. Der Fußboden war in seiner ganzen Ausdehnung mit morschen Brettern belegt. Ein eiserner Ofen brachte notdürftige Wärme hinein. Die eigentliche Heizung waren die Besucher selbst, größtenteils Handwerker und Tagelöhner, im Rest jedoch Personen, die ein begründetes Interesse daran hatten, hinsichtlich ihrer Profession und ihrer genauen Herkunft dauerhaft im Dunkeln zu bleiben. Um ihnen dies zu erleichtern, hatte der Wirt in den drei Geschossen darüber so viele Wohnzellen wie möglich untergebracht, die beinahe immer vollständig belegt und vermietet waren. Versteht sich, dass weder diese Kneipe noch dieses Logement bei irgendeiner Behörde bekannt und registriert waren. Die einzigen Möbel in der Schankstube waren ein großer hölzerner Tisch und mehrere alte Tonnen, die als Stühle dienten. Um den Ofen und an den Wänden war der Fußboden mit einer Lage von schmutzigem, zertretenem Stroh bedeckt, und in der Ecke unter einem der Fenster lagen mehrere Strohsäcke und Matratzen. Hier also hausten die Gäste, Gespenstern gleich, übten sich im Kartenspiel oder kauerten auf der Streu. In dieser Nacht bevölkerte eine geschlossene Gesellschaft Wackernagels unterirdisches Gewölbe. Aus allen Teilen Berlins waren sie hierher gezogen. Ein Grundprinzip ihrer Organisation war es, im normalen

Leben so weit wie möglich voneinander entfernt zu bleiben, um bei Generalvisitationen die Chance zu erhöhen, dass einige ungeschnappt davonkamen.

»Sieh zu, dass wir nicht gestört werden!«, sagte der Blonde mit dem großen Kopf, den sie den *Doktor* nannten.

Er war der Sohn eines Feldschers, der in der Schlacht von Kunersdorf sein Ende gefunden hatte. Kindheit und Jugend hatte er mit seiner Mutter über die Lande ziehend verbracht. Sie war mal hier, mal dort angestellt gewesen, meistens in niederen Diensten als Magd, Amme, mitunter auch als Dienstbotin, während ihr Sohn als Bettler, Hausierer und Tagelöhner für sie beide ein Zubrot verdiente. In Buckow war sie endlich wieder sesshaft geworden und hatte Anstellung als Wirtschafterin auf dem Gut des Herrn von Reetzow gefunden, der sich – dem lieben Gott und der Nächstenliebe verschrieben – des Heranwachsenden mit Liebe annahm und ihm die Ausbildung zum Arzt finanzierte, des Jungen besonderes Interesse an der Medizin und an den Wissenschaften rasch erkennend. August von Reetzow war höchst selbst mit seinem Schützling nach Paris gereist und hatte ihn beim großen Le Grand und beim noch größeren Le Petit in die Lehre geschickt. Viel Geld hatte er für des Jungen Ausbildung bezahlt, der bei dieser Gelegenheit auch Französisch lernte. Doch seine medizinische Lehrzeit ging ihrem Ende entgegen, kaum dass sie recht begonnen hatte. Plötzlich verschwand er spurlos. Die Geheimnisse von Paris, die ihn auf die schiefe Bahn gelockt hatten, blieben dem Herrn von Reetzow auf ewig verschlossen, er starb aus Gram über die Enttäuschung, die ihm sein Ziehsohn bereitet hatte. Ebenso enttäuscht war die unglückliche Mutter, die durch von Reetzows Tod die einzige gute Anstellung verlor, die sie jemals gehabt hatte. Zwar vegetierte sie noch etliche Jahre in kümmerlichen Positionen dahin, doch ihren Sohn sah sie nimmermehr.

Aller Augen waren auf den Doktor gerichtet, der seinerseits

jeden am Tisch mit eisigem Blick fixierte. Und was für unterschiedliche Gestalten saßen dort, ein Heer von kleinen Gaunern und Betrügern, unter ihnen auch die *Indianerin*, die ihren Namen von der leicht gelblichen Haut hatte. Ihre Vorlieben hatten sich mit ihren Fertigkeiten entwickelt. Hauptberuflich Tabakhökerin, trat sie neuerdings vermehrt als Wahrsagerin, als spiritistisches Medium, ja gar als waschechter Geist auf. Der Nebel, nein: der dichte Qualm, der unentwegt ihrer Meerschaumpfeife entquoll, umhüllte sie als kleine Wolke.

»Fang endlich an!«, sagte sie mit einer kratzigen Stimme, und die gelbliche Haut ihres Gesichts zog sich zusammen wie ein Tabakblatt, das auf der Schnur unterm Gerümpelboden trocknete.

Die neben ihr Sitzende, allgemein *Hutmacherin* genannt, ohne Unterlass an irgendeinem bunten Seidenfetzen herumstickend, den sie wie einen Rosenkranz vor der Brust drehte, lachte verhalten. Auch ohne den Blick zu heben, verfolgte sie alles, was im Raum geschah. Wo immer ein professioneller Kiebitz beim Spiel oder ein wachsamer Eckensteher vonnöten war, war sie die Richtige. Ihre Näherei und Stickerei waren selbst nur das Gewebe, hinter dem sie ihre unstillbare Neugier und Ausspähungslust verbarg.

»Im Großen und Ganzen ist alles gut gelaufen. Im Kleinen und Halben dagegen war es eine einzige Katastrophe«, sagte der Doktor, während er die drei Brüder Drillisch fixierte, die ganz zuoberst saßen, am Ende der Tafel, nebeneinander aufgereiht wie drei gleich große und völlig identische Orgelpfeifen. Niemand machte jemals den Versuch, sie zu unterscheiden. Was die Natur ihnen an Geist vorenthalten hatte, hatte sie ihnen an Schnelligkeit und Fingerfertigkeit doppelt herausgegeben, sodass sie unangefochten unter Berlins Taschendieben und Trickbetrügern den Führungsdreispitz bildeten.

»Unser Doktor hat neuerdings etwas in der Stimme, das gefällt

mir gar nicht«, raunte der feste Jochum, der neben den Drillischs saß.
Er war die größte und massivste Figur am Tisch, aber durchaus nicht so stupid, wie er aussah. Wenn ihm einer dummkam, so konnte es eine ganze Weile dauern, in der er sozusagen mit seinem Gegner spielte, ihn aufs Glatteis zu führen versuchte, bevor er dann doch zuschlug. Dies jedoch geschah immer mit einer solchen Wucht und Impulsivität, dass schon mancher seiner Schläge fürs Gegenüber tödlich ausgegangen war.
»Ich finde, dass er sich in der letzten Zeit ziemlich viel anmaßt. Keiner von uns hat ihn jemals offiziell zu unserem Führer gewählt. Er selbst hat sich dazu gewählt.«
Die Drillischs verzogen keine Miene, denn sie hatten gar nicht recht begriffen, worauf der feste Jochum hinauswollte. Der wendete sich daher an den Mann zu seiner Linken, einen verschlagenen Jüngling, dessen Hauptprofession das Kartenspielen mit einer besonderen Art von Karten war, die die Eigenschaft besaßen, ihm Fortuna besonders hold zu machen. Nebenberuflich, doch mit weit größeren Erfolgsaussichten, auf lange Sicht betrachtet, versuchte er sich als Heiratsschwindler, denn seine guten Manieren, die er sich in verschiedenen Anstellungen als Hofmeister angeeignet hatte, verliehen ihm ein solides Startkapital beim schönen Geschlecht. Sein Name war Christian, und wegen seiner Haarfarbe hieß er bei allen der *rote Christian*. Doch der schwieg und lauschte dem Doktor.
Der vergewisserte sich, dass weder Wackernagel noch seine Frau oder eine der bedienenden Töchter im Raum waren, bevor er hinzufügte:
»Es war ein großer Fehler, dass wir uns mit Flemming eingelassen haben. Solche Leute müssen spuren, oder sie dürfen gar nicht erst in einem Plan auftauchen. Wir hätten es auch auf anderem Weg geschafft, in diese Salzkiste reinzugreifen. Jochum, das war deine Idee, seine Freundin war deine Bekannte, und

jetzt hast du sie auch noch umgebracht. Dagegen nun will ich nichts gesagt haben und kann ich auch nichts sagen«, er lächelte sarkastisch, »aber warum ist dir das Gleiche bei ihm misslungen? Ihn abzuservieren wäre viel wichtiger gewesen! Wo ist er denn jetzt abgeblieben?«
»Untergetaucht«, sagte der feste Jochum kleinlauter, als er es wollte.
Nur für die neben ihm Sitzenden hörbar, fügte er fauchend hinzu: »Bettnässender Klugscheißer!«
»Warum hast du ihm das Licht nicht ausgeblasen? Hat dich die Kleine so gekirrt, dass er entwischen konnte? Wo war das überhaupt?«
Der feste Jochum war aschfahl geworden.
»Am Kai vor der *Grünen Planke*.«
Der Name dieser Gaststätte rief allgemeines Gelächter hervor, denn abgesehen davon, dass es der Lieblingsgasthof des festen Jochums war, weil es dort handfeste Portionen für ihn gab, war es die übelste, verrufenste und schmutzigste Schwemme, die sich am Schiffbauerdamm finden ließ.
»Wie hast du das gemacht?«
»Ich habe ihm einen Schlag versetzt, der ihn eigentlich hätte ans andere Ufer befördern müssen! Scheine ihn aber nicht richtig getroffen zu haben. Als ich mit ihr fertig war, sie ins Wasser geworfen hatte und mich umdrehte, war er auf und davon.«
»Wohin kann er sich abgesetzt haben? Und wie viel hat er abgezweigt?«, fragte der Doktor.
»Ich glaube, er ist noch in der Stadt. Er hat nicht mehr Taler nehmen können, wie in zwei Hosentaschen passen. Seine Jacke ist mit ihr ins Wasser gegangen. Was er da noch drin hatte, weiß ich nicht, aber sehr viel kann es nicht gewesen sein.«
»Was hast du getan, um ihn ausfindig zu machen? Er muss erledigt werden, denn wenn er uns verpfeift, sind wir dran.«
Der feste Jochum druckste herum.

»Also, ich ...«
Der Doktor fixierte ihn kurz und abschließend, und als wäre damit zugleich das Urteil über ihn gesprochen, wischte er das Gesagte mit einer schnellen Handbewegung aus.
»Den werden wir schon finden. Unser Herr ist sehr zufrieden – trotz allem, von dem er gar nichts weiß und das ihn auch nicht so viel interessiert.«
Er deutete mit Daumen und Zeigefinger der rechten Hand etwas an, das für so gut wie nichts gelten konnte, und warf dann rasch und geschickt jedem ein kleines Säckchen mit Talern zu, die er aus einer Ledertasche geholt hatte.
»Das ist nur ein erster Tropfen! Geht sparsam damit um, wer weiß, wie lange ihr damit auskommen müsst. Und denkt daran: Wenn ihr mehr ausgebt als gewöhnlich, wenn ihr das Schmalz dicker aufs Brot schmiert als sonst, macht ihr euch schon verdächtig!«
Die vier, die ihm am nächsten saßen, der Pötter, der Sachse, der Schornsteinfeger und das Frettchen, ließen bereits in tiefster Verzückung die silbernen Münzen mit dem Antlitz des Königs durch die Hände rieseln. Der Doktor stand auf und trat neben sie an den Tisch. Er beugte sich vor, sodass sein Kopf zwischen dem des Pötters und dem des Sachsen war, und sagte leise, während sein Blick zum festen Jochum hinüberfunkelte:
»Wegen Jochum müssen wir uns was einfallen lassen. Mir scheint, er steckt mit Flemming unter einer Decke.«
»Aber Doktorchen«, hauchte der Schornsteinfeger – der bei seiner Arbeit so gewissenhaft vorging, dass er bei manchem Betuchten und Vornehmen nicht nur den Kamin, sondern das ganze Haus besenrein und manche Mägde mit unchristlichem Geschenk hinterließ –, »wenn er wirklich mit dem Kanzlistengespenst gemeinsame Sache gemacht hat, warum hat er ihm dann die Freundin erschlagen?«

Der Doktor schien diese Frage erwartet zu haben, denn seine Antwort kam prompt:
»Ich möchte wetten, hinter ihrer hübschen Fassade steckte ein gerissener Geist. Ich vermute, sie bestand auf ihrem Anteil, damit sie uns nicht verpfeift. Und beim Geld hört bekanntlich die Freundschaft auf.«
»So isset!«, pflichtete ihm willfährig das Frettchen bei. Der schlanke Mann, der seinen Namen wegen seiner Wieselflinkheit und Gelenkigkeit trug, hätte sich vom Doktor alles erzählen lassen und es sofort für bare Münze genommen. Auch der Sachse und der Pötter nickten nun vorsichtig, wobei der Pötter mit der hintergründigen Schläue des langsam, aber sicher arbeitenden Handwerkers zumindest innerlich einen gewissen Vorbehalt gegen die Worte des Doktors wahrte, während der Sachse, der sich im Schatten einer Bohnenstange verstecken und jede Mauer ohne Hilfsmittel überblicken konnte, rückhaltlos auf dessen Seite stand.
Als der Wirt und seine Frau wieder hereinkamen, rief der Doktor:
»Fahrt auf, dass die Balken brechen! Und Bier und Branntwein für alle!«
Er lächelte sein undurchschaubares, fürs Gegenüber stets unangenehme Lächeln und nahm sich innerlich fest vor, sie alle, wie sie dasaßen und ihm jetzt zujubelten, nach Strich und Faden um ihre Anteile zu betrügen, denn er hat ihre Gesellschaft gehörig satt. Noch ein paar Wochen, und keiner in Berlin würde jemals wieder von ihm hören. Überhaupt würde er sich aus Preußen verabschieden und sich in Holland niederlassen oder an einem noch weiter entfernten Ort, wo ihm kein Preußenkönig den Ertrag seiner Arbeit würde streitig machen können. *Paris*, dachte er, *ich werde nach Paris gehen. Und der König von Preußen wird mir mein Wohlleben bezahlt haben.*
»Da, sieh nur, wie es grient, det Schwein!«, sagte der feste

Jochum zum roten Christian. »Ich verrate es dir schon heute, und du wirst noch an meine Worte denken! Er wird uns über den Tisch ziehen: Das Schwein wird uns um unsere Anteile betrügen! Aber du kannst sicher sein – so einfach werde ich ihm das nicht machen, und wenn ich ihm vorher die Gurgel umdrehen muss. Das hätte den Vorteil, dass wir uns seinen Part auch noch teilen könnten.«
Der rote Christian verzog bei dieser gefühlvollen Rede keine Miene, und der feste Jochum musste sehen, wie er mit seinem Groll alleine zurechtkam.

Sonntag, 28. April 1782

Eben wollte Langustier seiner Ehefrau Rahel ein Glas rosa Champagner von Taittinger eingießen, während ihr Blick über die grüne Frühlingswiese strich und ihr Ohr das Tirilieren der Lerchen genoss, als die Glocken der Petrikirche ihm einen Strich durch den Traum machten und er sich daran erinnerte, dass er in Berlin, Rahel dagegen in Potsdam war. Außerdem schien es ihm für ein Picknick noch ein bisschen zu früh zu sein, denn die Morgenluft, die durchs Fenster hereinströmte, war eisig kalt und holzrauchgeschwängert, was den Prozess des Aufstehens, der im Alter bei ihm für gewöhnlich immer längerer Vorbereitung bedurfte, an diesem Morgen merklich beschleunigte.
An der reichhaltigen, luxuriösen Frühstückstafel in Maries Wohnung ein Stockwerk höher fand Langustier den jungen Stimming äußerst befangen vor. Sofort erkannte er auch den Grund dafür –welcher Knabe in Alexanders Alter wäre in Gegenwart Gerardines nicht befangen gewesen? Sie trug zwar keine Culottes (sprich: Hosen) mehr, wie noch vor ein paar

Jahren, aber sie entsprach in keiner Hinsicht dem Bild, das sich ein junger Mann von einer jungen Frau machte. Vor allem dominierte sie das Gespräch, gab unmissverständlich stets den Ton an und ließ an diesem Morgen nur Langustier gelegentlich zu Wort kommen. Aber sie akzeptierte auch nicht alle Antworten, sondern gab erst Ruhe, als in der einzigen Frage, die sie beschäftigte, welche da lautete:
»Ich darf also mitkommen?«,
seinerseits das Wort:
»In drei Teufels Namen – ja!«,
gefallen war.
»Brauchen Sie nicht noch eine weitere hilfreiche Hand?«, fragte Alexander Stimming, und es klang fast flehentlich.
»Ein Einhändiger wäre uns nur hinderlich«, sagte Gerardine, und Langustier sah den Schalk in ihren Augen. »Sie sollten die einzige Hand, die Ihnen verblieben ist, tunlichst schonen. Außerdem macht sich Ihr Herr Vater bestimmt schon Sorgen um Sie!«
»Wo sie recht hat, hat sie recht!«, sagte Langustier und nickte, fügte jedoch leise hinzu: »Nehmen Sie es ihr nicht übel, so ist sie nun mal …«
Sie stiegen die Treppe hinab und sagten Hausherrin Marie Lebewohl, die ihnen noch das ein oder andere aus ihrem herrlichen Laden für den Tag mitgab, vor allem auch Alexander Stimming sein versprochenes Vesperpaket in die Hand drückte. Langustier sah, dass Alexanders Interesse durch Gerardines Frechheit keineswegs erloschen war – im Gegenteil …
»Seien Sie vorsichtig, mein Freund!«, flüsterte er ihm daher zu. »Mit diesem Frauenzimmer ist nicht gut Kirschen essen. Selbst ein alter Hase wieder Doktor Heim hat sich an ihr die Zähne ausgebissen. Die sollten Sie zügig vergessen.«
»Was ist denn das da für ein Treppengeflüster?«, fragte Gerardine oben erbost.

»Nichts, nichts, meine Liebe!«, flötete Langustier. »Nur ein paar Grüße an Alexanders Vater.«
Langustier konnte ihm am Gesicht ablesen, wie viel er auf seine Ratschläge gab. Aber was sollte er tun? Für den Augenblick fügte Alexander Stimming sich drein, legte sich aber bereits Pläne zurecht, möglichst rasch einen neuen Auftrag in Berlin erfüllen zu müssen, der mehrere Tage in Anspruch nahm …

In der Nähe der Spitalbrücke, auf der Leipziger Straße, am Dönhoffplatz, setzten sie ihn ab. Er wanderte in Richtung Oktogon, wo er die nächste Expresspost nach Potsdam diesmal ganz sicher erwischen dürfte.
»Meiden Sie Berlin!«, hatte Gerardine ihm noch spöttisch nachgerufen. »Es ist die Hauptstadt des Verbrechens!«
Sie drehten um und waren gewiss, über die Straße am Wasser in Richtung Neu-Cölln möglichst rasch ins Holz- und Salzviertel zu gelangen. An der Blocksbrücke jedoch endete ihre Fahrt, denn hier herrschte das gleiche Flutchaos wie am Unterbaum tags zuvor. Fluchend wendete Langustier erneut, und es dauerte eine Viertelstunde, bis sie wieder an ihrem Ausgangspunkt in der Rossstraße vorbeirasten, am Cöllnischen Fischmarkt rechts abbogen, um sich über den wie üblich verstopften Mühlendamm zu quälen. Berlinerischer Fischmarkt, Stralauer Straße, großes Friedrichshospital, Provianthaus …
»Ich weiß nicht, wie viele Jahre meines Lebens ich im Berliner Stadtverkehr vertrödelt habe!«, sagte Langustier. »Jetzt können wir nur hoffen, dass wenigstens die Schleusenbrücke offen ist.«
»Ist sie, Urgroßväterchen – ich hab's vorhin von der Blocksbrücke aus gesehen. Hätte dich schon gewarnt, dann hätten wir das Boot nehmen müssen.«
»Wir haben kein Boot«, sagte Langustier trostlos.
»Wir sollten uns vielleicht eins anschaffen«, konterte Gerardine. »Für künftige Spree-Hochwasser.«

Glücklich kamen sie über die gerade eben so befahrbare Schleusenbrücke – eine Zugbrücke genau wie die Blocksbrücke – in die Holzmarktstraße. Erstaunt sahen sie hier gleich drei Polizeikutschen stehen: die von Polizeikommissar Distel, die von Polizeiinspektor Wiedebrock und die des Polizeichefs und Stadtpräsidenten Philippi.

»Du glaubst es nicht!«, war Langustiers Kommentar. »Aber Masse ist nicht Klasse. Mal sehen, wie sich die Herren von der Polizei hier so ihre Zeit vertreiben.«

Sie stiegen aus und begaben sich ins Verwaltungsgebäude der Salzfaktorei, wo die zu den Kutschen gehörenden Herren gerade mit der Befragung des stellvertretenden Salzfaktoreikontrolleurs Römer begannen. Langustier begrüßte die Polizeioberen in der gehörigen Reihenfolge. Dem Polizeipräsidenten sein Permiss zu zeigen war zwar nicht nötig, denn Philippi war von seinen Untergebenen bereits davon in Kenntnis gesetzt worden, dass es in ihrer Arbeit wieder einmal vom König verordnete Laien-Unterstützung gab, doch Langustier genoss es, diesen kleinen Stich anzubringen.

»Mein lieber Langustier«, begrüßte ihn Philippi, »es ist eine Schande, dass der König Sie nicht endlich in Ruhe lässt mit seinen Sonderaufträgen!« Mit einem Seitenblick auf Gerardine, die zu dieser Eröffnung eine bitterböse Miene machte, fügte er hinzu: »Ihr verehrtes Fräulein Urenkelin hat mit Sicherheit auch Besseres zu tun, als ihre Zeit hier zwischen Salzfässern und alten Männern zu verbringen!«

Die Urenkelin schüttelte den Kopf und sagte:

»Es gibt nichts Interessanteres als Salzfässer und alte Männer, glauben Sie mir, Herr Stadtpräsident. Im Übrigen müssen Sie es schon mir überlassen, wie ich meine Zeit verbringe!«

»Ganz die Alte!«, sagte Distel, der sich noch sehr gut an seine erste Begegnung mit Gerardine vor vier Jahren erinnerte.

»Bitte behandeln Sie meine Urenkelin, als wäre sie meine

Assistentin. Ich muss Ihnen sagen, ihr Interesse an diesem Fall ist fast noch größer als meines. Nein, sagen wir: Es ist größer!«
Langustier hatte seine schwarze Hornbrille gezückt und sich, ohne weiter um Erlaubnis zu fragen, das Kassenbuch vorgenommen, das auf dem Tisch lag und offenbar bereits im Gespräch der Herren eine Rolle gespielt hatte.
»Ist das der Betrag, der sich in der Kiste befand, Herr von Römer? Und ist das Flemmings Handschrift? Was für ein Mensch ist er?«
Gerardine hatte sich die Schrift nur kurz angesehen und sagte:
»Ein eitler, sehr von sich und seiner künftigen Bedeutung in der Welt eingenommener, an sich aber unscheinbarer, seinen Pflichten nur schlecht gewachsener und von seinen Kollegen insgeheim belächelter und für nicht ganz vollwertig gehaltener Mann, wenn ich mir diesen kleinen Einwurf erlauben darf.«
Römer wollte nicken, brach den Versuch aber gleich ab. Der stellvertretende Salzfaktoreikontrolleur trug den Hals in einem dicken Verband, und sein Gesicht war schmerzverzerrt, als er sagte:
»Sie haben ihn wunderbar beschrieben, Mademoiselle! Ich könnte allenfalls noch hinzufügen, dass er im Rechnen mitunter Fehler machte und abends viel zu oft in Tabagien sich herumdrückte.«
»Hat sich Flemming an diesem Tag irgendwie anders benommen als sonst?«, wollte Langustier wissen.
»Nein, das möchte ich nicht behaupten. Da er ohnehin nie sonderlich konzentriert wirkte, ist mir auch an diesem Tag nichts weiter aufgefallen.«
»Halten Sie ihn für fähig, auf eigene Faust einen so dreisten Raub zu planen und durchzuführen?«, fragte Langustier.
»Ich hielt ihn keiner solchen Schlechtigkeit für fähig, schon gar nicht auf eigene Rechnung.«
»Seine Beteiligung steht außer Frage«, sagte Philippi.

»Bitte beschreiben Sie uns noch einmal, Herr Hauptmann, wie sich der Überfall aus ihrer Sicht zugetragen hat«, forderte Wiedebrock Römer auf. »Von dem Moment an, als Sie bemerkten, dass da etwas vor Ihnen auf der Straße lag.«

Römer seufzte und sagte:

»Es begann in Sichtweite der Spitalbrücke. Es war noch nicht völlig dunkel, noch immer sah man im Dämmerlicht recht gut. Dass etwas auf der Straße war, habe ich sofort gesehen und den Kutscher neben mir darauf aufmerksam gemacht, dass er langsam fahre und zur Not anhalte. Als wir bemerkten, dass ein Mann auf der Straße lag, haben wir abgebremst und kamen schließlich etwa fünf Fuß vor dem Liegenden zum Stehen. Alles sah nach einem Unfall aus. Ein Fuhrwerk stand am Straßenrand, wo zur Spree hin eine sumpfige Wiese sich erstreckt. Wegen des Hochwassers war sie schon halb überspült, und ich konnte zwei Kähne sehen, die dort lagen. Das Unglück hatte sich scheint's eben erst ereignet, denn ein Mann kam auf uns zu, von der Seite, vom Wagen aus, und fuchtelte mit den Händen. Er war eher schmächtig und trug Soldatenuniform. Auch der am Boden Liegende, das sah ich jetzt, ein Dicker und Stämmiger, war offenbar Soldat. Beide Regiment Gens d'armes, soweit ich sehen konnte. Ich kannte weder den einen noch den anderen von Angesicht, wobei ich den unteren, so wie er dalag, nur von rücklings hätte kennen können. Als wir gehalten hatten, redete der andere auf mich ein, doch so aufgeregt, dass ich erst nur den bruchstückhaften Kern seines Sermons verstand und behalten habe. So etwas wie: *Brauche Hilfe! Kamerad vom Wagen gefallen! Krieg das Vieh allein nicht wieder rauf! Muss in die Charité!* Dann ging es etwas besser: *Nicht einmal von der Straße kann ich ihn ziehen, will es auch nicht, weil er sich wohl innerlich verletzt hat. Zumindest schreit er wie am Spieß, wenn man ihn anfasst.*«

Römer hielt kurz inne, um Kraft zu schöpfen.

»Wir stiegen ab, in der guten Absicht, eilig zu helfen. Außerdem war mir jede Verzögerung auf unserem Weg unangenehm, denn ich wollte meinen Zeitplan einhalten und im Übrigen auch endlich Feierabend haben, nach diesem schrecklichen Tag. Beim Wort *Charité* musste ich an die Verletzten am Salzkai denken. Meine ganze Sorge war, das Hindernis schnell zur Seite zu räumen und meinen Weg fortzusetzen. Doch kaum waren wir abgestiegen, sprang der am Boden Liegende – es geschah so schnell, dass mir im ersten Augenblick überhaupt nicht klar war, was geschah – wie von der Tarantel gestochen auf, war mit einem Satz bei mir und schlug so fest zu, dass ich glaubte, er habe mir den Kopf abgehauen. Dem Kutscher neben mir erging es nicht anders, denn alles, was ich noch wahrnahm, bevor die Sinne mir schwanden, war, dass auch er am Boden lag. Mir wurde schwarz vor Augen, aber nicht weil ich das Bewusstsein verlor, sondern weil mir eine schwarze Binde vor die Augen gelegt wurde. Gleichzeitig spürte ich, dass meine Hände und Füße gefesselt wurden. Anschließend trugen mich zwei über die Wiese zu den Kähnen, die ich hinten gesehen hatte. Es dauerte eine ganze Zeit, während der ich entfernte Schmerzensschreie und laute Rufe hörte, dann wurden weitere Körper herangetragen. Die Träger brabbelten unentwegt, und ich habe die ganzen Tage versucht, mich an das zu erinnern, was ich gehört hatte. Viel war es nicht.«

»Auch das kleinste Wörtchen kann wichtig sein!«, bemerkte Langustier.

Römer sagte nach intensivem Nachdenken:

»Bei der Fahrt im Boot und auch später, als sie uns in diesem Torfkahn abgelegt haben, entschlüpften einigen ein paar Spitznamen. *Pott* oder *Pött*, meine ich mich zu erinnern, *Feger* oder irgendetwas mit *Feger*, und *Wiesel.* Ja genau … *Wiesel* … Oder war es *Marder*?«

Römer schien sich plötzlich wieder sehr unsicher zu sein.

»Kannst du dir das merken?«, fragte Langustier.
»Schon passiert«, beruhigte ihn Gerardine.
Distel bat Römer, seine Untergebenen, soweit sie am Abend des Verbrechens mit von der Partie gewesen waren, zu ihnen in die Halle zu rufen.
Die Wachmannschaft kam herein, und Gerardine musste sich abwenden, um mit ihrem unbezwinglichen Grinsen keinen Eklat hervorzurufen: Alle sechs Mann trugen den gleichen Verband wie Römer.
»Dieser Brecher müsste eigentlich auch einen Verband tragen – an der Hand.«
Gerardine war, ihre Gesichtszüge wieder unter Kontrolle bringend, von einem zum anderen gegangen und hatte den Wachen, für die Herren unhörbar, immer dieselbe Frage gestellt. Schließlich sagte sie, an Römer gewendet:
»Der Schläger ist Linkshänder! Nicht wahr, Hauptmann?«
Römer fasste sich unwillkürlich an die linke Stelle seines Halses, die noch immer höllisch schmerzte, und bejahte. Die eingehende Befragung der Wachen brachte weitere Bandenmitglieder-Spitznamen-Versatzstücke zutage: *Freddy, Ratte, Langer* und *Peter.* Weiter ergab sich daraus zunächst nichts.
»Kam einem von Ihnen irgendeiner dieser vermeintlichen Spitznamen bekannt vor?«, fragte Philippi.
»Nein, mir nicht, kein einziger«, sagte Wiedebrock.
»*Ratte* klang mir vertraut, aber ich wüsste nicht …«, sagte Distel.
Langustier wandte sich, kurz bevor sie gingen, noch einmal an Römer und fragte:
»Sprach der Schmächtige, der Sie anredete, als er von seinem verunglückten Mitfahrer erzählte, wirklich von inneren Verletzungen?«
»Ja, er sagte wohl so etwas wie: *Ich glaube, dass er sich innerlich verletzt hat.*«

»Was halten Sie davon, Herr Stadtpräsident und Polizeichef, wenn Sie einmal eine Generalvisitation für ganz Berlin anberaumten? Wäre das nicht die einfachste Lösung, das Geld sofort zu finden? Insofern es überhaupt noch in der Stadt ist.«

»Das wollen wir doch hoffen. Dass es noch in der Stadt ist, meine ich. Doch was Ihren Vorschlag betrifft – ich habe ihn bereits dem König unterbreitet, doch ohne Erfolg. Er will nicht, dass so viel Aufhebens um die Sache gemacht wird, denn es könnte bei den auswärtigen Gesandten der Eindruck entstehen, dass Preußen vor dem Ruin steht, weil ihm der ganze Staatsschatz geraubt sei. Im Großen und Ganzen ist es doch nur ein kleiner Betrag, und daher wünschen Seine Majestät ausdrücklich *keine* Generalvisitation.«

Sie schieden voneinander, und zumindest Philippi, Wiedebrock und Distel wirkten ziemlich ratlos in der Frage, was als Nächstes zu tun wäre. Langustier schien da weniger unschlüssig zu sein, doch er war auch nicht bereit, seine Pläne einfach so offenzulegen.

De La Vallée kehrte wie im Rausch vom Kronprinzen aus Potsdam zurück. Als seine Kutsche in die Auffahrt zu seinem Berliner Palais hineinfuhr, dem prächtigsten Privatbau in der ganzen Friedrichstraße, neben dem das Nachbarhaus der Schwester Friedrichs des Großen – Prinzessin Amalies – sich wie eine kleine verschimmelte Kastenpastete ausnahm, da wusste er, dass er nach Jahren der tiefsten Ungewissheit endlich dort angekommen war, wohin er schon immer zu gehören glaubte. Er hatte dem König eine Viertelmillion Taler aus den knochigen Rippen geschnitten, ohne dass der Alte je erfahren würde, wie es eigentlich zugegangen war. Er hatte den Kronprinzen in der Hand, denn er würde ihm nun Kredit geben können. Damit hatte er nebenbei auch seinen Hauptrivalen

Wallner ausgestochen. Er müsste sich nur noch eine Erklärung für seinen Reichtum ausdenken.

De La Vallée begab sich in den Keller, wo sich ihm ein überwältigender Anblick bot. Fünfzehn eiserne Kisten standen dort, eng gepackt auf- und nebeneinander, jede randvoll mit Silber. Schon immer war dies sein Wunschtraum gewesen: einmal mit beiden Händen im Silber herumzuwühlen. Es hätte natürlich etwas mehr sein können, dachte er. Doch dann verwarf er diesen Gedanken wieder: Eine Viertelmillion preußische Reichstaler, das war der größte Silberraub aller Zeiten! Mehr schaffte kein noch so stabiles Fuhrwerk. Und nun lag dieser Schatz, wie von Zauberhand herbeigeführt, in seinem Keller! Er zerrte einige alte Decken darüber und begab sich nach oben in sein Ankleidezimmer, um sich für die kleine, höchst gemischte Abendgesellschaft vorbereiten zu lassen. Natürlich war Wallner dabei, die Sängerin Carlotta, der unermüdliche Stadtchronist Nicolai, die junge Gräfin Kamecke, auf die es alle vornehmen Berliner Junggesellen abgesehen hatten (beileibe nicht nur ihres ererbten Gutes und Vermögens wegen ...), sowie – und über diese Spitze freute er sich besonders – der Berliner Polizeichef Philippi.

Er begrüßte seinen neuen Adlatus, der beim Kassenfischzug seine Talente vollends unter Beweis gestellt hatte. De La Vallée war sich sicher, mit seiner Hilfe den Weg zum Erfolg erheblich schneller beschreiten zu können. Allerdings musste der Junge sein bisheriges Leben unterm Mantel der Verschwiegenheit verbergen, das de La Vallée nicht unbekannt und daher nicht unsympathisch war. Der *Doktor* nämlich, wie er im Berliner Halbweltmilieu genannt wurde, hatte sich vor einigen Jahren, frisch aus Paris zurückgekehrt, mit nicht sehr glücklich verlaufenen Augenoperationen die weitere Teilnahme am bürgerlichen Leben verscherzt und daher abtauchen müssen. An diesem Abend würde er eine neue Verpuppung erleben und eine gesellschaftliche Premiere obendrein. Schon binnen Stundenfrist würde sich zeigen, ob ihrer beider Erfindung, die Kunstfigur des jungen französischen Landadeligen Jean-François de Saint-Émilion, den kritischen Augen eines Mannes wie Philippi standhalten würde. Als Spieler (auch etwas, das sie einte) wussten sowohl de La Vallée als auch der Doktor, dass es in gefährlichen Situationen oft am besten war, alles auf eine Karte zu setzen. Zumindest liebten sie beide das Vabanquespiel viel mehr als das zögerliche Auf-Nummer-sicher-Gehen.

»Nun, mein Lieber, wie fühlt sich das an, in einem Hause Komödie zu spielen, dessen Fundament man selbst mit Silber unterfüttert hat?«, fragte de La Vallée, beim Eintreten erfreut bemerkend, dass die äußere Verwandlung des Doktors in den Chevalier über die Maßen gut gelungen war.

»Es klingelt beim Gehen!«, sagte der Doktor, und de La Vallée lächelte breit.

Vielleicht könnten sie sogar Freunde werden. In etwas vertraulicherem Ton sagte er:

»Wir müssen Philippi sofort beschäftigen, sonst gehen wir hoffnungslos baden. Wenn wir jedoch gleich das Ruder in die Hand nehmen, ist er zu beschäftigt, um aus unserem Fahrwasser zu kommen. Tun wir es nicht, packt ihn selbst die Neugier. Bei einem Mann seines Berufs nur zu verständlich. Aber wie auch immer. Er wird heute Abend versuchen, herauszufinden, ob hier ein Kuckucksei im Nest liegt.«

De La Vallée musterte sein Kuckucksei und fand es überaus präsentabel.

»Wo haben Sie diesen schönen Anzug her?«, fragte er.

»Ich nahm Sie beim Wort, Monsieur, und erlaubte mir, ein Stück aus Ihrem reichhaltig bestückten Kleiderschrank auszuwählen und mir etwas besser anmessen zu lassen.«

»Daran haben Sie wohl getan«, sagte de La Vallée lächelnd.

»Wie wäre es, wenn wir Philippi eine Theorie unterbreiteten, die seinen Geist so sehr fesselt, dass er keinen Gedanken auf das Hier und Jetzt mehr verschwendet?«, fragte der Doktor alias Saint-Émilion.

De La Vallées Lächeln wurde breiter und breiter.

»Ich bin überaus gespannt, was für ein Märchen Sie uns da erzählen werden. Ich gehe wohl nicht fehl in der Annahme, dass es mit dem silbernen Klingeln unter unseren Füßen zu tun hat ...«

Der frischgebackene Saint-Émilion lächelte nun ebenfalls, und es bedurfte keiner weiteren Worte zwischen ihnen, was diesen Punkt betraf. Während de La Vallées Kammerdiener letzte Hand an seinen Anzug legte, einen roten Seidenrock mit silbernen Tressen und großen blauen Blattranken-Stickereien, bürstete sich der Doktor die Flusen selbst vom Rock. Da wurden schon die ersten eintreffenden Gäste gemeldet, und sie eilten zu deren Empfang.

Die hübsche Sängerin Carlotta, die in wilder Ehe mit einem italienischen Cellisten namens Zapotti lebte, kam fast gleichzeitig mit dem kleinen alleinstehenden Wallner, der unlängst Schloss Diedersdorf günstig erworben hatte, nachdem der alte Baron von Kellner verstorben war. Wie auch de La Vallée spekulierte Wallner auf einen hohen Posten in der künftigen Regierung des Kronprinzen. Überschwänglich begrüßte der Gastgeber die Gräfin Kamecke, eine jung verwitwete Schönheit mit einer dunklen Vorgeschichte. Der Erbherr auf Prötzel, den sie geheiratet, hatte seinem Leben ein Ende gesetzt, nach Jahren des geistigen und körperlichen Dahinsiechens, hervorgerufen durch den mysteriösen Freitod seines Sohnes. Böse Stimmen behaupteten freilich, sein Tod sei verursacht worden durch ihre Abwendung von ihm ... Schließlich erschien die heimliche Hauptperson des Abends – der Stadtpräsident und Polizeichef: Johann Albrecht Philippi. Er war, trotz vieler üblen Nachrede, mit der ein Mann im öffentlichen Amt stets leben musste, der untadeligste Untertan Seiner Majestät, verfügte jedoch zudem durchaus über Witz, Geist und Humor, ja sogar Anflüge von Selbstironie zeigten sich. Vielleicht lag es an dem ihm vom König zu Anfang seiner Dienstzeit verordneten Parisaufenthalt, dass ihm das Französisch flüssiger von der Zunge ging als den Hofchargen. Er hatte in Halle Rechtswissenschaft studiert und war nach dem Examen in den preußischen Staatsdienst eingetreten. Als er Auditeur in Prenzlau war, hatte ihn der König promoviert, doch er hatte ihn in einem Schreiben, welches Esprit verriet, gebeten, seine erfolgte Beförderung wieder zurückzunehmen, da er sich in seiner Position nützlicher für den Staat vorkam. Das gefiel dem ersten Diener des Staates, und er ließ diesen merkwürdigen jungen Mann deshalb nach Potsdam kommen. Da er im Verlaufe ihrer Unterhaltung den besten Eindruck von Philippi gewann, machte er ihn zum Berliner Polizeichef und Stadtpräsidenten und schickte ihn zum Studium der polizeilichen Einrichtungen auf ein Jahr nach Paris. Der König hatte damals noch die Absicht, das Vorzüglichste der französischen Polizei, soweit solches den Berliner Verhältnissen angepasst werden könnte, nach und nach dort einzuführen. Doch Philippi musste ihm nach seiner Rückkehr die meisten der Illusionen nehmen. Die Aufklärungsrate in Paris war miserabel, und selbst die geheimnisumwitterte und für unfehlbar gehaltene Pariser Sicherheitspolizei war viel schlechter als ihr Ruf. Auch wäre ihr System für Preußen zur damaligen Zeit unbezahlbar gewesen. Geldsorgen waren im Übrigen das, was Philippis Amtszeit bestimmte. Zum Beispiel kostete ihn die Einstellung zweier neuer Nachtwächter im Nebenberuf zu je 48 Taler Jahresgehalt zwei Jahre Papierkrieg. Inzwischen war Philippi 61 Jahre alt. Noch vor Tagen hatte er sich rühmen können, dass die Sicherheit in Berlin auf einem nie zuvor erreichten Höchststand war. Doch der nunmehrige Straßen- und Kassenraub drohte ihn in wenigen Tagen um zehn Jahre altern zu lassen. Sein Renommee beim König war in Gefahr.

Auch sein Tischnachbar, der publizistisch überaus aktive Buchhändler Friedrich Nicolai, musste um seine Reputation besorgt sein, hatte er doch in der letzten Auflage seiner Beschreibung der königlichen Residenzstädte Berlin und Potsdam die Tätigkeit des Polizeichefs und seiner Beamten über den grünen Klee gelobt.

Man saß in lockerer Runde auf der bereits frühlingshaft lauen Terrasse und genoss die letzten Abendsonnenstrahlen überm Wipfelhorizont des Königlichen Tiergartens. Zwei livrierte Diener trugen Tabletts mit gefüllten Champagnergläsern herum. Nach dem Austausch der üblichen Höflichkeiten umkreiste das Gespräch zunächst den heißen Brei, ohne dass einer sich getraut hätte, die Sprache darauf zu bringen. Dann war es Wallner, der seine Neugier nicht länger bezwingen konnte:

»Man hört, dass die Tote im Fluss etwas mit dem Salz-Geld-Raub zu tun hat!«

»Ach ja?«, respondierte Philippi. »Was man so alles hört ... Ich habe einmal sogar gehört, dass Sie unterm neuen König mein Nachfolger werden sollen!«

Alles lachte.

»Das ist überhaupt nicht zum Lachen, meine Herrschaften«, erboste sich der kleine Wallner, um dann selbst ins Lachen einzustimmen. »Sagen wir mal, es wäre möglich, aber es ist eher unwahrscheinlich, denn meine Domäne ist die Religion und nicht zu sehr die Verfolgung von Mördern, Räubern und Dieben. Die Dame soll ja eine Uniform getragen haben, hört man. Wie kurios!«

»Man ist gut informiert. Hat man auch gehört, wer sie ist und wie sie zu dieser Uniform kam?«, fragte Philippi und lächelte.

Hier musste Wallner passen, doch seine Strategie, die einem jeden Jäger oder Fischer Ehre gemacht hätte – das Anfüttern der noch lebenden Beute –, hatte schon seine Wirkung getan. Der untersetzte, mittelgroße Mann mit dem typischen Äußeren des Gourmands, namentlich den fleischigen Lippen, lehnte sich auf seinem gefährlich knackenden Stuhl zurück und begann:

»Nun, da Sie ja ohnehin von nichts anderem sprechen und hören wollen, bevor wir mit dem Essen beginnen, und ich nicht möchte, dass Ihnen zu viele ungelöste Fragen den Appetit verderben, kann ich Ihnen zumindest so viel verraten: Das Fräulein, denn Dame möchte ich sie denn doch nicht nennen, trug eine ihr wohl als Abschiedspräsent überlassene Uniformjacke. Sie war ganz offensichtlich, leider wissen wir nicht, für wie lange, die Geliebte eines Mannes, der – noch unbekannt, wie tief – in die Sache verstrickt war.«

»Mein Gott, ist das entsetzlich!«, entfuhr es der Sängerin Carlotta. »Gibt es etwas Schrecklicheres als eine tote Geliebte? Im Moment der höchsten Verzückung aus dem Leben gerissen zu werden, ist doch das Tragischste, was ich mir vorstellen kann!«

»Ich wage zu widersprechen Madame«, sagte Saint-Émilion, »denn ich kann mir meinerseits nichts Schöneres vorstellen: der letzte Eindruck – erfüllte Liebe, höchste Lust! Welcher Tod könnte denn schöner sein?«

Seine Blicke ließen keinen Zweifel daran, dass er sich einen solchen gemeinsamen Tod mit ihr nicht nur sehr gut vorstellen konnte, sondern ihn sich geradezu herbeiwünschte, was allseits mit Heiterkeit goutiert wurde. Carlotta machte hierin keine Ausnahme, doch nachdem sie ihn hinsichtlich seines galanten Vorstoßes gerade lange genug beifällig angefunkelt hatte, um ihre Meinung, ihn betreffend, allen deutlich zu machen, wurde sie wieder ernst und sagte:

»Wenn Sie über eine Tote keine Scherze machten, mein Freund, ließe das unseren gemeinsamen Tod noch wahrscheinlicher werden.«

Der Doktor alias Jean-François de Saint-Émilion verstand den Wink und verneigte sich mit devotem Blick. Carlotta setzte neu an.
»Ich kann es auch so formulieren: Was kann es Schrecklicheres geben, als aus der blühenden Jugend heraus, in der Hoffnung auf ein erfülltes Liebesleben, vom Tod überrascht zu werden?«
»Da wüsste ich schon etwas!«, sagte Philippi. »Im Alter, nach einem Leben ohne Erfüllung, in der letzten trügerischen Hoffnung den Löffel abzugeben.«
Carlotta fühlte sich nun vollends nicht ernst genommen und zog einen Flunsch.
»Vergeben Sie mir, Madame, die Sucht, Esprit zu zeigen, diese französische Unart, hat mich mitgerissen«, bekannte Philippi. Hier warf er dem ihm unbekannten jungen Mann an de La Vallées Seite einen tadelnden, doch nicht zürnenden Blick zu.
»Herr Stadtpräsident! Ihre Ausdrucksweise lässt doch sehr zu wünschen übrig!«, mischte sich die Gräfin Kamecke ein. »*Den Löffel abgeben* … Jetzt sagen Sie bloß noch *um die Ecke bringen* oder oder *Sore* für das geraubte Geld, und Sie könnten glatt bei der Bande einsteigen, die dieses schändliche Verbrechen auf ihr Gewissen geladen hat.«
»Nun wiederum bin *ich* erstaunt, Madame, dass *Sie* solche Ausdrücke kennen!«, erwiderte Philippi mit heiterer Miene, um in theatralischem Ernst fortzufahren: »Gestehen Sie es nur ein – Sie wissen mehr über die Halbwelt als wir alle zusammen!«
»Gemach, gemach, Herr Polizeichef«, sagte de La Vallée. »Ich muss die Gräfin in Schutz nehmen: Solche Ausdrücke findet man sogar bei unserem größten Chronisten. Herrn Nicolai, haben Sie nicht ein Werk herausgegeben, welches heißt *Geheimnisse von Berlin*? Sind darin nicht alle solche Ausdrücke aufgelistet, quasi eine Art Dictionaire für das Rotwelsch oder Räuber-Platt unserer Metropole?«

Friedrich Nicolai, der sich gern als biederer wortkarger Buchhändler gab, wenn ihm ein Thema zu heiß wurde, auch wenn er sonst der Großsprecher in Person war, murrte:
»Da sind Sie zum Glück falsch unterrichtet, mein Herr, denn dies Werk habe ich niemals verfasst. Es stimmt jedoch, oder sagen wir lieber, es stimmt jedoch leider, dass ich mich dazu bewegen ließ, ein solches Elaborat in den Kanon meiner ansonsten untadeligen Verlagspublikationen einschlüpfen zu lassen. Ich bereue es und werde es bis an mein Lebensende bereuen, dass dieses Werk eines Anonymus – wie gern würde ich ihn der Polizei ausliefern – jemals den Weg in die Hallen meiner ehrbaren Offizin hat finden können!«
Nun mochte sich jeder das Seine denken über dieses Tarnkappenspiel im Buchhandel, und Philippi etwa stellte sich vor, wie der *ehrbare* Nicolai verkleidet in den Spelunken und Diebsnestern der Berliner Halbwelt die Geheimsprache abgemolken und dann mit der klammheimlichen Freude des Biedermanns seine profitable Gaunersprachlehre verzapft hatte.
Die Gräfin nickte und dankte für diesen, wie sie fand, doppelten Beweis ihrer Unschuld. Freilich hatte sie dieses Werk nie gelesen, sondern die Ausdrücke im Verkehr mit Männern aufgeschnappt, von denen sie weder die Namen noch ihr Handwerk kannte, geschweige denn kennen wollte, denn sie waren für sie nur aus anderen Gründen von Interesse gewesen.
»Gibt es denn gar keinen Hinweis in dieser vertrackten Geschichte?«, fragte de La Vallée. »Der Kronprinz ist in Sorge, dass auf diese Weise der ganze Staatsschatz zum Verschwinden gebracht werden könnte.«
»Das wird nun kaum der Fall sein. Ein König«, und nun war der Polizeipräsident ganz in seinem Fahrwasser, »würde dies im Übrigen weit schneller und besser ins Werk setzen können als jede noch so gut organisierte Bande, die sich an einer von fünfzehn Kassen im Schloss vergreift. Was höchstwahrschein-

lich auch das einzige Mal sein wird, dass jemals im Berliner Schloss eingebrochen wird.«

De La Vallée lächelte süffisant, denn er hatte den Wink mit dem Zaunpfahl durchaus verstanden. Er blickte zu seinem Geschöpf Saint-Émilion und blinzelte, was diesem bedeuten sollte, dass nun der Zeitpunkt für eine gewisse Geschichte gekommen war. Der Doktor hatte begriffen.

»Rentmeister Wallner sagte vorhin, dass man so viel höre … Ich hörte auch etwas, und zwar ganz zufällig in höchst eigener Person, als ich nämlich gestern den Gasthof betrat, in dem ich abgestiegen bin, den *König von Portugal.*«

Hier gingen alle Augenbrauen hoch, denn das war das teuerste Hotel von Berlin. Der Doktor machte eine wohlberechnete Pause, ehe er fortfuhr.

»Ich hörte neben mir den Namen eines Mannes, den ich einmal auf einer Reise zwischen Paris und Berlin kennengelernt habe, nämlich den Namen *Gansauge.*«

Die Damen schüttelten sich, und Carlotta sagte:

»Wie ekelhaft! Was für ein garstiger Name!«

Philippi und Wallner waren jedoch hellhörig geworden.

»Mag durchaus sein, ästhetisch gesehen. Nicht jedoch, wenn man weiß, wer sich dahinter verbirgt. Gansauge ist einer der reichsten Männer im ganzen Salzkreis!«, fuhr Saint-Émilion fort.

»Salzkreis?«, fragte die Gräfin Kamecke. »Das klingt nach einer spiritistischen Sitzung.«

»Und ist doch nichts weniger als das, Madame, sondern ein recht kleiner und unbedeutender und daher auch meist verkannter Teil Ihres herrlichen Preußenlandes: Es ist die Gegend, aus der das Salz kommt, welches in der Hauptstadt gehortet wird. Und Abraham Gansauge ist der Pächter der dortigen Saline, die ihm so viel Geld einbringt, dass er sich ganze Schlösser davon kaufen könnte.«

»Schlösser aus Salz – wie spaßig!«, rief Carlotta, doch die eisigen Blicke um sie her zeigten ihr, dass dieser Scherz nicht fruchtete.
»Er ist Geheimer Kriegsrat und kann sich durchaus Chancen ausrechnen, demnächst vom König geadelt zu werden«, sagte Wallner, der sich nichts mehr wünschte, als *von Wallner* zu heißen.
»Mit dem Gansaugischen Privileg auf den Abbau der Braunkohle bei Altweddingen verdient er sogar noch einmal so viel Geld«, streute Nicolai aus eigener Chronisten-Kenntnis ein.
»Worauf wollen Sie eigentlich hinaus?«, fragte Philippi und fasste Saint-Émilion scharf ins Auge.
»Oh, durchaus auf nichts! Ich dachte nur: Mich würde es wurmen, wenn ich das meiste von meinen sauer erwirtschafteten Gewinnen dem König abzuliefern hätte.«
»Sie würden also den König bestehlen, wenn Sie an Gansauges Stelle wären?«, setzte Philippi nach, Saint-Émilion nicht aus der Klammer seines Blickes lassend.
»Wo denken Sie hin? *Ich* würde den König niemals bestehlen!«, beeilte sich Saint-Émilion nachzuschicken, und der Blick, den de La Vallée ihm zusandte, riet ihm alles andere, als in dieser Geschichte weiter vorzupreschen. »Ich fand es nur merkwürdig, dass der Hauptsalz-Entrepreneur des Königs just nach einem solchen eklatanten Raub, dessen Ertrag ganz offensichtlich noch nicht die Stadtgrenzen passiert hat, in Berlin aufschlägt.«
»Das finde ich in der Tat auch sehr merkwürdig«, sagte de La Vallée.
»Woher wollen Sie wissen, dass das geraubte Geld noch in Berlin ist?«, fragte Philippi.
»Ihre Kontrollen an den Stadttoren ließen nicht mal einen unverzollten Kreuzer durch. Wie sollten da drei Wagenladungen Silber unbemerkt hindurchfahren?«

Philippi entspannte sich wieder etwas und sagte:
»Manchmal ist eine größere Menge leichter zu verstecken als ein einzelnes Stück. Wir hatten da mal einen Fall, da sind siebenhundert Last Weizen durchgeschlüpft, denn sie waren als Lieferung für die Getreidedepots des Militärs getarnt und mit dementsprechenden Papieren versehen.«
»Nun, das wäre in diesem Fall wohl schwerlich möglich«, sagte der Doktor. »Es gibt keine auswärtigen Gelddepots des Königs, soweit mir bekannt ist.«
De La Vallée bewunderte ihn dafür, so hartnäckig bei einem Thema zu bleiben, welches sich leicht zum Galgenstrick entwickeln könnte. Zugleich erfasste er, dass es die beste Taktik war, den Kopf aus der Schlinge zu ziehen: Philippi pflichtete ihm bei.
»Sie haben recht; Geld wird nur im Berliner Schloss gelagert. Und, ja, ich bin der gleichen Ansicht: Das Geld ist noch hier.«
Damit war die Hauptklippe umschifft und de La Vallée atmete auf.
»Gut zu wissen, dass für die Krone noch Hoffnung besteht, es wiederzufinden!«, sagte er.
»Sie sprachen von einer Bande?«, fragte Wallner.
Alle blickten Philippi erwartungsvoll an.
»Es müssen mehrere gewesen sein, das ist ja ganz klar. Ein Mann und ein Kutscher allein hätten dies nie geschafft. Ich gehe davon aus, dass es etwa zehn Mann gewesen sind. Das soll keineswegs heißen, dass hinter alledem nicht ein Einzelner als Drahtzieher steht.«
»Was ist mit dem Stellvertreter des Salzkontrolleurs und dem Salzkontrolleur selbst?«, fragte Nicolai, der nun Gefallen an dieser Art des Rätselspiels gefunden hatte, zuinnerst instinktiv erfühlend, dass es einmal eine Zeit geben könnte, in der sein Geschäft hauptsächlich mit dem Verkauf von Polizeiromanen sich am Leben erhalten würde.

»Warum saß Hauptmann Römer, der den Kontrolleur Schumann vertritt, gerade vorgestern nicht auf dem Kutschbock, sondern sein Schreiber? Das kam den Absichten der Räuber sehr entgegen. Römer hätte der Schlosswache ein Zeichen gegeben, und sie wären niemals mit dem Geld herausgekommen«, fragte der biedere Buchhändler weiter und bekam einen roten Kopf vor Aufregung.
Philippi wurde das Thema unangenehm. Auch kam ihm die eigene Redseligkeit langsam suspekt vor, und er begann de La Vallée, den Gastgeber, zu verdächtigen, ihm eine zungenlösende Wunderdroge in den Wein gemischt zu haben.
»Woher kommen Sie genau, mein Herr ... Monsieur ... Saint-Émilion?«
De La Vallée sackte das Herz in den Keller, direkt neben das geraubte Silber. Doch der Doktor zeigte sich unbeeindruckt und sagte ohne Zögern:
»Ein altes Weinbaudorf in Aquitanien, am Zusammenfluss von Dordogne und Garonne.«
»Heißt man diesen nicht die Gironde?«, hakte Philippi nach.
»In der Tat, so heißt das Flachwasser der Flussmündung. Es ist die breiteste und längste Europas. Von dort aus lief lange Zeit der Haupthandel mit England. Meine Familie handelte mit Wein und mit Stein.«
»Dass die Region das Refugium des Weinbaus ist, das wusste ich«, sagte Philippi, »doch Stein, wo ist dort Stein?«
»Er wird unterirdisch abgebaut, in Stollen, es ist ein rötlicher Kalkstein, und er wurde und wird immer noch zum Bau von Häusern bis nach Libourne oder Bordeaux verkauft.«
»Sie verbrachten auch längere Zeit in Paris?«, fragte Philippi, denn das war die einzige Stadt in Frankreich, die er näher kannte.
»Ich lebte dort, seit ich vier war, jedes Jahr wenigstens fünf Monate. Ein Onkel von mir wohnte in der Rue Saint Honoré,

und mit ihm zusammen war ich im Alter von vierzehn oder fünfzehn Jahren mehrfach im Kreis der Enzyklopädisten.«
De La Vallée warf ihm einen Blick zu, der so viel sagen wollte wie: *Ich kann es nicht fassen* ... Er hatte jede Hoffnung aufgegeben, dass sie aus dieser Sache je wieder lebend herauskämen.
»Wie hieß dieser Onkel?«, fragte Philippi.
»Es war der Abbé Barthelemy«, beschied der Doktor, Saint-Émilion genannt, dem Polizeichef.
De La Vallée entfuhr ein Stoßseufzer. Der berühmte Mann war zum Glück schon tot. Zumindest wollte er das ganz sicher gehört haben. Philippi schien damit das Interesse an einer genaueren Befragung des jungen Franzosen verloren zu haben und schaute zum Gastgeber, denn er glaubte den Hintergrund dieses Stoßseufzers zu erahnen. Und in der Tat klatschte de La Vallée in die Hände und rief, in Richtung auf seine an der Tür wartenden Diener:
»Kinder, lasst uns anfangen! Hier sterben schon alle vor Hunger!«
Bei diesem Stichwort fragte Wallner unbestimmt in die Runde: »Apropos, man hört, dass der alte Koch des Königs, der greise Langustier, doch tatsächlich wieder in allerhöchstem Auftrag die Stadt unsicher macht! Ist das nicht kurios? Dass die Alten aber auch immer noch keine Ruhe geben können.«
»Soso«, sagte Philippi mit undurchsichtigem Lächeln, »hört man das?«
»Vielleicht sollten wir ihn einmal zu uns bitten und seine Dienste in Anspruch nehmen?«, sagte Saint-Émilion, nachdem er seine Gabel in einen faden Schwarzwurzelsalat getaucht, zum Munde geführt und pikiert wieder abgelegt hatte.
Als er de La Vallées entsetzten Blick bemerkte, fügte er rasch hinzu:
»Als Küchenmeister, meine ich, als Küchenmeister!«
»Oh, nein, nein! Das kann ich auf keinen Fall empfehlen«,

erwiderte Philippi. »Er ist alt geworden, verdammt alt! Seine Urenkelin muss ihm vorlesen, und er bewegt sich mit der Schnelligkeit einer zweibeinigen Schnecke. Ich glaube, er ist nicht mehr so ganz bei sich. Und ich würde eigentlich nicht so gerne essen, was er kocht. Da lobe ich mir doch Ihre Köchin, Monsieur de La Vallée!«
Der Stadtpräsident und Polizeichef von Berlin schaufelte den geschmacklosesten aller Selleriesalate munter in sich hinein, ohne etwas daran merkwürdig zu finden. Somit war auch für Außenstehende wie de La Vallée und den Doktor klar ersichtlich, dass Philippi und Langustier schwerlich jemals von Natur aus auf einem gemeinsamen Nenner operieren würden.

Montag, 29. April 1782

Gerardine fand den Plan ihres Urgroßvaters, mit den Bruchstücken der Gaunerspitznamen durch die Tabagien zu ziehen, in entsprechender Verkleidung, versteht sich, um so vielleicht durch die Mausgänge des Berliner Untergrundes in die Nähe jenes Gesindels zu gelangen, das Kassenraub und Morde auf dem Gewissen hatte, mehr als verlockend. Die Aussicht, an der Seite des verehrten Urgroßpapas zur Aufklärung des größten Silberfischzugs in Preußens Geschichte beizutragen, berauschte sie ebenso sehr wie der mit Heftigkeit einsetzende Frühling. Nicht nur die Bäume schlugen aus, auch Gerardines Fantasie hatte praktisch über Nacht ihr volles Blütenkleid entfaltet.
»Urgroßväterchen! Wie wäre es, stell dir das einmal vor, wenn du als blinder alter Mann gingest, die Augen halb nach innen verdreht wie der Sänger Teiresias, gebückt, greisenhaft gekrümmt, die Hand zitternd auf dem Stock? Und ich wäre die arme, in Lumpen einherlaufende Waisentochter, von elenden

Hirteneltern ausgesetzt und von dir am Wegesrand gehört, aufgelesen und aufgezogen, folglich untrennbar an deine Seite geschmiedet?«

»Haha! Das ist ein Bild, wie nur du es zeichnen kannst, meine Liebe«, entgegnete Langustier.

»Karneval ist doch vorbei, liebes Kind«, sagte Marie, die leider so gar nichts von dem mitbekommen hatte, was in der Langustier'schen Familie immer mal wieder, an den seltsamsten Seitenästen, seine Blüten trieb.

»Eine andere Identität ist für den Plan ganz unerlässlich. Da beißt die Maus keinen Faden ab. Aber ich denke, solch einen blinden Griechen, der plötzlich hier auftaucht, wie aus heiterem Himmel, und vorher nicht da gewesen ist, wird man für überaus verdächtig halten. Vor allem glaube ich auch, dass eine so gut organisierte Bande über Mittelsmänner an den Toren verfügt. Infolgedessen wüssten sie sofort, oder zumindest nach einem Tag, dass niemand, auf den diese Beschreibung passt, nach Berlin einpassiert ist, und somit würde unsere Tarnung nur einen knappen Tag halten. Danach müssten wir uns wieder etwas Neues überlegen.«

»Aber das wäre doch gar kein Problem!«, erwiderte Gerardine, denn ihre Einbildungskraft hungerte geradezu danach, sich auszutoben. »Wie wäre es, wenn wir uns mit der Expresskutsche nach Charlottenburg fahren ließen, von dort aus, in neuer Verkleidung oder in der eben beschriebenen, zu Fuß durch den Tiergarten bewegten und erst kurz vor dem Brandenburger Tor ganz in unseren Rollen aufgingen? Wir würden übers Karree spazieren und wären offiziell registriert und sozusagen vor den Augen jedes Spitzels, der dort vielleicht als Torschreiber, Torgehilfe, oder was weiß ich was, postiert sein könnte, reingewaschen.«

Langustier hatte ihre Erzählung mit wachsender Freude angehört und brummelte nun:

»Hm hm, gar nicht so übel! Hm hm, jawohl, jawohl, je mehr ich es bedenke ... Ich glaube, das könnte hinhauen. Wenigstens ein paar Tage könnte das Spiel funktionieren. Aber lass uns aus dem blinden, armen, mittellosen und zerlumpten Stockgänger einen – zumindest äußerlich – wohlhabenden, abenteuerlustigen, verwegenen und überaus geheimnisvollen Scharlatan samt seiner zauberhaften, quicklebendigen und scharfsinnigen Gehilfin machen!«

Gerardine vollführte über diese Variation ihrer Grundidee einen wahren Freudentanz, während Marie kopfschüttelnd meinte:

»Ihr seid von allen guten Geistern verlassen! Wenn ich etwas zu sagen hätte, dann ...«

»Hast du aber nicht!«, rief Gerardine triumphierend und umkreiste den Frühstückstisch mit großen Sprüngen.

Marie kam aus dem Kopfschütteln nicht heraus und sagte resigniert:

»Trotzdem würde ich dich am liebsten hier anketten, bevor ich dich freiwillig den verrückten, grotesken und völlig verqueren Kühnheiten – will sagen: dem Irrsinn! – dieses tolldreisten Greises überließe.«

Langustier zwinkerte Gerardine verschwörerisch zu, während Marie in eine säuerliche Gramesgruft fiel.

»Liebes Töchterlein, wir spielen ein bisschen Komödie, mehr nicht. Glaub mir, Gerardine ist alt genug für diesen Spaß, den wir im Übrigen sofort beenden, wenn ich auch nur die kleinste Gefahr für uns sehe. Ich werde Polizeikommissar Distel und Polizeiinspektor Wiedebrock in unseren Plan einweihen. Dadurch, dass wir sozusagen observiert werden, würden wir für die Bande nur noch glaubwürdiger und könnten viel mehr erreichen. Und im Notfall habe ich das hier ...«

Aus seiner Rocktasche zog er einen kunstvollen türkischen Dolch.

»Ihr seid verrückt!«, schrie Marie. »Damit will ich nichts zu tun haben.«
Sie stand auf und verließ ohne weiteren Kommentar die Frühstückstafel, um sich nach unten in ihren Laden zu begeben.
Gerardine und Langustier schmiedeten noch mindestens eine Stunde weiter an ihrem Plan. Und was anfangs wie ein Spaß begonnen hatte, wurde im Laufe des Tages zum handfesten Vorhaben.
»Jetzt ist es Zeit, die Behörde zu informieren«, sagte Langustier schließlich.

Wiedebrock und Distel waren fast noch weniger von ihrer Idee begeistert als Marie. Vor allem Distel, ohnehin eine vorsichtige und jeder Tolldreistigkeit abholde Natur, war sehr in Sorge um Gerardines Wohlergehen und sparte nicht mit Vorwürfen an Langustiers Adresse. Er hätte, wenn es ihm möglich gewesen wäre, das Vorhaben schlichtweg polizeilich untersagt, doch da es weder ein allgemeines preußisches Landrecht noch einen Artikel darin gab, der es einem achtzigjährigen Vertrauten des Königs verboten hätte, unter falschem Namen in die preußische Metropole einzureisen, wenn eine königliche *carte blanche* ihm praktisch alles erlaubte, waren ihm die Hände gebunden, und er sagte:
»Ich kann nur hoffen, dass Sie wirklich wissen, was Sie da tun wollen!«
Langustier tippte auf sein Permiss und sagte:
»Ich muss Sie bitten, werter Herr Kommisar, unter Vorspiegelung einer Dienstfahrt meine Urenkelin und mich nach Charlottenburg in den *Blauen Bären* zu fahren, wo unsere Verwandlung und Reise ihren Anfang nehmen werden. Wenn ich es recht bedenke«, setzte er gedankenverloren hinzu, »ist dies sowieso der Ort, an dem alles einst angefangen hat …«

Beinahe drohte er sich in den Erinnerungen an seine Einfahrt in Berlin 1740 zu verlieren, als ihn der König zum ersten Mal zu sich rief, doch Gerardine rettete ihn, indem sie ihn anstupste und sagte:
»Die Tarnung, scheinbare Überprüfung! Urgroßvater, na los!«
Langustier erwachte aus seiner kleinen Entrückung und beeilte sich, wieder in die Spur zu kommen:
»Außerdem wäre es wünschenswert, wenn ich Ihnen das vorher angezeigt habe, dass Sie mich in einer einschlägigen Berliner Lokalität, von der wir freilich etliche aufsuchen werden, hochamtlich und scharf kontrollieren, verwarnen und gewissermaßen auf den Kieker nehmen würden – zum Scheine versteht sich –, damit unsere Glaubwürdigkeit steigt und die Wahrscheinlichkeit, dass wir in die Kreise kommen, um die es uns hier zu tun ist.«
»Das ist ein rechter mörderischer Wahnsinn, mein Lieber. Sie sollten sich das noch einmal stark überlegen.«
»Haben wir, Herr Kommissar!«, warf Gerardine leicht hin. »Außerdem bin ich ja ganz freiwillig an meines Urgroßvaters Seite, um ihn vor aller Gefahr zu schützen. Ihm kann also gar nichts passieren«, sagte sie und setzte das schelmischste Lächeln auf, das ihr zu Gebote stand.
»Grundloser Leichtsinn, lieber Bruder, den ich in keiner Weise gutheißen kann«, sagte der eben eingetretene Wiedebrock, der genügend vom Gesprochenen mitbekommen hatte, um den Plan sofort zu verwerfen.
Aber Langustier war längst nicht mehr aus der Bahn zu bringen. »Im Gegenteil, lieber Bruder – das ist sehr wohlbegründeter Leichtsinn! Sie müssen ihn auch nicht gutheißen, Hauptsache, ich selbst tue es. Und wie meine Gehilfin schon sagte – an ihrer Seite kann mir nichts passieren. Übrigens: Wir brauchen falsche Papiere, die aber nicht so falsch sein dürfen, dass die Torwächter uns nicht passieren lassen.«
Distel nickte und fragte murrend:

»Ich werde sehen, was sich machen lässt. Allerdings wird das mindestens einen Tag dauern. Auf welchen Namen?«
Langustier schien nicht zugehört zu haben und mit den Gedanken woanders zu sein.
»Wer sind wir?«, flüsterte Gerardine Langustier ins Ohr.
Er war einigermaßen irritiert, denn sie hatten ganz vergessen, sich zu überlegen, welchen Namen sie annehmen wollten. Doch ohne dass er großartig nachdenken musste, kam ihm ein Name in den Sinn, der damals, in seinem ersten Jahr, eine große Rolle in seinem Beruf gespielt hatte.
»Ich bin Salvatori, Francesco Salvatori, gebürtig in Padua. Und du bist Pippa, meine Urenkelin.«
»Ich bin nicht Pippa«, fauchte sie. »Ich bin Caroline. Du bist verkalkt wie ein Tropfstein, wenn du das nicht mehr weißt! Und außerdem: Mach aus Salvatori bitteschön Salvary und aus Francesco mach François! Du kannst doch überhaupt kein Italienisch. Wir kommen aus Genf.«
Er nickte ergeben. Auch gut. Sogar besser. So war dies nun also entschieden, und er lächelte, diebisch froh, auf seine alten Tage noch Hauptdarsteller in der eigenen Komödie zu werden.
Distel wiederholte, mit gezwungener Dienstfertigkeit:
»Salva... François ... Tochter Pip..., äh, Caroline. Salvary – mit i oder mit y?«
»Y!«, sagte Langustier.
»Gebe Bescheid. Absurder Wahnsinn, das alles«, kam es mehr geknurrt als gesagt aus Distels Mund.

In der Rossstraße, in Maries Laden, erwartete sie eine Überraschung. Der Mann, der an einem kleinen Tischchen saß und sich besten, ordnungsgemäß verzollten Kaffee und katalanischen Ratafia-Likör schmecken ließ, dazu ein Stück des herrlichsten Maronenpüreekuchens, war kein anderer als – Friedrich Wilhelm August Schöning, auch *Herr* Schöning oder schlicht *Carl* genannt, des Königs Kammerdiener! Langustier war so überrascht, dass er einen Augenblick brauchte, bis er wieder durchatmen konnte. Schöning nutzte die Pause, um das letzte Kuchenstück genüsslich zu verzehren, den letzten Schluck Kaffee und ein letztes Quäntlein des köstlichsten Walnusslikörs zu trinken, und sagte dann:

»Seine Majestät sind überraschend nach Charlottenburg gefahren und werden heute Abend nach Berlin kommen, um daselbst bei der Äbtissin von Quedlinburg zu soupieren. Seine Majestät wünschen, dass Sie bis sechs Uhr ein kleines Abendessen für zwölf Personen vorbereiten. Sie können die Küche im Palais Vernezobre benutzen.«

Langustier lächelte.

»Mit Verlaub, Herr Schöning, sollten Majestät etwa vergessen haben, dass ich nicht mehr im Dienst bin?«

Schöning verneigte sich und entgegnete:

»Keineswegs, Monsieur! Doch in Anbetracht seiner Neugier, einen gewissen Casus betreffend ...«

Bei dem Wort *Casus* schaute er sich vorsichtig um, obwohl außer Langustier, Gerardine, Marie und ihrer Gehilfin niemand im Laden war.

»Ich soll Ihnen das hier geben. Seine Majestät hoffen, Sie damit angemessen entschädigt zu haben.«

Langustier ließ Gerardine den kleinen Beutel öffnen, den ihm Schöning gegeben, und er konnte beobachten, wie sich ihr bis dahin düsteres Gesicht mit sonnigem Strahlen überzog.

»Das sind 33 Taler!«

Langustier schmunzelte. Diesen Betrag, 1740 eingeführt für die täglichen Küchenausgaben, hatte der König niemals erhöht. Für ein kleines Diner wären freilich fünf bis acht völlig ausreichend. Der Rest würde für ihre künftigen Recherchen draufgehen. Er dienerte vor dem Diener, soweit ihm sein Rücken dies gestattete, und sagte:

»Haben Majestät irgendwelche besonderen Wünsche geäußert?«
»Majestät wünschen sich Ihre berühmten Kaninchen und für seine Schwester deren Leibspeise, die spanische Suppe. Überdies sei Ihnen alles freigestellt und im Vorhinein bewilligt.«
»Bestellen Sie Seiner Majestät, dass alles wunschgemäß geschehen wird!«
In seinem kulinarisch hochentwickelten Geist marschierten sofort alle möglichen Speisen für ein ordentliches königliches Abendmahl auf. Die spanische Suppe gehörte in den ersten *Service*, wo sich neben den Vorspeisen sowohl Fisch, Fleisch als auch Gemüse tummelten, während die Kaninchen dem zweiten *Service* zuzurechnen waren, in dem etliche Zwischengerichte, *Entremets* auf Französisch, die Hauptbraten umrahmten. Es blieb somit noch jede Menge Raum für die Improvisation des versierten Küchenmeisters. Langustier frohlockte innerlich bei der Vorstellung, nach langer Zeit wieder dem König persönlich aufzuwarten. Auch war seine Präsenz an der Tafel der Prinzessin Amalie ein völliges Novum für ihn, denn er konnte sich nicht erinnern, jemals zuvor ihr Spukschloss betreten zu haben – das war der Spitzname, den der ehemals Vernezobre'sche Palast in der Friedrichstraße in Hofkreisen hatte, denn der Schwester des Königs lag ebenso wenig an der Instandhaltung ihres Besitzes wie ihrem Bruder, auch fehlten ihr die Mittel dazu, denn der König liebte sie zwar brüderlich, hielt sie aber finanziell äußerst kurz, wie alle Familienangehörigen. Der Palast war vom ersten Vernezobre auf königliche Ordre gebaut worden, doch der zweite war in Geldnöte geraten und hatte Bankrott erlitten. Dies schien sich wie ein böses Omen auf das Haus übertragen zu haben. Amalie, nominell Äbtissin des Quedlinburger Domstifts (was ihr ein Grundeinkommen sicherte und die königliche Familienkasse entlastete), weilte in diesem ihrem Sommersitz von April bis

September, bis sie wieder in ihr Winter-Palais Unter den Linden Nummer 7 zog.

Als Langustier aufsah, bemerkte er zu seinem Erstaunen, dass Herr Schöning noch immer vor ihm stand. Marie und Gerardine beobachteten die Szene mit ungespieltem Vergnügen.

»Sie wünschen, Herr Schöning?«, fragte Langustier.

»Den Küchenzettel, mit Verlaub, Herr Langustier«, forderte Schöning und schnippte sogar mit Daumen und Mittelfinger der rechten Hand.

»Auch wenn dies eine gastronomische *carte blanche* genannt werden darf, muss doch später in den Akten alles seine Ordnung haben.«

Langustier nickte und sagte:

»Küchenzettel, natürlich, selbstverständlich, mein Kopf … Wo war ich nur …«

Er erbat sich von Marie Papier und Feder, setzte sich an einen der kleinen Tische, die für Kaffeegäste wie Schöning aufgestellt waren, und schrieb, als wäre dies nur eine an sich lächerliche Formalität:

I

Auberginenomelette

Karpfenfrikadellen mit glacierten Möhren

Steinbuttconsommé

Rebhühner mit grünem Traubensaft

Kalbsleber mit Kirschen

Olla podrida

II

Aalterrine an Karamellgurke

Bandnudeln mit Reh und Mohn

Tomaten, Bohnen und Lammwürstchen

Kaninchen à la Languedocienne
Rote Bete und Rhabarber in saurer Sahne
Zuckererbsen und Porreeklöße
Rindfleischragout mit Pflaumen

Dessert
Orangen-Soufflé
Feigenpudding
Perigord-Auflauf
Zitronenschaum mit Melisse
Pochierte Baisers in kalter Melonensuppe
Schokierte Katzenzungen

Schöning nahm das Blatt, welches Langustier ihm vor die Nase hielt, nickte und verabschiedete sich, noch ehe die Tinte trocken war. Als er gegangen war, schüttelten alle im Raum die Köpfe, außer Langustier, versteht sich. Gerardine räusperte sich.

»Äh … Dann brauchst du mich jetzt also nicht mehr?«

Er erwachte aus seiner Versunkenheit.

»Es sei denn, du willst Küchenhelferin spielen!«

Sie schüttelte angewidert den Kopf.

»Das würde ich mir noch einmal überlegen, meine Liebe. Wenn du mir hilfst, kommst du mit in den Amalienpalast. Ansonsten musst du draußen bleiben!«

Sie kämpfte hart, aber nur sehr kurz mit sich selbst, um schließlich zu knurren:

»Verdammt, für dich tue ich doch alles. Was muss ich als Erstes klein schneiden?«

Langustier lachte.

»Später, mein Fräulein, später. Erst einmal muss Frau von Quandt ihr Lager für uns räumen.« Er klingelte mit den königlichen Talern. »Und dann muss sie ihren Laden für heute verlassen, um mir als Beiköchin zur Seite zu stehen. Die Köchin der Schildkröte ist blind wie eine Fledermaus und taub wie eine Haubitze. Und von guter Küche versteht sie rein gar nichts ...«

»Der Schildkröte?«, fragte Gerardine.

»Verzeihung. Prinzessin Amalies, wollt ich sagen ...«

Marie seufzte. Sie nahm ihm den Beutel ab und zahlte sich selbst 25 Taler aus.

»Aber meine Liebe ...«

Langustier blieb vor Schreck die Spucke weg. Marie aber sagte ungerührt:

»Wenn du lieber allein mit deiner Urenkelin zu Werke gehen willst – bitte, dann bekomme ich nur zehn für die Zutaten ... Wenn du hingegen willst, dass ich dir helfe, das Unmögliche möglich zu machen, und dafür hier wahrscheinlich 15 Taler weniger umsetze, dann musst du mich schon angemessen entschädigen. Schau mal auf die Uhr und sag mir dann, ob du glaubst, dass das ein leichtes Spiel wird.«

Er fischte seine goldene Zwiebel an ihrer Kette aus der Jackentasche und sah, dass ihnen noch knapp fünf Stunden blieben. Und sie hatten weder die Zutaten beisammen und verladen, noch waren sie bereits in der Küche des Spukschlosses ...

»Aber zehn Taler für das bisschen Gemüse und Fleisch ...«

»Die Preise sind seit 1740 um ein Vielfaches gestiegen, mein lieber Ex-Küchenchef. Und was da verlangt wird, ist ja nicht eben Dutzendware! Allein eine Aubergine kostet schon einen halben Taler. Die Maronen kosten einen halben Taler. Und ein Kaninchen ...«

»Lass mich raten: einen halben Taler?«

»Zwei! Also, was ist nun?«

»Was bleibt mir schon groß übrig? Hast du Steinbutt?«

Sie nickte.

»Rebhühner?«

»Na klar.«
»Reh? Zuckererbsen?«
»Aber sicher. Ich habe alles bis auf die Lammwürstchen, glaube ich.«
»Aber du hast diese uralte türkische Wurst in der Dekoration.«
»Die ist aus Holz …«
»Oh … Dann nehmen wir einfach Hannover'sche Pferdeknacker und pumpen sie etwas auf. Lammaroma kann man mit einer Mischung aus Piment und Salz, Kreuzkümmel, Hasel- und Walnüssen sowie gekochten Maronen trefflich imitieren. Ich habe das schon einmal 1756 beim Empfang des …«
»Das ist Betrug.«
»Es ist Improvisation! Ohne diese Kunst wäre ich schon oft verloren gewesen. Lasst uns das Pulver hier schnell vorbereiten.«
Plötzlich stand Alexander Stimming in der Tür.
»Nanu, der Aushilfskutscher? Was verschafft uns die Ehre?«, fragte Langustier mit einem breiten Lächeln, denn er wusste genau, was ihnen die Ehre verschaffte.
»Der Einarmige«, entfuhr es Gerardine.
Sie konnte es sich einfach nicht verkneifen und musste an ihre vormalige Spottrede anknüpfen.
»Mein Vater schickt mich und hat mir einen Brief an Sie mitgegeben, Madame!«
Er dienerte vor Marie und reichte ihr ein Schreiben, welches sie nahm, das Siegel brach und las.
»Sie fragen nach einer Anstellung auf Probe?«
»Ja. Ich habe meinem Herrn Vater vor Augen gestellt, dass ich nicht bloß Wirt werden, sondern mehr vom Küchengewerbe verstehen will. Nicht nur vom Kochen, sondern auch vom Handel, von der Qualität der Waren.«
»Sie wollen eigentlich alles studieren, gehe ich recht?«, fragte Marie lächelnd.

»In gewisser Weise ja! Alles, was Speisen, Getränke und Bewirtung angeht.«
Langustier amüsierte sich königlich.
»So können Sie heute, lieber Alexander, eine kostenlose erste Lektion lernen, eine wirklich allumfassende ... Würdest du, meine Liebe, unserem *studiosus gastronomicus* die Kisten vorbereiten, die er in meinen Wagen zu laden hat? Von allem, was wir für nachher brauchen, mache ich euch jetzt eine genaue Aufstellung. Seine Majestät wollten ein Souper für zehn bis zwölf Personen ... Das heißt in der höfisch-gastronomischen Übersetzung: Sei nicht enttäuscht, wenn nur acht da sind, aber sei um Gottes willen in der Lage, auch zwanzig zu bewirten!«

Eine Stunde später, um zwei Uhr nachmittags, war alles, was der reaktivierte Küchenchef benötigte, mit Alexander Stimmings, Maries und Gerardines Unterstützung glücklich in den Amalienpalast verfrachtet.
»*Mon Dieu!* Was ist denn hier geschehen?«, entsetzten sich sowohl Marie als auch ihr Vater, als sie die Küche des Schildkrötenpalais sahen.
»Alexander! Lass dir Eimer, Schrubber und Wasser geben und wisch hier einmal kräftig durch!«, befahl Langustier. »Fang mit den Tischen an, denn wir müssen sofort loslegen. Und du, Gerardine, kommst nicht drum herum, mir zehn dieser Kohlepötte, soll heißen: Töpfe, zu spülen, und zwar auf der Stelle! Und sorge auch dafür, dass diese Roststecken hier wieder zu Messern werden ...«
Den hereinkommenden Diener Schöning fragte er entgeistert, ob es dort immer so aussehe.
»Hm, mir ist dieser Bereich bisher nicht so aufgefallen, da dies das Reich der Madame Schwarz ist ...«
»Trefflicher Name ... Bitte, mein lieber Herr Schöning: Sorgen Sie dafür, dass ...«

Doch gerade, als er von der Teufelin sprechen wollte, die für gewöhnlich in diesem Tartarus herrschte, stand Adelheid Schwarz, Amaliens Haus- und Hof-Köchin, vor ihm. Mit säuselnder Stimme, aus der die Verachtung troff wie Griebenschmalz aus einem heiß werdenden Topf, sagte Langustier zu ihr:
»Seine Majestät befreit Sie heute von jeglichem Küchendienst und stellt Ihnen als Einziges anheim, die Gläser und das Tafelgeschirr, das Besteck und auch die Tafelaufsätze so zu polieren, dass auch die blindeste Hofcharge noch ihr Bild darin erahnen kann!«
Als Mamsell Schwarz sich vor ihm aufplustern und ihr Hausrecht geltend machen wollte, nahm Herr Schöning sie zum Glück beiseite, drückte ihr einen Friedrich d'or in die Hand, und sie trat unbeholfen knicksend den Rückzug an.

Es wurde eine *tour de force*, doch wenn Langustier sich entsann, war es nie anders gewesen, solange es Arbeit für den König gegeben hatte. Und recht eigentlich und bei trübem Spülichte betrachtet, konnte er auch nur so arbeiten. Ohne diesen fürchterlichen Druck war es ihm ganz unmöglich. Der Große verlangte Eintopf der Olla podrida, übersetzt: *Mischmasch* oder *Potpourri* oder wörtlich *verfaulter Topf*, kam als Erstes an die Reihe, weil er am längsten, und das hieß in der augenblicklichen Eile, so lange, wie noch irgend möglich, auf dem Feuer zu sitzen hatte. Das Faulige in der Bezeichnung war aber nur auf eine Verschleifung in der Sprache zurückzuführen und bedeutete rein gar nichts in der Realität, wie Langustier im Gegensatz zu seinen vielen Kollegen wusste. Der schreckliche Krünitz hatte den Blödsinn von der *Faulsuppe* sogar in seine Enzyklopädieartikel aufgenommen und die Olla *widerlich* genannt. Das war sie keineswegs! Sie war, trotz der vergleichsweise stupiden Zubereitung, ein anspruchsvolles, überaus wohlschmeckendes Hauptgericht oder *dormant* im ersten Service, bei dem ein findiger Küchenmeister seine ganze Kunst unter Beweis stellen konnte.

Während Langustier etwa drei Pfund Wildschweinschinken und eine ebensolche Menge eingelegter Kasuar-Brüste zerkleinerte und zu den bereits inmitten von unzähligen Knoblauchzehen schmurgelnden Zwiebeln ins siedende Schmalz gleiten ließ (derlei Dinge aus Maries Fundus schien sich kein noch so wohlhabender Berliner recht leisten zu wollen im Augenblick), suchte er sich zu sammeln und darauf zu konzentrieren, was er dem König berichten konnte. Verglichen mit den Unmengen an Gemüsen und Gewürzen, die sich jetzt auf die Reise in diesen gewaltigen Henkeltopf machten, war die Strecke seiner bisherigen Erkenntnisse beschämend kurz. Es war eine straff organisierte, etwa zwanzigköpfige Bande, von zwei höchst unterschiedlichen Mordbuben dominiert, die auch den eigentlichen Überfall in Szene gesetzt hatten. Den Verbindungsmann zur Salzfaktorei, den *Flaminker-Waibel* in des Königs eigenwilliger Sprache, hatten die beiden absevieren wollen. Der Brecher hatte ihn knapp verfehlt, wie es aussah, und stattdessen seine schöne, bedauernswerte Freundin umgebracht ... Knoblauch, Pfefferschoten, Thymian, Oregano, drei Löffel Muskatblüte kamen in den Topf, gefolgt von Huflattich, Kohl, Kürbis, Roten Beten, Karotten, Bohnen, Sellerie und Endivien. Langustier goss resigniert Wasser und Rotwein auf. Er war um keinen Deut weiter als die königliche Polizei. Das alles würde der Herr Stadtpräsident und Polizeichef Philippi dem König genauso und detaillierter erzählen können. Fast wäre ihm bei diesem Gedanken ein Tropfen Angstschweiß in die Suppe gefallen. Doch als er die messerbewehrte Gerardine mit Leichenbittermiene einer Armada von Zwiebeln zu Leibe rücken sah, entspannte er sich wieder. Ihr gemeinsamer Spionageplan wäre ganz nach des Königs Geschmack. Wenn er ihm davon erzählte und seine Erzählung gehörig ausschmückte, hätte er wieder einen innerlich erhebenden, ihm die Angelegenheit schmackhaft machenden Vorsprung vor Philippi und seinen Leuten. Wie gut, dass Maries Fischfondbestände in den Katakomben ihres Ladens schier unerschöpflich waren – so konnten die beiden großen Steinbutt-Exemplare sofort in See stechen. Auch die rasch gerollten Karpfenfrikadellen und Porreeklöße nahmen zwecks Zeit- und Arbeitsersparnis ihr Bad in dieser Flut. Rehkeulen, Kalblsleber und Rindfleischstreifen kamen ebenfalls in eine Gemeinschaftspfanne. Viel Zeit und Platz war nicht. Marie übernahm die diversen Gemüse, sodass Langustier sich ganz seiner Spezialiät widmen konnte, den Kaninchen auf Languedocer Art. Sobald sich beim Anbraten der Fleischstücke die ersten Dunstnebel bildeten, drifteten seine Gedanken erneut zum Raube ab. Vor allem beschäftigte ihn die Frage, welchen Schwierigkeiten sich die Bande mit einer großen Menge Silber im Schlepptau an einem Abend in Berlin wohl gegenübersah.

Der Zeitpunkt des Geschehens hätte kein günstigerer sein können, denn die Nachtwächter waren noch nicht unterwegs gewesen. Auch brannte infolgedessen noch keine der wenigen öffentlichen Laternen, welche sie bei ihrer ersten Runde zu entzünden pflegten. Natürlich wäre es töricht zu glauben, dass Berlin um diese frühe Nachtzeit bereits in Schlaf versänke – in Wahrheit war es die lebhafteste Stunde für alle, die nach ihrem Tagwerk noch ein wenig Zerstreuung suchten. Den ganzen Tag hatten sie auf diese Stunde hingelebt, hatten ihr entgegengehungert und -gedürstet, vielleicht um bloß ein paar Minuten vor dem Abendbrot von Fenster zu Fenster noch mit der Nachbarin zu plaudern. Oder man saß nach dem Essen noch eine Stunde in einer Tabagie beim üblen Tobak und beim schlimmen Bier, beim kratzigen Branntwein und einer trägen Partie Pharo. An diesem Abend mochte es zwar stürmisch und verregnet gewesen sein, doch neugierige Augen hätten dennoch an jeder Ecke gelauert. Die militärische Tarnung hatte in jedem Falle ihr Gutes gehabt. Doch wohin mochte der schwere Transport gefahren sein? Wo und wie war er den Blicken entschwunden? Langustier suchte sich vorzustellen, wie der Wagen in einem Hinterhof von der allgemeinen Neugier empfangen würde, und verwarf die Möglichkeit gleich wieder. Neid und Missgunst waren die größte Klippe, die es für die Räuber mit einem solchen Fisch im Netz zu umschiffen galt. Eine Scheune im Scheunenviertel kam ihm in den Sinn. Das dünkte ihm wahrscheinlicher als alles andere. Kein übler Gedanke!

»Vater.«

Die Stimme schien ihn zu meinen, denn sein Vater lebte schon lange nicht mehr.

»Vater!«

Langustier schreckte auf. Das war Marie, und der Grund ihres Anrufes brannte direkt vor ihm in der Pfanne.

»Verd...«, stieß er hervor und zog die Pfanne aus dem Feuer. Er löschte den Brand mit Rotwein und bettete die Kaninchenteile, nachdem er sie sorgfältig von der Kohleschicht befreit hatte, in eine andere Pfanne um. So etwas war ihm doch früher nie passiert? Was könnte er jetzt tun, um die Chose zu retten? Sich darauf herauszureden, dass der Geschmackssinn des Königs im Alter nachgelassen habe, war Augenwischerei, denn es stimmte nicht. Sahne und eine weitere Rotweingabe mochten den schlimmsten Rauch-Gusto kaschieren ...

»Man muss sich in diese armen Würstchen hineinversetzen!«, sagte er, mehr zu sich selbst als zu irgendeinem anderen der Anwesenden im Raume.

»In die da?«, fragte Gerardine, die sich neben ihm aufgebaut hatte, abkommandiert von Marie, um aufzupassen, dass er nicht wieder einen schwer zu korrigierenden Fehler beging.

Langustier blickte erst die Hannoveraner Pferdewürstchen an, aus denen er eben mit einigen Kunstgriffen Lammwürstchen zaubern wollte, dann die Urenkelin.
»Nein, Gott bewahre! In deren Haut will ich nicht stecken, wenn der König und die Schildkröte hineinbeißen. Ich denke an die Räuber! Stell dir vor, du sitzt auf einem Berg Taler und musst verhindern, dass die Beute dir unter der Hand zerrinnt, weil alle sich etwas vom Haufen nehmen wollen. Das mag wohl schwieriger sein als das ganze schnelle Raubgeschäft!«
»Da könntest du recht haben. Vor allem stelle ich es mir auch sehr schwierig vor, das Geld in irgendeiner Form zu nutzen. Was soll einer, der vorher kaum mit zehn Kreuzern umgehen konnte, ohne sternhagelvoll in der Gosse zu landen, mit zehn oder gar hundert, nicht zu schweigen tausend Talern anfangen? Entweder er ist nach zwei Tagen tot, weil ihm andere das Geld weggeschnappt haben, oder er hat sich totgefressen respektive um sein bisschen Verstand gesoffen.«
Langustier nickte und setzte der kleinsten der Würste die Spitze seines blinkenden Kochmessers an die Kehle.
»Das bringt sie um. Sie ersticken an diesem Geld. Es sei denn …«
Er stach zu und spatelte etwas vorbereitete Lammaromamischung in den Schlitz.
»Es sei denn, was?«, echote Gerardine, diesen kleinen Scherz zwischen ihnen wie immer genüsslich auskostend.
»Es sei denn, es wird ihnen ganz dosiert verabreicht und auch erst, wenn der Hauptteil durch den eigentlichen Auftraggeber in Sicherheit gebracht oder gut angelegt ist.«
»Bei Personen oder besser Persönlichkeiten, die mit Geld umgehen können und etwas mehr damit anzufangen wissen.«
Langustier hieb das Messer haarscharf neben einer unschuldigen Pferdewurst in den Tisch.
»Du sagst es.«

Von da an ging ihm die Arbeit weitaus beschwingter von der Hand. Seine Gedanken kreisten nur noch um den großen Geldberg und seine mögliche Reinwaschung. Das gab der Sache und ihrer Suche ganz andere Dimensionen. Ein wenig beunruhigte ihn der naheliegende Gedanke, dass ein Mann von Einfluss zweifelsohne über ganz andere Möglichkeiten verfügte, eine große Ladung Geld aus der Stadt zu schaffen. Doch er vertraute darauf, dass kein Vernünftiger dieses Risiko eingehen würde, bevor nicht Gras über die Angelegenheit gewachsen wäre. Ein Räuspern ließ ihn herumfahren. Sein Kochmesser war direkt auf die Hausherrin, Prinzessin Amalie, gerichtet.

»Die Schildkröte!«, stieß er überrascht aus.

Die Schwester Friedrichs des Einzigen sah sich dem Messer gegenüber und glaubte, sich verhört zu haben. Sie meinte für einen absurden Moment, er habe *die Schildkröte* gesagt ... Da sie als Komponistin nicht für schlechthörig gelten wollte, überging sie diese seltsame Gehörsillusion, denn Schildkrötensuppe stand ja gar nicht auf dem Programm, und sagte mit erhobenem Zeigefinger und aschfahlem Gesicht:

»Wenn Sie mich umbringen, lässt Sie mein Bruder vierteilen!«

»Königliche Hoheit, bitte seien Sie nachsichtig: Ich war schon immer zu gut in Reflexen ...«

Amalie entgegnete nicht ohne Esprit:

»Na, das hört man gern. Hauptsache, Sie verletzen niemanden beim Reflektieren! Ich freue mich immerhin, dass Sie der so kurzfristigen Einladung meines Herrn Bruders Folge zu leisten vermochten. Es ist mir eine Ehre, Sie verdienten Mann einmal in meinem Heim seine Künste ausüben zu sehen. Es beliebte meinem Herrn Bruder, auch unseren Bruder, den Prinzen Heinrich, und die Prinzessin Heinrich einzuladen sowie unseren Neffen, den Kronprinzen, und die Kronprinzessin. Auch mein Nachbar, der Baron de La Vallée, nebst eines jungen Vertrauten wird zugegen sein. Einige Hofdamen meinerseits,

etwas Militär brüderlicherseits, also nichts Außergewöhnliches. Ich schätze, wir werden etwa zu zwanzigt sein.«
Langustier schluckte. Doch gut, dass ihn (fast) nichts überraschen konnte: Er würde drei Liter Wasser in die Olla podrida geben und noch je fünf Gläser vorgekochte, süß eingelegte Kichererbsen und ebensolche Maronen. Die Prinzessin war noch im Raum, eben zur Tür schleichend, gefolgt von ihrer Oberhofmeisterin Blaspiel, da schossen der junge Stimming und Gerardine schon an ihr vorbei und hinunter auf die Friedrichstraße hinaus, um aus Maries Delicatess-Comptoir zu holen, was der Meister noch bedurfte.

Langustier hatte sich gerade in die ihm zugedachte Hälfte der Desserts vertieft, als die Küchenkontemplation erneut durch eine äußere Einmischung gestört wurde. Ein junger Mensch, vornehm gekleidet und auf jene Weise frisiert, wie es gerade in Paris Mode zu sein schien, machte in Begleitung eines Lakaien seine Aufwartung.
»Womit kann ich Ihnen dienen, Euer Gnaden?«, fragte Langustier, und es klang unterwürfiger, als er es eigentlich hatte vorbringen wollen.
»Mein Freund, Baron de La Vallée, Ihrer Königlichen Hoheit, der Prinzessin unmittelbarer Nachbar, möchte zwanzig Flaschen Vin de sec zum Gastmahl beitragen. Falls Sie nichts dawider haben, Monsieur le Cuisinier, können selbige nachher aus seinem Eiskeller herübergeschafft werden.«
Bei dem Wort *Eiskeller* bekamen Langustiers Augen einen kühlen Glanz, und er entgegnete erfreut:
»Eiskeller, sagen Sie, Exzellenz? Ich denke, wir können dieses Angebot schwerlich ausschlagen, und da spreche ich unzweifelhaft zugleich im Namen Ihrer Königlichen Hoheit, der Hausherrin! Sagen Sie, würde Herr Baron es unter Umständen auch leiden, wenn ich einige meiner Desserts für den Rest der

Zeit bis zu ihrem Erscheinen auf der Tafel drüben auf Eis setzte? Das würde dem kleinen Diner den letzten Schliff geben!«
Der Abgesandte lächelte fein.
»Ich kann mir nicht denken, dass Herr Baron auch nur den kleinsten Einwand erhöbe! Falls gewünscht, erbiete ich mich persönlich, Ihnen den Weg zu weisen, und kommandiere Ihnen drei Mann als Träger ab. Wenn Sie den Keller vorher noch rasch inspizieren wollen, lassen Sie es mich nur wissen.«
»Dazu werde ich keine Muße haben. Doch wenn es so weit ist, werde ich mich mit Freuden an Sie wenden, Monsieur … Monsieur … Wie war doch gleich Ihr Name?«
»Oh, bitte verzeihen Sie – Jean-François de Saint-Émilion! Der Baron hat mich während meines Berlin-Aufenthalts unter seine Fittiche genommen.«
»Der Baron ist sehr großzügig, wie mir scheint!«
»In der Tat, er ist die Großzügigkeit in Person, möchte ich einmal sagen.«
»Irgendwie drückt das sein Palast bereits aus …«, sagte Langustier und sah sein Gegenüber aufmerksam an.
Auch seine Kleidung pflegte der Herr Baron offensichtlich mit dem jungen Freund zu teilen, denn am Revers war ganz deutlich mit Silberfaden das Monogramm D L V eingestickt.
»Bitte verzeihen Sie, ich muss mich weiter um den Feigenpudding kümmern!«, sagte Langustier.
Der vornehme junge Mann zog sich unter angedeuteten Verbeugungen zurück.
»Lassen Sie es mich wissen, wenn es sie nach einer Abkühlung gelüstet. Ihre Desserts, meine ich natürlich!«
»Komischer Vogel!«, sagte Marie, als er weg war. »Klang er für dich wie ein Landsmann?«
»Klingen wir denn noch wie Franzosen?«, konterte Langustier, um sogleich hinzuzufügen: »Aber du hast schon recht – wie ein Aquitanier kam er mir nicht vor. Scheint allenfalls der Sohn ei-

nes Emigranten zu sein. Hier aufgewachsen, hat aber die Pariser Lebensart erfahren. So schätze ich ihn ein.«
Marie nickte, sagte dann:
»Und hast du dir mal den Klotz von Haus nebenan betrachtet?«
»Keine Zeit gehabt. Was ist denn damit?«, fragte Langustier und blickte von den Feigen auf, die er gerade schälte.
»Dagegen ist das hier ein flacher Schildkrötenpanzer.«
»Ist es doch sowieso!«
Sie sah ihn tadelnd an.
»Lass die arme Frau in Ruhe – die dumme Trenck-Affäre hat ihr Leben ruiniert. Hohn und Spott haben hier so leichtes Spiel, dass sie sich von selbst verbieten sollten, Vater!«
Er sah betreten zu Boden, und es wirkte wie echte Zerknirschung.
»Das Palais dieses Barons ist jedenfalls das Haus eines Großsprechers!«
Langustier zuckte mit den Achseln.
»Na und wenn schon. Fast jeder Dritte, wenn nicht sogar jeder Zweite am Hof ist ein Angeber. Nur auf diese Weise kommen die meisten voran. Wenn man so aufgewachsen ist, so erzogen wurde, dann merkt man es irgendwann gar nicht mehr. Sie werden erwachsen und denken, es sei normal. Dass es Menschen gibt, die nur sein wollen, was sie sind, erheitert solche Naturen bloß. Sie können nur in der Hyperbel existieren, doch niemals auf dem Boden der Wirklichkeit ...«
Marie fühlte die Wahrheit in dem, was er sagte.
»Er ist doch der Schatullverwalter des Kronprinzen, nicht wahr?«
»Wahr«, sagte Langustier und ging kurz ins Treppenhaus, um einen Blick aufs Nachbargebäude werfen zu können. Es ragte unheilvoll auf und nahm dem Spukschl..., dem Palais der Prinzessin von morgens bis spätnachmittags das Sonnenlicht

weg. Nicht freilich, dass sie ein Mensch gewesen wäre, der das Licht besonders gesucht oder geschätzt oder gar vermisst hätte. Doch für einen von Natur aus sonnenverliebten Franzosen dünkte Langustier ein solches verdunkelndes Auftrumpfen in der Nachbarschaft gänzlich ungehörig und frevelhaft. Er kam in die Küche zurück und sagte:

»Auf diesen de La Vallée bin ich gespannt! Auch auf das Verhalten Seiner Majestät ihm gegenüber.«

»Die Schatulle des Kronprinzen ist doch nicht sehr gut gefüllt, oder habe ich mich da verhört?«, fragte Marie unsicher. »Man hört immer so vieles und darf am Ende nur so wenig glauben.«

»Ich denke«, sagte Langustier, »wenn von Geldmangel im Zusammenhang mit dem Kronprinzen die Rede geht, so kannst du es immer glauben.«

»Wie erklärst du dir dann aber das da drüben?«, fragte Marie und deutete vage in Richtung des Nachbargebäudes. »Das Gehalt des Schatullverwalters wird doch nicht von Berlin aus gezahlt ... Das muss der bankrotte Kronprinz doch aus seiner privaten Kasse begleichen?«

Langustier hängte den Topf mit dem Feigenpudding übers Feuer und antwortete:

»Tja, entweder ist er hoch vermögend oder ebenfalls hoch verschuldet. *Tertium non datur!*«

»Wie auch immer – er scheint nicht darben zu müssen«, resümierte Marie. »Wollen nur hoffen, dass er nicht das verzehrt, was Seiner Königlichen Durchlaucht fehlt.«

Er hatte eben die letzten Fingerspitzengriffe an den Desserts getan, um noch eine kleine Auswahl aus diversen Töpfen in den der Olla podrida wandern zu lassen – einige aufgemöbelte Pferdewürste, einen dicken Löffel Rindfleischragout, auch etwas von den geschmorten Tomaten, den Bohnen, glacierten Möhren und Roten Beten –, als Gerardine und Alexander Stimming zurückkehrten und ablieferten, was Langustier geordert hatte.

»Er kommt!«, stieß Gerardine hervor. »Wir mussten weite Umwege machen, denn die Friedrichstraße ist vollkommen zu!«

Langustier wischte sich die Hände an seiner braunen Schürze ab, diese danach abstreifend, und drängte sich an einem der Fenster im Nebenraum nach vorn, um etwas zu sehen. Vor dem Palast hatte sich auf der Straße eine wogende Menge aufgestaut, die nur eine schmale Gasse frei ließ. Da kam Er, auf einem großen weißen Pferde sitzend, ohne Zweifel dem alten Condé. Sein Anzug war neu, der Hut weit besser konditioniert als je zuvor, ordentlich aufgeschlagen und mit der Spitze nach vorn, echt militärisch aufgesetzt. Hinter ihm ritten eine Menge Generäle, dann die Adjutanten, endlich die Reitknechte. Das ganze Areal um den Amalienpalast war gedrückt voll von Menschen, alle Fenster gespickt, alle Häupter entblößt, überall das tiefste Schweigen und auf allen Gesichtern ein Ausdruck von Ehrfurcht und Vertrauen wie zu dem gerechten Lenker aller Schicksale. Der König grüßte, indem er fortwährend den Hut abnahm. Er beschrieb dabei eine sehr merkwürdige Stufenfolge, je nachdem die aus den Fenstern sich verneigenden Zuschauer es zu verdienen schienen. Bald lüftete er den Hut nur ein wenig, bald nahm er ihn vom Haupte und hielt ihn eine Zeit lang neben demselben, bald senkte er ihn bis zur Höhe des Ellbogens herab. Aber diese Bewegung dauerte fortwährend, und sowie er sich bedeckt hatte, sah er schon wieder andere Leute und nahm den Hut wieder ab. Er hatte ihn vom Brandenburger Tor bis zur Kochstraße gewiss zweihundertmal abgenommen. Durch das ehrfurchtsvolle Schweigen tönten nur der Hufschlag der Pferde und das Geschrei der berlinischen Gassenjungen, die vor ihm tanzten, jauchzten, die Mützen in die Luft warfen oder neben ihm hersprangen und ihm den Staub von den Stiefeln abwischten. Langustier glaubte seinen Ohren nicht trauen zu dürfen.

»Was rufen ihm die Lümmels da zu?«, fragte er Marie, die neben ihn gekommen war.
»Alter Fritz!«
»Was sagt man dazu? Ich würde ihnen den Löffel überbalbieren!«
Aber Er schien sich darob königlich zu amüsieren und warf eine Handvoll kleine Münzen unter sie, dass sie aus dem Kriechen und Balgen nicht herauskamen, während der halbblinde Gaul mit seiner königlichen Fracht zwischen ihren dünnen Hälsen durchstakste.
Er lenkte ihn in den Hof hinein, die Flügeltüren gingen auf, und die alte, lahme Prinzessin Amalie, wankte die flachen Stiegen hinab, ihm entgegen, ihre Oberhofmeisterin hinter ihr. Sowie er ihrer gewahr wurde, setzte er sich in Galopp, hielt, sprang rasch vom Pferde, zog den Hut, umarmte sie, bot ihr den Arm und führte sie die Treppe wieder hinauf. Die Flügeltüren gingen zu, alles war verschwunden, und noch stand die Menge, entblößten Hauptes, schweigend, alle Augen auf den Fleck gerichtet, und es dauerte eine Weile, bis jeder sich sammelte und ruhig seines Weges ging. Dies sahen Langustier und seine Helfer schon nicht mehr, denn sie mussten die Speisenträger für den ersten Service instruieren. Langustier schwitzte, als er sich in die notdürftig reparierte Galalivree geworfen hatte. Ein wenig Parfüm – und hinaus ging es, wo schon die Stimmen der Gäste, der Hausherrin und ihres großen Bruders zu hören waren.

Der Schmerz war stumpf, bisweilen meldete er sich bohrend. Der Schlaf kam gar nicht oder kaum – so unerträglich war der Verlust. Flemming hatte sich zunächst am wildnishaften Rand des königlichen Tiergartens nahe Charlottenburg aufgehalten, unschlüssig, was er tun sollte. Das Unterholz war bislang nur spärlich belaubt, sodass er Mühe gehabt hatte, sich vor den neugierigen Blicken der auch jetzt bereits flanierenden Spaziergänger zu verbergen. Dann hatte er sich langsam um die Stadt herum bewegt, war erst über die Nachthütung südlich des Weges nach Schöneberg gewandert, hatte die Straße nach Tempelhof passiert und den Kreuzberg, wo er eine Nacht in einer aufgelassenen alten Hütte in einer schluchtartigen Vertiefung hinter einigen Obstgärten hatte schlafen können. Bauern hatten ihn vertrieben, und so war der Landstreicher wider Willen weiter in die Rollberge abgedriftet. Das Durcheinander in seinem Kopf wollte sich nur schwer besänftigen lassen. Krampfhaft suchte er nach einem Weg, der Bande, die ihn reingelegt, mit dem Tod bedroht und seine geliebte Freundin gar wirklich umgebracht hatte – ein Umstand, so grauenhaft, dass er nicht in seinem Kopf ankommen wollte –, doch noch den ihm zustehenden Anteil abzupressen. An Magdalenas Tod schuld zu sein bedrückte ihn so maßlos, dass die Anstrengungen, klar zu sehen, lange vergeblich blieben. Erst auf den Rollbergen, auf einem kleinen Grashügel sitzend und auf Berlin blickend, war ihm dann ein Weg eingefallen, der vielversprechend erschien. Er hatte eine Nachricht an den Doktor verfasst und einen Fuhrmann, der die Britzer Allee stadteinwärts entlangkam, dazu bewegen können, sie in der Stadt abzugeben. Darin hatte er einen Treffpunkt in der Hasenheide vorgeschlagen, nicht weit entfernt von der Stelle, an der er sich jetzt befand. Mit seinem letzten Geld nahm er im *Rollkrug* eine dürftige Mahlzeit zu sich und schlich sich dann am *Elysium* vorbei, jener bei Jung und Alt im Sommer so beliebten luftigen Tanzarena unter hohen Eichen. Er schlug den Weg zu der kleinen Kiesgrube ein, wo er den Doktor erwarten wollte.

Er hatte keine Ahnung davon, dass der Doktor nicht mehr unter der ihm bekannten Deckadresse im Scheunenviertel wohnte, sondern nobelst im *König von Portugal.* Auch wusste er nicht, dass des Doktors Verbindung zur Bande fast abgerissen war. So hatte seine Nachricht bei ihrem Eintreffen zunächst nur Verwirrung ausgelöst, denn weder der feste Jochum noch die Brüder Drillisch, noch das Frettchen konnten auch nur einen Buchstaben davon entziffern. Die Indianerin war noch in Potsdam, und die Lesekenntnisse des Sachsen reichten eben einmal aus, den Namen des Absenders zu eruieren. Erst der Schornsteinfeger, von dem man es am wenigsten vermutet hätte, entpuppte sich als der Philologe unter ihnen. Nach anderthalb Stunden und drei Quart Bier war der Inhalt mühsam zusammengestoppelt und hatte heilloses Entsetzen ausgelöst. Der verfluchte Waibel, wiewohl er ihnen eigentlich Zutritt verschafft und den ganzen Raub erst ermöglicht hatte, wollte sie nun beim König selbst anzeigen, wenn sie ihm seinen Anteil nicht gäben! Das käme ihnen freilich nicht im Traum in den Sinn. Wer sagte ihnen, dass Flemming nicht sein Geld kassieren und sie dann dennoch anschwärzen würde? Des Waibels Beseitigung wurde dem festen Jochum übertragen, der denn auch Stein und Bein schwor, das *Kanzlisten-Luder* dieses Mal nicht entwischen zu lassen. Der Doktor beschäftigte die Bande jedoch noch viel mehr.

»Der feine Herr will nichts mehr mit uns zu tun haben«, sagte der feste Jochum.

»Das gehört doch zum Plan!«, sagte die Hutmacherin. »Wir sollen kein Geld ausgeben, wir sollen uns ruhig verhalten, wir sollen so wenig wie möglich gemeinsam auftreten, uns nicht anders verhalten als früher.«

Sie sah sich unsicher um, doch in ihrem jetzigen Unterschlupf vor dem Frankfurter Tor, in einer heruntergekommenen Kaschemme namens *Schlösschen,* war keine Menschenseele, abgesehen von ihnen und der verlotterten Wirtsgestalt, die außer Hörweite achtlos die Gläser mit eingelegten Eiern auf dem fetti-

gen Tresen zu polieren versuchte, dabei aber nur die sich von Tag zu Tag verdickende Schmutzschicht gleichmäßiger auftrug.
»Und er? Warum gilt das nicht für ihn?«, fragte der feste Jochum. »Spielt plötzlich den großen Mann an der Seite dieses Barons. Ick saje euch – det Dokterchen will uns ausbooten und klammheimlich mit der Sore verduften!«
Er hatte es mit vor Branntwein schwerer Stimme ausgestoßen, und seine Augen waren geschwollen und blutunterlaufen.
»Mach bloß die Pferde nicht scheu!«, sagte das Frettchen. »Dafür hast du keinen Beweis. Wir wissen ja, dass du ihn nicht mehr leiden kannst. Aber ohne ihn hätte es den Diebstahl nicht gegeben. Er hat dem Baron Honig um den Bart geschmiert, dass er mitmacht.«
Der feste Jochum schlug mit der Faust auf den Tisch.
»Stellt euch das doch nur mal vor – die sitzen jetzt beide auf dem Geld, uff unsrem Jelde! Und wenn die beede et nich wollen, dann sehn mer nüscht mehr davon! Keen Heller! Die dagegen können jeden Tag in die Truhen greifen, ohne dass wir es auch nur mitkriejn. Und da sagt ihr, ick soll ruhig und ohn Argwohn sein und mir über den schönen Plan freuen, den se für uns jemacht ham. Ick saje euch – druff jeschissen! Wenn wir ihm nicht klarmachen, dass wern hochjehn lassen könn, sowie det mürbe Kanzlistenjespenst uns uffliegen lassen will, dann gucken wir in die Röhre! Der ist imstande, uns des Königs Hunde auf die Spur zu hetzen, dass uns Hören und Sehen vergeht. Und macht sich selbst mit dem Ertrag unserer Arbeit einen schönen Lenz.«
»Du siehst alles immer nur schwarz«, murrte der Schornsteinfeger, und der Pötter nickte unwillig.
»Lass ihm noch ein bisschen Zeit. Einen Monat haben wir vereinbart. Wenn er sich nicht daran hält und uns dann unsere ersten Anteile nicht auszahlt, können wir ihn immer noch fertig machen.«

»Du scheinst dit nich begriffen zu haben!«, brüllte der feste Jochum. Die verlauste Wirtsgestalt im Hintergrund warf vor Schreck ein Glas mit eingelegten Eiern um, die sich nun, samt der stinkenden Solbrühe, über den Tresen und hinunter auf den schlammigen Dielenboden davonmachten.
»In eenem Monat sitzen wir vielleicht schon alle in Spandau und zählen statt det schönen Jeldes de Backsteene in der Wand!«
»Löss uns spähdör drübör weidörquatschön«, sagte der Sachse. »S wörd Zeut!«
Alle erhoben sich, auch die Hutmacherin, denn sie sollte den Lockvogel abgeben.

In der Hasenheide bildete das helle Grün der ausschlagenden Bäume und Büsche nur unzusammenhängende Tupfer im Frühlingsgrau. Die fernen Turmuhren Berlins schlugen sechs. Die verabredete Stunde! Flemmings müde Augen suchten angestrengt, vom Rand der Kiesgrube aus, das unübersichtliche Gelände ab. Entfernt bewegte sich etwas. Es war nicht der Doktor, sondern die Hutmacherin! *Der Doktor wird unabkömmlich sein*, dachte er, *und hat deswegen sie geschickt. Weil sie am unauffälligsten ist von allen.* Er vergaß alle Vorsicht und trat aus der Deckung. Die Hutmacherin war nur etwa fünfzig Schritte noch entfernt, da hörte er hinter sich ein Geräusch. Er fuhr herum und blickte ins blutunterlaufene Auge des festen Jochums.

Langustier hatte das Angebot des Barons mit Freuden angenommen und stand im Eiskeller im Garten des de La Vallée'schen Palais, wo die Desserts bis zu ihrem Aufmarsch noch ein gehöriges Quäntchen kühler zu werden versprachen. Die Eisgrube war weit besser isoliert als alle, die er kannte, und auch vom Zugang her äußerst kunstgerecht angelegt. Durch eine dreifache Schleuse kam man ins kalte Herz der Anlage, die etwa zehn Meter unter dem Erdboden, umschlossen von drei oder vier zwiebelschalenartigen Ummantelungen aus Backstein, Luft und Stroh, eine ansehnliche Menge Eis aufnehmen konnte. Hier ruhte des Barons Champagner, hier warteten in traulicher Versammlung allerlei leicht verderbliche Leckereien, von denen nicht wenige in Maries Delikatess-Comptoir erstanden worden zu sein schienen. Langustier hatte Mühe, sich den beherzten Griff des kostenden Kochs zu untersagen und darauf zu beschränken, weshalb er gekommen war. Er wies die Speisenträger an, ihre Tabletts auf frei geräumte Regalböden zu stellen, bevor sie sich fröstelnd und froh, die Sache schnell erledigt zu haben, wieder hinausbegaben. Tiefe Wagenspuren neben dem Palais deuteten an, dass hier ein reger Lieferbetrieb herrschte. Der Baron schien nicht schlecht zu leben. Umso mehr war Langustier gespannt, wie sich der König ihm gegenüber verhielte.

Das Mahl zog sich in die Länge, wie üblich, wenn der König es nicht eilig hatte. Er philosophierte, er scherzte und sprang in seiner Rede von einem Thema zum anderen wie ein junger Kandidat der Philosophie. Das Feuer der Helden, die Bedachtsamkeit des Heerführers, die Verschlagenheit des Staatsmannes, den Verstand des Weltweisen, den Geist des Dichters, den Ernst des Gehorsam heischenden Herrn, die Artigkeit des Gesellschafters, den Witz des Spötters: Das alles fanden die ihn umgebenden Damen und Herren an der Tafel in den Zügen seines Gesichts, in welchem ein paar der schönsten blauen Augen voll Glanz und Lebendigkeit, eine gerade, scharfe und wohlgebildete Nase, ein überaus freundlicher und beim Sprechen von lauter Geist umspielter Mund und selbst die zwei bedenklichen Linien zwischen den Augen zusammen das regelmäßige und angenehmste Menschenantlitz ergaben, das man sich vorstellen konnte. Langustier, wiewohl er in seinem früheren Beruf ungezählte Stunden in der Nähe des Königs an der Tafel stehend verbracht hatte, konnte sich nicht sattsehen an diesem Gesicht. Es war in der Pause zwischen dem ersten und dem zweiten Service, dass der König sich an den Baron de La Vallée wandte, um ihn über seine Meinung bezüglich der deutschen Literatur zu befragen. Der Schatullverwalter seines Neffen begegnete ihm an diesem Tag keineswegs zum ersten Mal, doch seine Präsenz an der königlichen Tafel war eine Premiere. Daher gab sich de La Vallée besondere Mühe, dem König die beste Meinung von sich beizubringen, indem er sagte:

»Unzweifelhaft, Majestät, belegt die deutsche Literatur in unserer gegenwärtigen Epoche den herausragenden Platz unter allen Literaturen der Welt: Nehmen Sie nur die Werke eines Herder, eines Lessing, eines Wieland, nehmen Sie auch die unvergleichlich vitalen Stücke eines Schiller und die von höchster Sprachkunst durchdrungenen Werke eines Goethe!«

Das zuvor heitere Gesicht des Königs, der seine Frage in spielerischer Freude vorgebracht hatte, wurde schlagartig zu einer steinernen Maske. Alle Lebenslust schien mit einem Mal aus diesem Antlitz gewichen zu sein. Seine Augen, die er nach dieser Antwort auf de La Vallée richtete, hatten das Feuer, das seine Miene zuvor belebt hatte, in sich aufgenommen und schleuderten einen so bösen Blitz, dass alle an der Tafel den Atem anhielten, um nichts von den Worten zu verpassen, die der Monarch nun ausstieß.

»Monsieur scheinen nur mit dem oberflächlichen Blick des Wohlwollenden zu urteilen, denn die Werke der erwähnten Herren, soweit sie in meiner Kenntnis sind, erfüllen doch kaum die rudimentären Anforderungen, die man gemeinhin in der zivilisierten Welt an literarische Ausdrucksweise, an Stil und Form, an Trefflichkeit und Geschliffenheit einer Sprache stellt.«

De La Vallée versank förmlich auf seinem Stuhl und hätte viel gegeben für einen Trank, der Unsichtbarkeit verlieh. Der König war in Fahrt und ergänzte, ohne ihn aus der Zange seines eisernen Blicks zu lassen:

»Um Ihnen nur ein Beispiel zu geben: Mein Minister Herzberg hat mir, um mir eine bessere Meinung von der deutschen Sprache beizubringen, die Erzählung *Das Schöne* von unserem Nicolai übersandt. Ich habe sie ihm zurückgeschickt und in etwa dazu geschrieben, dass das erträglicher sei, als was ich sonst von deutschen Autoren gelesen habe. Aber doch, Monsieur, sind auf zwei Seiten auch zwei Fehler. ›Brennende Wangen‹ können wohl bei einem Menschen statthaben, der vor Zorn außer sich oder von Wein berauscht ist, aber hier ist es ein falsches Beiwort; für einen Prinzen, der sich freuet, passt es nicht. Ich bin zu aufrichtig, Baron, als dass ich solchen Fehlern Beifall geben könnte, wissen Sie? Ich muss Sie ersuchen, sich einmal mit der Materie eingehend zu beschäftigen, bevor Sie etwas äußern, das dem Gebildeten eine üble Meinung von Ihren Kenntnissen beibringen muss!«

De La Vallée schien vernichtet, und die Wangen des anwesenden Kronprinzen entflammten derart, dass man in Sorge sein musste, ob sein Kopf gleich verglühen möchte. Man wusste nicht, ob die sich anbahnende grandiose Niederlage seines Schatullverwalters oder sonst eine persönliche Verlegenheit die Ursache dieses lodernden Wangenbrandes war, der nun seinerseits des Königs Kritik auf eine geradezu animalische Weise zu verhöhnen schien, was dieser zum Glück nicht wahrnahm.

Der König wandte sich unvermittelt an Langustier, um diesen zu fragen:

»Und was denken Sie, mein lieber Langustier, der ich Sie von Anbeginn an, als ich Sie 1740 in Straßburg zum ersten Mal sah, in Ihrer kleinen Bibliothek in Ihrer Küche, von der deutschen Literatur?«

Langustier, wiewohl mit den Gedanken die ganze Zeit bei seiner Verehrung für Goethe verweilend und über eine Möglichkeit nachsinnend, dem König eine bessere Meinung von diesem beibringen zu können, sagte wie aus der Pistole geschossen:
»Ich für mein Teil, Sire, werde mich immer sehr lebhaft erinnern, mit welchem Feuer Eure Majestät mir einmal den ganzen Anfang der *Asiatischen Banise* vordeklamierten. Ich glaube, es war auf den Hügeln vor Zorndorf.«
Der König lachte und fixierte treffsicher den jungen Freund des Herrn Barons – wie er glaubte – und fragte:
»Ich nehme nicht an, Monsieur, in Anbetracht Ihres jugendlichen Alters noch viel weniger, dass Sie besagten Roman dieses alten deutschen Dichters kennen bzw. mir den Anfang ebenso trefflich vordeklamieren könnten?«
Der Doktor, in diesem Kreise als Chevalier de Saint-Émilion eingeführt, respondierte mit vornehmem Lächeln, Auge in Auge mit dem allseits gefürchteten Allmächtigen:
»Blitz, Donner und Hagel, als die rächenden Werkzeuge des gerechten Himmels, zerschmettere die Pracht deiner goldbedeckten Türme, und die Rache der Götter verzehre alle Besitzer der Stadt, welche den Untergang des Königlichen Hauses befördert, oder nicht solchen nach äußerstem Vermögen, auch mit Daransetzung ihres Blutes, gebührend verhindert haben. Wollten die Götter, es könnten meine Augen zu donnerschwangern Wolken und diese meine Tränen zu grausamen Sündfluten werden.«
Langustier war sprachlos, sah jedoch mit Freude, wie sich das Gesicht des Königs aus tiefstem morastigem Pfuhl wieder ins Licht hob. Der Regent klappte in seine schokoladenfarbigen alten Wildlederhandschuhe und schickte seinem Gegenüber ein anerkennendes Lächeln.
Der Doktor fühlte sich, auf wundersame Weise, die so gar

nicht zu seinem allgemeinen Gefühl über diesen König zu passen schien, erhoben und geadelt. Seine Rolle in der Gesellschaft schien damit gefestigt, und er lehnte sich nicht ohne Selbstgefälligkeit zurück, de La Vallée einen Blick zuwerfend, den dieser leicht als grobe Unverschämtheit hätte empfinden können.

Der Baron war jedoch angesichts dieses Erfolgs seines Protegés so erleichtert und erfreut, dass er nichts sah. Die Stimme des Königs drang wie durch Nebel zu ihm:

»Als Herzberg nach Berlin zurückgekehrt war, schickte ich ihm eine Abschrift meiner kleinen Extemporation *De la Littérature Allemande*, die allenthalben so viel Aufsehen gemacht hat. Ich habe aber, selbst nach eingehender Prüfung der Einwendungen, die mir zu Ohren gekommen sind, wenig daran zu verändern gefunden, sodass ich es ganz gelassen. Gellert, Canitz, Geßner und Götz lasse ich gelten, dessen Gedicht *Die Mädcheninsel* mir vorzüglich behagt. Des Weiteren ist auch das Lustspiel *Der Postzug* von Ayrenhoff ganz erträglich. Dagegen kann über diesen *Götz von Berlichingen* von diesem Goethe doch nichts Gutes gesagt werden. Übrigens sind die Stücke dieses Engländers, den sich alle zum Vorbild nehmen, ich glaube, sein Name ist Schäksbier, doch garstig und abscheulich, wiewohl seine sonderbaren grotesken Ausschweifungen«, hier bemühte der König sein feinstes Französisch besonders, sodass es auch ein Voltaire nicht länger als *schmutzige Wäsche* hätte betrachten und als solche *waschen* müssen, »*ce melange bizarre de bassesse, et de grandeur, de bouffonnerie et de tragique*, mit der Zeit zu entschuldigen sein mögen, in der dieser Dichter lebte. Bei den Geschichtsschreibern kann man allenfalls Mascow und Thomasius loben und bei den Rednern Quandt. Die Lehrer der Geometrie scheinen mir untadelig. In Absicht auf die Theologen will ich nun aber ein ehrerbietiges Stillschweigen beobachten.«

Ein solches wurde nun auch an der Tafel beobachtet, und die Tatsache, dass sich Seine Majestät in ihren letzten Ausführungen schon gänzlich vom eigentlichen Feld der Literatur entfernt und Dingen zugewandt hatten, die ihn weit mehr interessierten, gab auch de La Vallée Anlass zu mutmaßen, dass sein Fauxpas, ohnehin durch des Doktors erstaunliche Geistesgegenwärtigkeit und Festigkeit in der älteren deutschen Literatur überstrahlt, nicht allzu lange im Gedächtnis des Allerhöchsten verankert bleiben würde. Auch wenn er sich daran täuschte und der König innerlich diesen Franzosen auf die Liste der zum eingehenden Denken und Urteilen Unfähigen gesetzt hatte, so zog doch wieder die von allen geliebte geistig-kulinarische Behaglichkeit an Amaliens Tafel ein.
In weitem Bogen arbeitete sich der König nun durch die Systeme der Philosophen. In Bezug auf Spinoza ließ er sich etwa dahingehend vernehmen:
»Nichts aber wird unserm Lehrer leichter sein, als dieses System von der Seite zu zerstören, da es die Existenz Gottes leugnet; er darf nur zeigen, wie jede Sache in der Welt zu einem gewissen Zweck bestimmt und auf das Vollkommenste so eingerichtet ist, diesen Zweck zu erfüllen. Alles, sogar das Wachstum des geringsten Grashalmes, beweist die Gottheit. Der Mensch besitzt einen Grad von Verstand, den er sich selbst nicht gegeben hat, hieraus folgt unwidersprechlich, dass das Wesen, von dem er alles hat, noch einen viel tiefern und unermeßlichern Verstand besitzen müsse.«
Langustier hatte währenddessen den Baron de La Vallée und Saint-Émilion eingehend beobachtet. Die erstaunliche Kenntnis dieses entlegenen altdeutschen Romans (der *Asiatischen Banise* eines so kuriosen Fossils, wie Heinrich Anshelm von Zigler und Kliphausen eines war) kam ihm bei einem französischen Landadligen erstaunlich vor. Dies schien seine Vermutung zu bestätigen, dass der junge Franzose in Deutsch-

land aufgewachsen war. Zwischen ihm und seinem derzeitigen Herrn bestand nach Langustiers Einschätzung noch keine tiefere gefühlsmäßige Verbindung. De La Vallée schien nicht im Mindesten zu ahnen, wozu Saint-Émilion fähig war. Sonst hätte er dessen triumphierenden Blick am Ende seiner Extemporation nicht freudig, sondern erschrocken bzw. indigniert zur Kenntnis genommen.

Zum Schluss sagte der König:

»Wenn wir Medicis haben, werden auch unsere Genies hervorkeimen, und die Auguste werden schon Virgile schaffen. Wir werden dann auch unsere klassischen Schriftsteller bekommen. Jeder wird sie lesen wollen; unsere Nachbarn werden Deutsch lernen und die Höfe es mit Vergnügen hören. Und vielleicht bringen unsere guten Schriftsteller es dahin, dass unsere zur Vollkommenheit gebrachte und verfeinerte Sprache noch einst von einem Ende Europas bis zum andern geredet wird. Noch sind diese schönen Tage unserer Literatur nicht gekommen, aber sie nähern sich und erscheinen gewiss. Ich kündige sie Ihnen an, obgleich mein Alter mir die Hoffnung nimmt, sie noch selbst zu sehen. Ich bin wie Moses, ich sehe das gelobte Land von fern, werde aber nicht selbst hineinkommen.«

Hier warf der König Langustier einen unmissverständlichen Blick zu, sodass dieser den zweiten Gang auftragen ließ. Während sich die Bratendüfte im Raume breitmachten und auf den Gesichtern der Tafelgäste die freudige Erwartung Wurzeln schlug, winkte der König Langustier zu sich heran und flüsterte auf Deutsch, weil er aufgeregt war:

»Es war die Vorfreude, Monsieur, die Vorfreude auf Ihre Lösung, die mich bewogen hat, meine vom Ärger anberaumte Fastenzeit vorzeitig zu beenden. Nun sagen Sie mich, ob diese Vorfreude ihre Berechtigung hatte.«

Auf diesen Moment, in welcher Form auch immer er an ihn heranträte, hatte sich Langustier vorbereitet und erklärte:

»Ich habe die Polizeiarbeit mitverfolgt, insofern kann ich Ihnen über die blanken Tatsachen wenig mehr berichten als Ihr Stadtpräsident. Doch mir kam eine Idee, wie ich mich in die Nähe derjenigen bringen könnte, die jetzt auf Ihrem Geld sitzen. Geben Sie mir nur noch ein paar Tage Zeit, und ich werde sie Ihnen auf einem Silbertablett servieren, Sire! Ich habe vor ...«
Und er flüsterte dem König seinen Plan ins Ohr, bis sich das erhoffte Lächeln auf dem göttlichen Gesicht zeigte. Langustier nutzte diese seltene Gelegenheit, um aufzuatmen. Der zweite Teil des Gastmahls verlief unauffällig.

Als Langustier, in Begleitung einiger Lakaien, in den nachbarlichen Eiskeller hinüberwechselte, um die Desserts zu holen, schwelgte er bereits in der Vorstellung, wie sich alles in einem fulminanten kulinarischen Finale auflösen würde. Er konnte nicht ahnen, wie verändert er die Situation vorfinden würde, als er zurückkehrte – mit Orangen-Soufflé, Feigenpudding, Perigord-Auflauf, Zitronenschaum mit Melisse, pochierten Baisers in kalter Melonensuppe und schokierten Katzenzungen ... Der König fehlte an der Tafel. So etwas war in 42 Dienstjahren noch niemals vorgekommen! Langustier konnte die Gesten Alexanders und Gerardines beim Hereinkommen nicht recht deuten und wandte sich daher direkt an die Prinzessin Amalie, welche ihm in kurzen Worten schilderte, was vorgefallen war:
»Der Stadtpräsident und Polizeichef Philippi unterbrach unser Mahl, um meinem Bruder eine wichtige Meldung zu überbringen. Dieser bittet Sie, sich umgehend in den Salon zu verfügen.«
Nachdem Langustier getan, wie ihm geheißen, fand er Philippi, Wiedebrock, Distel und den König vor, der mit ernster Miene unruhig auf und ab ging, trotz aller Schmerzen, die ihm sein

Bein bereitete, und eisiges Schweigen gegen seine Umgebung an den Abend legte. Als Langustier eintrat, wandte er sich um, und die Bewölkung verschwand vor seiner Stirn.
»Mein lieber Langustier, kommen Sie doch näher, dann müssen wir nicht so schreien! Herr Polizeichef, bitte wiederholen Sie doch noch einmal, was Sie mir eben erzählt haben.«
Der Polizeichef seufzte, denn er fand es erniedrigend, dass er das, was er eben seinem König gesagt, nun noch einmal vor dessen altem Koch wiederholen sollte. Aber Befehl war Befehl, daher sagte er würdevoll zu Langustier:
»Vor zwei Stunden fand der Hasenheger Gotthard in der Hasenheide einen frisch verscharrten männlichen Korpus. Wir haben Grund zu der Annahme, dass es sich um den gesuchten Feldwebel Friedrich Christian Flemming handelt. Die von ihm existierende Beschreibung passt, doch die Identifizierung seitens seines Vorgesetzten von Römer und seiner Arbeitskollegen steht noch aus. Die Leiche liegt in der Charité, und ich kann Herrn Langustier nur anbieten, mich dorthin zu begleiten. Ich darf an dieser Stelle, Eure Majestät mögen mir dies nachsehen, tunlichst davon abraten, dass sich Laien durch eine dilettantische Vorgehensweise in dieser Angelegenheit unnötig exponieren. Dadurch kann außerdem der ganze Casus Gefahr laufen, auf immer unaufklärbar zu werden.«
Der König lächelte, dass die Mundwinkel knackten, ließ den Blick von Philippi über Wiedebrock und Distel zu Langustier schweifen und erklärte:
»Ich weiß Ihre Einwände zu würdigen, Herr Stadtpräsident. Doch sollte derjenige, der schon so viel Fortune bewiesen hat, nicht vorzeitig in seiner Freiheit, zu handeln, beschnitten werden wie ein Rebstock, der in die Wolken wachsen will und dann wieder knapp überm Erdboden gedreht und gebogen wird. Ich vertraue darauf, dass Sie einander unterstützen und nur eines mit Ihrem Handeln bezwecken.« Hier wechselte der

König ins Deutsche und sagte laut: »Mich meine Taler zurückbringen und dem Mordgezücht den Garaus machen! Das seindt alles, was ich verlange!«
Seine Farbe war zu einem brennenden Rot geworden, und die Adern an seiner Stirn waren angeschwollen wie die Spree. Indes, kaum dass er dies so unmissverständlich ausgedrückt, glätteteten sich die Wellen wieder, und das gesunde Gesichtsrosé kehrte zurück. Auf Französisch sagte er:
»Sie sind beurlaubt, maître! *Bon courage*, Ihnen allen, meine Herren!«

Der König kehrte an die Tafel zurück, Langustier hingegen folgte den Polizeioberen zu ihren Kutschen, nachdem er Gerardine und Alexander Bescheid gesagt hatte. Philippi und Wiedebrock fuhren vorweg, Distel nahm Langustier in seinem Gefährt mit. Schweigend ratterten sie zur Charité und durchschritten das schmale Tor zum Totenreich, wo Schmucker Philippi samt Entourage bereits erwartete. Ebenfalls anwesend waren der stellvertretende Salzhofkontrolleur Römer sowie seine Wachmannschaft.
»Ist das Friedrich Christian Flemming?«, fragte Philippi, was alle bejahten.
»Danke, meine Herren, Sie können gehen.«
Aber Philippi schickte ihnen noch hinterher:
»Ach, eines noch, Herr Hauptmann! Ist denn bekannt, dass der Salinenpächter Gansauge in der Stadt ist?«
»Ja, Herr Stadtpräsident. Er hat mich gestern bereits besucht und war ganz entsetzt über das, was vorgefallen ist. Er hat eine Audienz beim König, morgen Vormittag. Er hatte sich gefreut, dass sein Vertrag eventuell etwas günstiger für ihn ausgelegt werde. Doch unter den derzeitigen Umständen ...«
Philippi wedelte mit dem Kopf, was so viel hieß wie: *Und jetzt verschwindet!*

»Können Sie uns irgendetwas Interessantes sagen?«, fragte er dann, reichlich genervt, den Generalchirurgen.
»Die Tötung erfolgte auf die gleiche Weise wie bei dem Fräulein aus dem Wasser.«
»Also war es wieder der, den wir den Brecher nennen, vermutlich«, sagte Distel.
»Er hat zu Ende geführt, was er beim ersten Mal nur halb erledigte«, sagte Philippi.
»Der Waibel wollte sie auffliegen lassen, wahrscheinlich weil sie ihm seinen Anteil nicht gegeben haben. Jetzt bleibt mehr für sie alle, vorausgesetzt, wir finden sie nicht«, sagte Wiedebrock.
»Wir finden sie!«, sagte Langustier mit unerschütterlicher Stimme.
»Wenn Sie bei Ihrer Komödie verlieren, dann müssen wir Übrigen in wenigen Tagen wieder hier antanzen!«, entgegnete ihm Philippi, inzwischen über Langustiers Pläne unterrichtet.
»Ich kann nicht sagen, dass mich das begeistert. Auf der anderen Seite wäre ich nicht unfroh, wenn ich Ihnen nicht leibhaftig wieder begegnete.«
Mit diesen Schlussworten des Stadtpräsidenten war der Fall für diesen Tag erledigt. Langustier ließ sich von Distel ins Amalienpalais zurückbringen.
»Also bleibt es dabei?«, fragte Distel, und Langustier nickte.
»Holen Sie uns morgen früh gegen neun ab!«

Im Amalienpalais konnte er bei seiner Rückkehr gerade noch des Königs und des Prinzen Heinrichs Lob für die ihm und den Seinen bereitete Labsal empfangen.
»Magnifique, Monsieur! Wir wissen beide aus eigener Erfahrung, dass der französische König in seinem ganzen sonnigen Leben bei Weitem nicht so gut speiste wie ich unter mancher deutschen Regenwolke«, sagte der König.

»Selbst wenn Sie Gold kochten, Monsieur, und dabei nur billiges Messing herauskäme, würde es hervorragend schmecken!«, ließ sich Prinz Heinrich vernehmen, der während des Tafelgesprächs ziemlich schweigsam gewesen war.
Langustier verbeugte sich, nahm auch die Lobesbekundungen Amaliens, des Prinzen Ferdinand, des Kronprinzen und der Übrigen entgegen, bevor sich der Palast langsam leerte. Glücklicherweise waren für den Abwasch und das Aufräumen andere da, sodass Gerardine, Marie, Alexander und Langustier in glücklicher Erschöpfung (glücklich, weil alles trotz der unvorhergesehenen Unterbrechung doch so reibungslos funktioniert hatte) in die Rossstraße zurückkehren konnten, wo sie sich zu einem Glas Erfolgsschampus um Maries Küchentisch versammelten. Langustier hatte drei Flaschen der de La Vallée'schen Champagnerspende klammheimlich für seine Mannschaft konfisziert, wie es bei höfischen Köchen nun mal so Sitte war.
»Dieser spendable Baron hat sich ja ganz schön in die Nesseln gesetzt«, sagte er amüsiert, während ihn das prickelnde Getränk kühlend durchfloss. »Das kommt davon, wenn man des Königs Schriften nicht liest und sich dann über einen Gegenstand mit ihm austauschen will, von dem er seine festgefahrenen Meinungen hat. Sein junger Freund hat beim König jetzt einen Stein im Brett.«
»Ich kann mir nicht helfen«, sagte Marie, »aber etwas ist faul an dem.«
Langustier nickte.
»Er hat einen zu großen Kopf«, sagte Gerardine, und Alexander Stimming lachte.
»Da haben Sie recht! Wenn man etwas Sinn für Proportionen hat, so kann einem dieser Mensch ja nur unsympathisch sein.«
Langustier blickte an sich selbst hinab, spitzte die Lippen und fragte Alexander dann:

»So werde ich dir wohl auch nicht gerade sympathisch sein, was?«
Gerardine lachte und sah Alexander schadenfroh an.
»Erst denken, dann reden, wie man in Süddeutschland sagt.«
»Woher weißt du, wie man in Süddeutschland sagt?«, fragte Langustier, um dem armen Alexander, der über und über rot geworden war wegen seiner Tollpatschigkeit, ein wenig aufzuhelfen, indem er Zeit für ihn gewann.
»Das hat mir der Doktor Heim einmal erzählt«, sagte Gerardine, und die Spottlust schien ihr vergangen zu sein.
»Ah ja, der Doktor Heim!«, sagte Marie, nun ihrerseits nicht ohne Schadenfreude in der Stimme. »Geistert der dir denn immer noch durch den Kopf?«
»Ich habe doch nicht an Sie gedacht! Als Koch haben Sie ideale Proportionen!«, sagte Alexander.
Gerardine, ihrerseits nun froh, dass vom Thema Heim abgelenkt worden war, musste lachen über Alexanders Bemerkung.
»Da muss ich unserem jungen Freund recht geben!«
Alexander fühlte sich erhoben, auch wenn das Wort vom *jungen Freund* wiederum Spott heißen konnte – immerhin waren Gerardine und er im gleichen Alter.
»Genug gescherzt, genug getrunken – ab in die Falle!«, entschied Langustier. »Gerardine und ich müssen morgen früh raus.«
Alexanders Räuspern wurde vom Rücken der Stühle verschluckt. Daher musste er seine Stimme erheben, um Gehör zu finden.
»Ähem ... Ich will Sie beide begleiten!«
Langustier stutzte, dann sagte er fröhlich:
»Aber natürlich, Sie können selbstredend mitfahren. Am Karree lassen wir Sie raus, dann können Sie zum Oktogon hinüberwechseln, um zurück nach Wannsee zu fahren.«
Sie waren schon fast zur Küchentür hinaus, da hörten sie wie-

der Alexanders Stimme, der sich nicht vom Tisch fortbewegt hatte.
»Nein, nein! Ich möchte mit von der Partie sein, wenn Sie sich in die Berliner Unterwelt begeben, um nach der Bande zu suchen. Ich glaube, Sie können jede …«
Er wollte doch tatsächlich schon wieder *helfende Hand* sagen, hatte jedoch Gerardines gemeine Bemerkung noch zu deutlich im Ohr und nun die Geistesgegenwart, seinen Satz noch etwas abzuwandeln:
»… Unterstützung gut gebrauchen. Sechs Augen sehen mehr als vier!«
Gerardine strahlte, und ihre Augen flammten teuflisch auf.
»Sechs Augen haben Sie? Das nenn ich frappant! In der Tat: Da sehen Sie mehr, als ich mit meinen vieren!«
»Ihr Angebot ist … im Grunde genommen gar nicht auszuschlagen!«, frohlockte Langustier. »Hauptsache, du bist dir der Gefahr bewusst, mein junger Freund, die wir eingehen!«
Alexander nickte freudig, während Gerardine offensichtlich ganz und gar nicht der Ansicht war, dass sie diesen Dritten in ihrem Bunde in irgendeiner Weise gebraucht hätten.

Dienstag, 30. April 1782

Nun hatte Gerardine doch wieder eine Gelegenheit gefunden, die Culottes anzuziehen. Es waren schwarze, eng anliegende Hosen, und ihr Herz klopfte heftig, als sie neben Langustier, vis-à-vis von Alexander Stimming, in der Postkutsche von Charlottenburg nach Berlin fuhr. Sie saßen eingeklemmt in der Kabine mit einem Landpastor als Reisegefährten, einem Bauern samt Huhn im Käfig sowie zwei Mägden, die ganz offensichtlich im Auftrag ihrer Herrschaften zu Besorgungen in die Metropole unterwegs waren. Langustier war in ein verstaubtes,

bleumorantes Kostüm vom Anfang des Jahrhunderts gekleidet, das er mit Gerardines Unterstützung bei einem Charlottenburger Kleiderhöker erworben hatte. Dessen unerschöpflichem Fundus waren auch ihre Hosen und ihre Jacke sowie eine hinreißende Montierung für Alexander entsprungen. Beim Blick aus dem kleinen Kutschenfenster sah Langustier, dass sie gerade den großen Stern passierten, jenen Kreuzungspunkt von Alleen, in dessen Nähe ein Mord geschehen war, der ihn beim König zu dem gemacht hatte, was er heute war.[3]
»Wohin werden wir uns zuerst begeben?«, flüsterfragte Gerardine.
»Lass uns in der *Schwarzen Perle* am Hamburger Tor anfangen.«
»Bist du sicher? Sollten wir nicht im Vogtland anfangen, wo es doch wahrscheinlich ist, dass die Bande dort ihren Hauptsitz hat?«
»Wenn wir erst ein Tor passieren, steigt die Wahrscheinlichkeit, dass wir die Aufmerksamkeit irgendeines Spähers auf uns ziehen. Das sind glaubwürdige Nachrichten für alle diejenigen, auf die wir es abgesehen haben. Außerdem wäre es dumm, wenn wir sozusagen gleich mit der Tür ins Haus fielen. Es wird schon ein paar Tage dauern, glaube ich, bis wir in dieser Stadt Fuß fassen.«
Gerardine schwieg, leicht beklommen. Ein paar Tage? Und wo sollten sie nächtigen?
»Werden wir uns abends in die Rossstraße schleichen, um wenigstens zu Hause zu schlafen?«
»Das glaube ich kaum, meine Teuerste! Alles oder nichts. Ich hoffe, du hast genügend Flohfallen in deinen Taschen.«
Sie schluckte. Das konnte ja heiter werden. Alexander, der diese kleine Konversation mitverfolgt hatte, lachte in sich hin-

3 vgl. »Königsblau. Mord nach jeder Fasson«

ein. Als Wirtssohn kannte er die Zustände in der Gastronomie weitaus besser als diese verwöhnte junge Dame. Er freute sich schon diebisch darauf, zu erleben, wie sie ihre Rolle spielen würde.

»Aufstehn, meine Lieben!«, befahl Langustier, denn sie hatten das Brandenburger Tor erreicht und mussten aussteigen, um sich kontrollieren zu lassen. Der Kutscher hatte etwas seitlich, auf einem dafür vorgesehenen Platz, angehalten, der allen Fahrgästen Raum bot, sich in einer Reihe aufzustellen und die Visitation durch die bunt gekleideten Soldaten über sich ergehen zu lassen. Aus dem Wachhäuschen waren sie gekommen und machten keinen sehr freundlichen Eindruck in ihren weißen Hosen, türkisblauen Jacken und gleichfarbigen Tschakos. Breite Hosenträger-Xe, rot-weiße Kragen und rote Ärmelmanschetten leuchteten auf. Sie trugen die mit Bajonetten bestückten Gewehre locker geschultert und sechs paar goldene Knöpfe vor Bauch und Brust zur Schau.

Ein Unteroffizier des Infanterieregiments von Möllendorff, das auf der Friedrichstadt lag, trat auf Langustier zu und fragte, mürrisch und vom Dienst niedergedrückt:

»Name?«

»Salvary, François Salvary. Das sind meine Enkeltochter Caroline und mein Enkelsohn Frédéric.«

»Kommen woher?«

»Genève. Genf! Steht alles in unseren Pässen.« Er reichte dem Soldaten die falschen Papiere, die Distel für Gerardine und ihn hatte anfertigen lassen. Im Falle Alexanders alias Frédérics hatte die Zeit leider gefehlt, sodass Distel nur eine Bescheinigung hatte improvisieren und in Potsdam vom dortigen Quartierskommandanten unterzeichnen lassen können, dahingehend lautend, *dass dem Salvary, Frédéric, Enkelsohn des Salvary, François, Bruder der Salvary, Caroline, gebürtig in Genève (Genf), in Potsdam im Gasthof »Zum Affen« der Reisepass*

abhandengekommen sei und – sobald sich derselbe wieder einfinde – umgehend nach Berlin, adressiert an die Hauptwache der Gens d'armes, nachgesendet werde.
Es dauerte lange, bis der Wachmann das alles gelesen und verdaut hatte. Als es endlich geschafft war, standen Langustier, Gerardine und Alexander allein auf weiter Flur. Die Kollegen von der Wache äugten hämisch aus dem Unterstand des Tores herüber, wobei schwer auszumachen war, wem die Häme galt: den Reisenden oder dem armen Kollegen, der so viel mit ihnen zu schaffen hatte.
»Welchen Behufes à Berlin?«, radebrechte der Ärmste jetzt, nachdem er die Namen notiert und die Pässe retiriert hatte.
»Einrichtung einer neuen Dependance als Entrepreneur!«, posaunte Langustier.
»*Quelle profession?*«
»*Prediction professionelle! Faire des miracles! Chymiste!*«
Der Wachmann schnaubte verächtlich.
»Müssen nicht glauben, mich foppen zu können. *Quelle profession, s'il vous plaît? Vite, vite!*«
Langustier kam auf das zurück, was verabredungsgemäß im Passe stand:
»*Professeur de dance!*«
»Tanzlehrer, soso! Dann werde ich vielleicht auch einmal seine Dienste in Anspruch nehmen.«
Sein Gesicht hatte sich leicht entspannt, und er fragte:
»Gedenken also, nicht nur durchzureisen, sondern ansässig zu werden?«
Langustier-Salvary deutete ein gravitätisches Nicken an. Endlich wurden auch sie, wie alle Mitreisenden zuvor, an der schwarz-weiß bemalten Schranke vorbei zum Torhaus geleitet, wo der Torschreiber ungeduldig wartete, in dunkelbraunem Rock, vor einem Holzpult. Der Mann tunkte seinen Gänsekiel ins Tintenfass, zog drei Formulare aus der Lade, legte sie auf

die Schreibplatte und notierte, sauber und ohne mit der Feder zu kratzen, alle gemachten Angaben nach dem Diktat des Soldaten, der sich nun weiter erkundigte:
»Wissen bereits, wo Sie Wohnung nehmen, Monsieur Salary?«
»Salvary! S-a-l-v-a-r-y«, korrigierte Langustier und antwortete: »Nun ja, genau weiß ich es noch nicht, doch ich hoffe, fürs Erste eine günstige Unterkunft in einem Gasthof zu finden, bis ich mein Gewerbe ordentlich etabliert habe.«
Jetzt warf sich ihr bisheriger strenger Inquisitor wie ein Marktschreier in die Brust und spulte munter ab:
»Unser König hat die hiesigen Logements in drei Kategorien eingeteilt, und ich muss Sie bitten, mir die Kategorie anzugeben, in der Sie unterzukommen hoffen.
Kategorie drei: Übernachtung in einem Schlafsaale zu mehreren nach hinten raus, des Morgens Kornkaffee und trockene Schrippe, sechs Groschen, Mittagessen *Pot-au-feu*, drei Groschen; Kategorie zwei: Übernachtung in einem Zimmer für ein bis zwei Personen nach hinten raus, des morgens Kornkaffee, feuchte Schrippe und Schmalz, zwölf Groschen, Mittagessen Suppe und Braten, sechs Groschen; Kategorie eins: Übernachtung in einem Zimmer für ein bis zwei Personen nach vorne raus, des morgens Bohnenkaffee, feuchte Schrippe, Butter, Wurst und Konfitüre, ein Reichstaler, Mittagessen Suppe, Braten und Dessert, zwölf Groschen.«
Langustier, Gerardine und Alexander tauschten rasche Blicke. Gerardine hob einen Daumen, um eine Eins anzudeuten, ihr Urgroßvater jedoch entschied:
»Zwei Zimmer: mein Enkelsohn und ich Kategorie zwei, meine Enkeltochter Kategorie zwei.«
Gerardine stieß einen leisen Fluch aus.
»Fluche nicht, meine Liebe, fluchen ist in Preußen verboten!«
Der Torschreiber lachte und sagte:
»Dit zum Glück noch nich, hol mir der Teufel!«

Er malte auf seinen drei Zetteln eine Zwei in die entsprechenden Felder, dann bat er knurrend und fingerzeigend um drei Unterschriften, die sie mit seiner widerwillig dargereichten heiligen Schreibfeder leisten mussten. Am Ende setzte er unter jeden hübsch gedruckten und schön ausgefüllten Zettel einen gewaltigen blauen Stempel mit Preußen-Adler und legt ihn auf den Stapel der anderen, die später zur Schlosswache geschickt werden würden. Dort käme ihr Inhalt ins Hauptbuch, und die Zettel träten anschließend ihre Reise zum Gouverneur und dann zum Kommandanten an. Dieser verfasste am Morgen und am Abend je einen Hauptrapport über alle Meldezettel und übergab ihn versiegelt dem Kapitän der Schlosswache, welcher ihn schließlich an den König weiterleitete, sofern dieser in der Stadt war. War der König in Potsdam, so würde der Rapport jeden Abend an seine königliche Majestät dorthin abgesandt. So oder so – der König würde auch über diese Ankömmlinge schon am folgenden Morgen Bescheid erhalten.

Langustier und den Seinen war am Tor nichts Besonderes aufgefallen. Sie glaubten, behandelt worden zu sein wie alle anderen, um nun in der relativen Anonymität der Metropole unterzugehen. Was ihnen jedoch entgangen war, weil es sich in der Dunkelheit der Wachstube im Brandenburger Tor abgespielt hatte, war das kleine Kreuz, das der Torschreiber in die linke obere Ecke der Zettel gesetzt hatte. Es würde dem Boten, der die Zettel zur Schlosswache trüge, signalisieren, dass er sich diese drei Namen merken solle und sie dem Sachsen zu übermitteln habe, der als eine Art Wachtmeister der Berliner Schurkenwelt fungierte und stets über alle interessanten, entweder reichen oder gaunerischen Neuzugänge der königlichen Haupt- und Residenzstadt Berlin informiert war. Schon zwei Stunden nach ihrer Einfahrt sollte der Sachse in ihrem Falle Nachricht erhalten, jedoch ohne genauere Festlegung hinsichtlich ihrer speziellen Klassifikation.

In der *Schwarzen Perle* am Hamburger Tor herrschte Hochbetrieb, und Langustier hatte Mühe, den Wirt davon zu überzeugen, ihnen zwei Zimmer der Kategorie zwei zu geben, obwohl eigentlich keines mehr frei war. Ein Louis d'or tat jedoch wundersame Wirkung, und so mussten die beiden Handelsreisenden, die diese Zimmer bislang bewohnt hatten, urplötzlich und ohne für sie ersichtlichen Grund in den unbequemen publiken Schlafsaal wechseln. Gerardine war über ihr Logement entsetzt. Dieses sogenannte Zimmer war ein Loch, und das sogenannte Bett (eine Bezeichnung, mit der sie die Vorstellung einer weichen, gut gefederten, sauber bezogenen und wohlriechenden Schlafstätte verband) hatte sich als übel riechendes, durchgelegenes, von einem schmutzigen Laken verdecktes, faulendes Flohnest entpuppt. Langustier und Alexander ging es mit ihren Betten nicht besser, doch waren sie – weit reiseerfahrener als Gerardine – auf das Schlimmste gefasst gewesen und nicht sonderlich überrascht. Der einzige Trost für alle war, dass Langustier genügend Geldmittel eingesteckt hatte, um ihnen wenigstens in puncto Ernährung Erleichterung zu verschaffen, denn in einem solchen Etablissement verbat es sich eigentlich von selbst, den Mund zu etwas anderem aufzumachen als zur Beschwerde ... So verließen sie die *Schwarze Perle* denn auch schnell, um sich auf die Suche nach einer guten Mahlzeit zu begeben. Im *Güldenen Lamm* am Gendarmenmarkt fanden sie, was sie suchten: eine leidliche, wiewohl unglaublich teure Flusskrebssuppe, eine erträgliche, mit Esskastanien und Hammelhack gefüllte Poularde sowie eine wider Erwarten vortreffliche Aprikosencreme.

Wenn es nach Langustier gegangen wäre, hätten sie so viel Geld in der Stadt verteilt, dass alle Gauner auf sie aufmerksam geworden wären.

»Wenn du weiter so viel ausgibst, erfahren wir gar nichts, sondern werden bloß ausgeraubt«, wandte Gerardine ein.

»Ach, ich bitte dich! An diesem Ort gibt es bestimmt keine Spitzel, die nach reichen Gästen Ausschau halten.«
»Wo denn sonst, wenn nicht hier? Vor Maries Laden lungert auch immer einer herum.«
Bei der Erwähnung des Delikatess-Comptoirs verfiel Langustier auf die Idee, an Marie die Qualität ihrer Verkleidung auszuprobieren. Er trug zum ersten Mal in seinem Leben eine Perücke – rotbraunes Rosshaar, insofern für die Rossstraße bestimmt nicht schlecht geeignet.
»Dich würden sie sofort erkennen«, sagte er zu Gerardine. »Aber mich niemals! Das wird ein großer Spaß. Und ich werde uns etwas Gutes zu trinken für heute Abend mitbringen.«
Er bemühte sich sehr, aufrechter zu gehen als gewöhnlich und eine äußerst gewichtige Miene aufzusetzen, wie es so Weitgereiste für gewöhnlich tun. Auch sprach er das gewählteste Französisch, das ihm zu Gebote stand, und benutzte so viele ausgefallene Ausdrücke wie nur irgend möglich. Er erkundigte sich nach den Preisen für Champagner, rotem Wein aus Bordeaux und eingemachter Fasanenpastete und war höchst erstaunt, dass Marie, die ihn mit ausgesuchter Geringschätzung bediente, deutlich mehr verlangte als gewöhnlich. Als er seine Einkäufe davontrug, strahlte er dennoch. Die Tarnung war so gut, dass ihn die eigene Tochter nicht erkannte! Auf der Mühlendammbrücke verweilten sie kurz, und Langustier kramte in seinen Einkäufen, die er in einer Umhängetasche aus Leinen mit dem Konterfei des Königs zu Pferde darauf verstaut hatte. Sofort fiel ihm der Zettel in die Hände, den Marie dazwischengeschmuggelt hatte. Darauf stand:
»Etwas weniger gestelzt, dann wird es glaubwürdiger! Und wirf nicht so mit dem Geld um Dich.«
»Meine Rede«, frohlockte Gerardine, sich an seinem enttäuschten Gesichtsausdruck weidend. »Du hast doch nicht im Ernst geglaubt, dass sie ihren eigenen Vater verkennt, oder?«

Doch, das habe ich, dachte er und knurrte ein bisschen vor sich hin, während sie sich in Richtung auf den Krögel bewegten, jene übelste und verrufenste aller Berliner Gassen, in der er als Erstes gesehen, wenn auch nicht erkannt werden wollte. Die Häuser standen hier so nah beieinander, dass man bequem von der einen Straßenseite in die andere übersteigen konnte. Ihre kleine Prozession wurde aus dunklen kleinen Fenstern beobachtet, doch sonderlich interessiert an ihnen schien niemand zu sein. Einen gewissen Tourismus war man hier gewöhnt, denn das Gässchen der Ärmsten zählte zu den Sehenswürdigkeiten Berlins. Ein paar Gassenjungen begleiteten sie, unentwegt wiewohl vergeblich irgendwelche Kleinigkeiten anpreisend: galante Stiche, stimmungsfördernde Wässerchen, Mittel gegen allerlei üble Erkrankungen.

»Als Nächstes wandern wir durch die Ratzengasse und kehren anschließend im *Zepter* ein.«

Das *Zepter* stand am Cöllnischen Wursthof – einem Platz, an dem sich im Mittelalter ein Schlachthof befunden hatte. Langustier hatte das Lokal in dunkler Erinnerung, doch er war seit Urzeiten nicht mehr dort gewesen. Krebel, der einstige Wirt, war schon lange tot. Nun wurde es von einem geführt, der Lebel hieß, wie der Kammerdiener des Königs von Frankreich einst. Während ihnen unaufgefordert drei graue Krüge mit Bier vorgesetzt wurden, betrachteten sie so unauffällig wie möglich die anderen Gäste.

»Glaubst du, man sollte es wagen?«, fragte er Gerardine.

»Was meinst du mit *wagen*?«

»Nach einem oder zweien der Namen zu fragen natürlich – der Spitznamen, die Römer und Konsorten aufgeschnappt haben.«

»Du willst einfach nach denen fragen? Und was sagst du, wenn du gefragt wirst, warum du das wissen willst?«

Langustier rollte mit den Augen und sah sie leicht von unten herauf an.

»Schon vergessen, dass du meine Gehilfin bist? Dann sperr jetzt deine Ohren auf, damit du weißt, als was wir auftreten werden.«
Da ging ihr auf, dass aus dem Spiel ernst wurde. Als der Wirt sich wieder bei ihnen blicken ließ, fragte Langustier, das franzosendeutsche Radebrechen imitierend:
»Sagen Sie misch, Monsieur, kennen Sie misch vertrauenswürdige Menschen, die sisch mit dunklen Materien verstehen?«
Lebel zog die Brauen kraus.
»Wat meenen Sie denn? Mit Erde? Mit Ruß?«
»Ah non! Eher mehr mit sekreten Geheimnis-Wissenschaften ...«
Der Wirt lachte.
»Sie suchen eenen, der Ihnen aus eenem Kreuzer tausend Taler macht?«
»Non, Monsieur, isch *bin* ein Monsieur, der aus einem Kreuzer tausend Taler zu machen versteht!«
»Dit is Mumpitz! So wat jibt et nich.«
»So reischen Sie misch einen Kreuzer!«
»Ja, Sapperlot! Wie käme ick denn dazu?«
»Sie sollen sisch doch ein schlauer Mann gewesen sein, oder etwa nischt?«
Lebels Gesicht blieb unbewegt.
»Wer sagt'n ditte?«
»Kommen Sie, machen Sie misch die Freude! Sie kriegen ihm doch gleisch wieder! Ährenwort ...«
Der Wirt kramte einen Kreuzer aus seiner Hosentasche und gab ihn zögerlich her.
Langustier legte ihn auf seine Handfläche und streckte diese Lebel entgegen, der ihn verständnislos ansah. Gerardine und Alexander verfolgten sein Tun mit gerunzelten Stirnen. Langustier ballte die Hand zur Faust, wirbelte sie dreimal vor Lebels Gesicht herum, dann hielt er sie wieder still, öffnete sie, und auf der Handfläche lag ein blanker silberner Reichstaler.

Lebels Pupillen bekamen den Durchmesser der großen Münze. Er wollte sich selbige greifen, doch Langustier ließ die Hand zuschnappen und sagte:
»Äh, äh … Der gehört misch! Sie dagegen gehört nur der hier …« Er zog seine schwere Geldkatze hervor und schien lange suchen zu müssen. Schließlich hatte er einen Kreuzer gefunden und gab ihn Level. Entgeistert sah der erst zum Reichstaler hin, der nun vor Langustier auf dem Tisch lag, dann zum Kreuzer auf der Hand.
»Een Taschenspieler isser!«, sagte er, sich mühsam von dem Gedanken loseisend, an diesem Abend quasi im Handumdrehen einen Taler zu verdienen.
Langustier schüttelte langsam den Kopf.
»Isch kann Sie das Gleische auch mit Tausenden oder Hunderttausenden Talern vorführen! Dazu aber reichten meine Kräfte nicht alleine – das ist eine schwer, sehr schwer wiegende Angelegenheit. Hunderttausend Taler wiegen etliche Zentners! Das muss auch anderswo stattfinden. Und dazu brauch isch Hilfe, dazu brauch isch verschweigende Menschen!«
Lebel starrte noch immer den Taler an. Langustier sagte:
»Der soll Sie gehören, damit Sie misch nischt bald noch ohnmäschtisch werden. Aber nur, wenn Sie misch sagen, wo isch misch nach verschweigenden Menschen umsehen muss. Menschen, die schwer zupackend und mit Mut sind. Derlei Metier, wie isch es praktiziere, ist bei die Obrigkeit nicht wohlgelitten. Auch manch ehrbare Mitmenschen glauben, isch betreibe mein Handwerk mit dem Gottseibeiuns.«
Lebel, der einer der seltenen Katholiken Berlins war, wurde aschfahl und bekreuzigte sich.
»Hab misch keine Angst, mein Freund!«
Langustier winkte ab und sagte leise:
»Übles Nachgerede von Neider und Angstgehas! Wer sisch mit misch gutstellt und seine Arbeit gut gemacht, kann aus dem

wenigen, das einer hat, mit Gottes Beistand leischt großen Wohlstand erzeugen.«

Langustier hatte mit den Händen einen sehr großen Wohlstand angedeutet.

»Statt *Gottseibeiuns* lautet die Zauberwort *gottgefällige Schymie*! Selbst die Königlische Akademie der Wissenschaften kennt sisch dies Wort, doch dem kleinen Mann will sie durch Ammenmärchen und Verleumdung vom Reischsein fernhalten, indem sie die *güldene* eine *geheime* Wissenschaft schimpft. Doch das soll uns egal sein. Hauptsache, wir machen unseren Schnitt dabei! Nischt wahr, misch mein Freund?«

Lebel sah zum Reichstaler hin und schien paralysiert, wie die Maus von der Schlange. Seine Hand streckte sich noch einmal aus …

»Nur nischt so eilisch … Es gibt da zum Beispiel einen, von dem ich schon haben reden gehört, der misch als Hilfsmensch besonders lieb wäre, weil er erwiesenermaßen zuverlässisch, verschweigend und arbeitsam sein soll.«

Er dirigierte Lebels Ohr mit rhythmisch sich krümmendem rechtem Zeigefinger nah an seinen Mund und flüsterte:

»Isch hab da von einem gewissen *Fred* erfahren …«

Die Vorfreude auf Lebels Gesicht sank in sich zusammen wie ein Soufflé im Luftzug.

»Nie jehört.«

»Frieder, Fritz, Fredder, Fretz …«

Lebels Gesicht flammte wieder auf:

»Det Frettchen!«

»Genau, das war der Name: Frettschen!«, sagte Langustier grinsend.

Lebel schien zu überlegen.

»Dit Frettchen und … arbeitsam? Na ick weeß ja nich … Nu, versuchen Sie et mal im *Quappenkrug*. Ick will nich behaupten, dass et immer dort is, det Frettchen, oder dass ick über-

haupt so was von jenau wüsste, wo et sich uffhält. Aber da hätten Se jute Changsen, eben ditte rauszufinden.«
Langustier schob ihm den Reichstaler hin, der so schnell verschwand, wie er auf Langustiers Handfläche aufgetaucht war. Lebel nickte ihnen kurz zu, dann verzog er sich wieder hinter seinen Tresen. Sie tranken ohne Hast aus, erhoben sich, grüßten in die Runde und verließen das *Zepter*.

Auf dem kurzen Fußweg in die Straße Neu-Cölln am Wasser drehte sich das Gespräch nur um Langustiers Zaubertrick.
»Wie hast du das gemacht?«, fragte Gerardine, und auch Alexander war ganz Ohr.
»Großartig habe ich das gemacht, meine Liebe. Und was die Technik angeht: Das war Magie!«
»Ich glaube dir kein Wort – du bist wirklich, was dieser Lebel gesagt hat: ein Taschenspieler!«
»Nun, ich kenne da wirklich ein paar Tricks.«
»Wo hast du das gelernt?«
»Also … Ich hatte da mal eine Freundin, die hat mir ein bisschen was beigebracht.«
»Eine Freundin?«, fragte Gerardine entgeistert. »Warst du denn, nachdem Großmutter Maries Mutter starb, nicht immer mit Urgroßmutter Rahel verheiratet?«
»Oh, fast immer, fast immer! Nur meine frühen sechzig Jahre lang nicht.«
Alexander kicherte. Gerardine musste das Gehörte erst einmal verkraften. Dann schalt sie sich selbst eine Närrin, so naiv gewesen zu sein.
»Eine Freundin also. Wann war das?«
»Hm, das muss … Lass mich überlegen …«
Sie errötete kurz und sagte rasch:
»Ach, es ist ja nicht so wichtig. Sie muss jedenfalls eine interessante Frau gewesen sein, wenn sie zaubern konnte.«

»In der Tat, das war sie«, sagte er versonnen. »32 Jahre ist es her. Sie gehörte zum Hofstaat des türkischen Agas, 1750 muss es gewesen sein.«
Gerade eben, als er, völlig in die Erinnerung versunken, sich wieder in der Hasenheide befand, wo damals das Lager der Türken aufgeschlagen war und seine schöne Freundin[4] ..., sagte Gerardine:
»Wir sind da!«
Alexander hielt ihnen die rotbraun gestrichene Tür auf, und dicke Rauchschwaden drangen heraus, denn der Sinn einer Tabagie bestand darin, dass man darin ungestraft und ungehindert Tabak rauchen durfte, so viel man wollte. Dazu musste freilich jede Menge getrunken werden. Zu essen gab es indessen nur aparte Kleinigkeiten, die beinahe allesamt mit viel *Salz* zubereitet worden waren – Salzgurken, Salzheringe, Salzbrezeln, Soleier –, sowie diverse, mehr oder minder streng duftende Harzer Käsesorten.
»Fehlen nur noch Frösche in Gläsern oder eingelegte Kamel-Embryonen«, sagte Gerardine, als sie die Aufbauten auf dem Tresen sah.
»Froschkrug ... Netter Name für eine solche Kneipe direkt am Wasser«, sagte Alexander.
»Willst du jetzt wieder zaubern?«, fragte Gerardine, doch ihr Urgroßvater wiegte den Kopf.
»Erst mal sehen, wem wir hier begegnen«, sagte Langustier leise und blickte sich mit gespannter Erwartung um.
Im Tabaknebel sahen sie zunächst nur unförmige Gestalten. Es dauerte eine Weile, bis sich die Augen ans bräunliche Trüblicht der Lokalität gewöhnt hatten. Im *Quappenkrug* regierte, wie Langustier sah, immer noch die alte Böttgerin, die er schon seinerzeit kennengelernt hatte, als der Steuereinnehmer und

—
4 Vgl. »Purpurrot. Tödliche Passion«

Packhofbeamte Siedemann 1766 daselbst sein letztes Bier trank. Die zurückliegenden Jahre hatten aus ihrem schon damals ruinierten Gesicht eine vollends finale Runzeln- und Grübchen-Kraterlandschaft gemacht, an der selbst Hektoliter von Kräutertränken, die immer noch hier angeboten wurden, nichts mehr verbessern konnten. Auch wenn er sie sofort wiedererkannt hatte, war er ihr unbekannt. Das mochte freilich daran liegen, dass – von ihren Stammkunden einmal abgesehen – die tägliche Laufkundschaft durch diesen dunklen Ort floss wie der Styx durch die Unterwelt.

»Madame!«, begann er großspurig, nachdem er mit Gerardine und Alexander im Schlepptau zu ihr vorgedrungen war, die sie gerade einen Trunkenbold scharf zurechtwies und mit der Aussicht konfrontierte, ihr herrliches Lokal binnen weniger Minuten nur noch von der Außenseite zu sehen, wenn er sich nicht an ihre Spielregeln hielte, um auf ihren mürrischen Blick hin unbeirrt fortzufahren: »Was können Sie misch für ein Getränk empfehlen, für drei weit gereisten, ermüdeten Besuchern dieser wunderschönen Stadt? Und hätten Sie die Güte, Gnädigste, misch und die Meinen einen Tisch nahe bei Sie zu weisen, an dem wir Sie dauerhaft versischert hätten, und nicht im Abseits versauern müssten?«

Diese Eröffnung brachte sie derart aus der Fassung, dass sie beinahe das Tablett samt der darauf stehenden Bierkrüge fallen gelassen hätte. Sie ermannte sich jedoch rasch und sagte:

»Janz gleich, wo Se ooch her sein mögen – janz ejal, ob Russe, Franzmann, Engeländer oder Schwede –, hier bei Muttern Böttjer jibbt et nüscht wie Bötzows Klebe-Bier!«

Bei diesem Begriff, der die landesübliche malzreiche Zuckerbrühe von Bier bezeichnete, die einem zwischen den Fingern klebte, stöhnte Gerardine entnervt auf und rief:

»Bringen Sie misch einen Tee! Chinoise!«

Elfriede Böttgers Lachen klang erst wie ein schriller Pfiff, ging dann in Kinderheulen über und verendete in einem Rasseln, Kollern und Keuchen.

»Da wird sich det hochwohljebohrte Mattmosellchen schon zum ollen Fritze nach Sang Susi bejeben müssen! Oder zur dicken Marie ins Delicatess-Comptoir in der Rossstraße!«

Gerardine prustete los, und auch Alexander konnte sich das Lachen nicht verkneifen. Die Böttgerin blickte hasserfüllt auf das verwöhnte *Mattmosellchen* an des verschwurbelt sprechenden Monsieurs Seite, der sich nun, nach dieser Getränkeempfehlung, nicht nur namentlich vorstellte, sondern auch seinen Dreispitz abnahm und ihr wortlos einen Taler in die Hand drückte. Am *ollen Fritze* hatte er indes innerlich ebenso schwer zu knabbern wie an der *dicken Marie* …

Welch eine Verwandlung aber war auf der Wirtin Antlitz zu sehen, als ihr diese Münze zugeflogen war! In Windeseile hatte sie einen nah beim Tresen stehenden Tisch frei gemacht und dirigierte sie beinahe mit Kratzfuß zu ihm hin. Der Erfolg dieser Einführung war, dass sich sämtliche Gespräche in der schmuddeligen Wirtschaft für die nächste Stunde nur noch um die drei absonderlichen Neuankömmlinge drehten. Langustier orderte die ganze Speisenpalette, die Madame Böttger aufzufahren hatte. Während sie nun zögerlich und ohne großes Interesse das eine oder andere davon anbissen, eine Salzgurke etwa oder ein Solei, eine Brezel oder einen Hering, stiegen sie sichtlich in der Achtung der Wirtin. Das Klebe-Bier hatte den Vorteil, mehr Zucker als Alkohol zu enthalten, sodass auch einer dritten Runde zwischen Alexander und Langustier nichts im Wege stand. Der Zeitpunkt schien Langustier gekommen, Mutter Böttger etwas näher auf den Zahn zu fühlen.

»Is dit Frettchen hier irjendwo?«, fragte er im lokalen Umgangston, und sie fiel prompt in die Grube:

»Na, haste Bohnen uff die Oogen? Da steht er doch!«

Sie war zu verdutzt, um ihre Überrumpelung recht zu begrei-

fen. Langustier hatte, ihrem Blick folgend, bereits den ausgemacht, um den es sich nur handeln konnte: eine kleine, schmale Gestalt mit wachem Gesicht, welches indes nicht auf sehr viel Intelligenz schließen ließ.
»Woher …«, stammelte sie, doch Langustier war längst aufgestanden und stellte sich an den Tresen.
Alexander und Gerardine verfolgten die Szene mit gespannter Aufmerksamkeit. Gerardine hatte sich, vom Durst getrieben, ebenfalls zu einem Glas von Bötzows Klebe-Bier überreden lassen und nippte nun zum dritten Mal mit angewidertem Gesichtsausdruck daran. Sie hatte mit Alexander bislang kein Wort gesprochen. So war das Erste, was sie zu ihm sagte:
»Jetzt wird es ernst!«
»Sieht ganz so aus«, erwiderte er.
»Sie wurden misch empfohlen!«, sagte Langustier, worauf ihn das Frettchen reichlich perplex ansah.
Nach einer endlos langen Pause, in der er sein Gegenüber offenbar im Innern einzuordnen suchte, fragte der Kleine zurück:
»Von wem?«
»Vom Wirt des *Zepters.*«
Das Frettchen verfiel wieder ins wortlos-angestrengte Taxieren und fragte schließlich:
»Was hat denn ein vornehmer Müssjö wie Sie in den Berliner Stankhöhlen verloren?«
»Isch suche Menschen, die verschweigend sind und nischt die Arbeit scheuen! Die wissen, wie man die königlische Polizei aus die Wege geht.«
»Um wat jeht et denn jenau, wenn ick ma fragen darf?«
Langustier sah, dass er fast ausgetrunken hatte.
»Darf isch Sie, mein Freund, auf misch noch eins spendieren? Oder lieber etwas Geistigeres? Mein Reschnung …«
»Noch eens und ’n Korn«, rief das Frettchen erfreut zur Böttgerin.

»Misch auch mit Korn!«, schickte Langustier hinterher.
»Er hat ihn«, sagte Gerardine zu Alexander.
Der nickte und sagte:
»Wir müssen näher ran – ich verstehe kein Wort.«
Während sie damit beschäftigt waren, ihre sicheren Sitzplätze preisgebend, in Langustiers Nähe zu gelangen, hatte dieser sich mit seinem Gesprächspartner bereits in eine stille Ecke begeben, die von vorne nicht einsehbar war.
»Nun ma janz langsam und janz jenau – wat is denn det für 'ne Chose?«
»Isch mach aus wenig Geld mehr Geld …«
»Dit klingt janz vielversprechend. Nur – wessen Jeld wolln Se denn vermehren? Dit Ihrije oder dit von mir?«
»Von uns beide, und das von all der, die sisch vielleicht noch zu uns anschließen.«
»Wie viele Männeken brauchen Se denn?«
»Das kommt ganz drauf an auf la Grandeur – bei kleiner Transmutation vielleischt drei, bei einer mittleren sechs und bei einer großen zwölf oder gar vierundzwanzisch! Das hängt sich von vielerlei ab. Doch bevor isch misch hier mehr erkläre, muss isch wissen, ob Sie die ehrlische Neugier dazu haben und misch diese Menschen wissen.«
In dem, der das Frettchen genannt wurde, arbeitete es.
»Transmuttersion? Wat issn dette?«
Langustier lächelte ob der Verballhornung.
»Eine Verwechselung der ganz extraordinären Art, mein Freund! Ein chymisch Umwandelung von unedlem zu edlem Materia, sagen wir … von Silber zu Gold!«
»Puhh, 'n Joldmacher!«, sagte Langustiers Gesprächspartner und lachte verächtlich.
»Sagt misch lieber ein Wandler, ein Chymiste, ein Doktor von die heilige Magie, ein Abbé bei le mariage chimique, bei die union mystique … Isch will wohl einige Transmutationen zele-

brieren, die misch Geld bringen, vor hochgestehenden Persönen, und dazu brauche ich verschweigende Behelfsmenschen … Isch mach aus dem Geld der andern mehr Geld für uns!«
Langustier stach zur bildlichen Darstellung des Gemeinten erst mit den Händen nach vorn in die Luft, um sie dann im seitlichen Rudern im Halbbogen um die Hüfte nach hinten zu ziehen. In des Frettchens Gesicht ging ein Licht auf.
»Ihr meent … Ihr seid jar keen richtijer …«
Langustier nickte.
»Sonst tät isch misch ja nur immer in die Tasche zu greifen brauchen!«
Es sah nun für Gerardine und Alexander ganz danach aus, als hätte das Frettchen Interesse bekundet, Langustier mit einigen Freunden bekannt zu machen.
»Mein Urgroßvater ist der geborene Gauner – ich kann es nicht fassen!«, sagte Gerardine.
Alexander stand der Mund offen.
»Mach gefälligst die Futterluke zu!«, raunzte Gerardine. »Wir sind vom Fach. Uns kann gar nichts erstaunen – *compris*?«

»Was für ein Szenario!«, sagte Gerardine, als sie wieder in der *Schwarzen Perle* eintrudelten. »Glaubst du wirklich, du könntest einen solchen Hokuspokus inszenieren?«
Langustier lachte still in sich hinein.
»Nichts leichter als das. Mit dieser Perücke« – und bei diesem Stichwort packte er sich selbst beim Schopf – »kann ich alles …«
Doch statt sich aus dem Sumpf zu ziehen wie der allseits bekannte Lügen-Baron Münchhausen zerrte er sich nur das verhasste Ding vom Kopf und wünschte seinen Mitstreitern eine gute Nacht. Gerardine verzog sich in ihr Zimmer, während Alexander und Langustier auf zwei Pritschen in den ersehnten

Schlaf fielen, der zahllosen Flöhe und ihrer pikenden, nach so viel Klebe-Bier und Korn jedoch nur noch dumpf prickelnden Stiche zum Trotz.

Mittwoch, 1. Mai 1782

De La Vallée und sein neuer Protegé hatten gut gespeist, wenn auch nicht so gut wie vor Tagen bei ihrer Nachbarin.

»Der Polizeichef hat uns einen Berliner Bären aufgebunden«, sagte der Doktor.

»Was wollen Sie mir mit diesem seltsamen Bilde sagen?«, fragte de La Vallée.

»Der alte Koch kann es noch immer!«

De La Vallée schmunzelte.

»Vielleicht sollten wir ihn wirklich anwerben? Dann müssten wir allerdings das Geld vorher vergraben.«

»Wir könnten es in den Eiskeller packen!«, schlug der Doktor vor, und sie prosteten sich auf diesen silbern glänzenden Einfall hin mit gut gekühltem Champagner zu.

Ein Diener mit einem polierten Tablett erschien.

»Was bringen Sie mir da Feines, Alphonse?«, fragte de La Vallée.

»Einen Brief, Monsieur le Baron. Er wurde eben persönlich abgegeben.«

»Von wem?«

»Das weiß ich nicht, Monsieur le Baron.«

De La Vallée brach das Siegel, welches ohne Stempel war. Schon nach einem kurzen Blick wies er den Diener an, das Blatt seinem Gegenüber am Ende der langen Tafel zu übergeben.

»Das ist von Ihren Freunden. Sie werden unruhig, scheint es.«

Der Doktor erkannte die Handschrift des Schornsteinfegers.

Die Nachricht jedoch stammte vom festen Jochum.

Es ist ein Fremder namens Salvary in die Stadt gekommen, der sich mit Transmuttierung und Manipolation auskennen will. Will einen großen Reibach machen mit Geldsäcken. Wir sollten ihn uns ansehen. Mir kommt die Sache nicht geheuer vor. Könnte ein Agent der Polizei sein. ./.

Der Doktor hatte die Nachricht laut vorgelesen, und der Baron zog die Brauen kraus.

»*Es ist ein Fremder namens Salvary in die Stadt gekommen*? Seltsame Geschichte. Ich kenne niemanden dieses Namens. Das heißt, doch, ein Bekannter meines Vaters hieß so. Eine alte Familie aus Toulouse. Es wäre aber äußerst unwahrscheinlich, wenn dieser Salvary mit jenen Salvarys näher verwandt wäre. Ich denke, wir müssen diesen Herrn genauer überprüfen. Sie haben doch Leute an den Toren. Die können uns vielleicht was über diesen Salvary erzählen.«

»Meine Leute haben ihre Leute … Das zwingt mich allerdings, wieder mit ihnen in Kontakt zu treten, was ich eigentlich vermeiden wollte.«

Unwirsch fügte der Doktor hinzu:

»Das gefällt mir gar nicht. Sieht so aus, als wollten sie uns eine Falle stellen. Wir dürfen sie nicht unvorbereitet treffen.«

»Laden wir sie doch ganz einfach hierher ein – und laden vorher unsere Pistolen!«

De La Vallée war ganz begeistert von seiner gaunerischen Idee.

»Das ist – mit Verlaub – keine so gute Lösung. Ein öffentlicher Platz am helllichten Tag ist das Beste für solch ein Treffen. Und Pistolen scheiden aus. Sie dürfen niemanden auf offener Straße einfach so erschießen …«

»Natürlich, Sie haben völlig recht, mein Lieber. So werden wir es halten. Und wo ist ein solcher Platz?«, fragte de La Vallée.

»Das Rondell, der Markt der Gens d'armes oder der Schlossplatz vor den Arkaden der Stechbahn.«
»Dort werden wir sie treffen! Das *Boucher* ist das feinste Café! Dort werden sie sich benehmen müssen!«
»Ich benehme mich doch immer«, sagte der Doktor.
»Die anderen meine ich doch, die anderen …«
»Ah ja. Sehr richtig. Indes, mein lieber Baron: *Sie* werden dort nicht mit von der Partie sein!«
»Ach, und warum das nicht?«
»Weil Sie auf keinen Fall öffentlich mit einem Mitglied der Bande gesehen werden wollen, die den König um so viel Geld erleichtert hat!«
»Sie sind doch auch ein Mitglied dieser Bande?«
Der Doktor seufzte, als entsänne er sich einer längst verstorbenen Verwandtschaft.
»Ganz weit entfernt mag das sogar einmal gestimmt haben.« Er lächelte sein böses Lächeln, um fortzufahren: »Doch in Ihrer Gegenwart, Baron, in Ihrem Beisein bin ich Jean-François de Saint-Émilion.«
Nach einer Pause, in der auch de La Vallée schwieg, entschied der Doktor:
»Ich schicke denen noch heute Abend eine Nachricht.«

Langustier, Gerardine und Alexander hatten sich, nach einem ausgiebigen, aber wenig einträglichen Zug durch mindestens zehn Kneipen in fünf weiteren der 18 Stadtbezirke auf die sonnenbeschienene Kaimauer an der Friedrichsgracht gesetzt und schauten auf die Torfkähne, die hier ankerten. In einem davon hatten Römer und die sechs Wachen geknebelt gelegen und auf ihre Befreiung hingeatmet.
»Du willst nicht im Ernst versuchen, diese Gauner davon zu überzeugen, dass du Geld vermehren kannst, oder?«, fragte Gerardine.

Langustier lachte.
»Irgendwie muss ich doch ihr Interesse wecken. Hast du eine bessere Idee?«
»Ja – diese Flohbaracke von *Schwarze Perle* endlich verlassen und mich bei Großmutter Marie anständig ausschlafen, ein gehöriges Bad nehmen und mich am Ertrinken von 500 Flöhen ergötzen. Und die Polizei ihre Arbeit machen lassen. Das ist meine bessere Idee.«
Alexander grinste, aber Langustier hob tadelnd den Zeigefinger und sagte:
»Du enttäuscht mich, meine Liebe! Hat ein Tag im gewöhnlichen Berlin schon genügt, dich zu entmutigen? In diesem Gasthof wohnen wir immerhin noch besser als die meisten normalen Berliner. Wenn deine Flohfallen nicht funktionieren, musst du dir bessere besorgen. Und wir finden bestimmt noch ein anderes Getränk für dich als Klebe-Bier. Allerdings solltest du nicht wieder in einer Tabagie nach Tee verlangen. Das macht sich in den Augen derjenigen, die wir für uns gewinnen wollen, zu einer Prinzessin, mit anderen Worten, *lächerlich*.«
Gerardine schwieg eingeschnappt. Sie hätte sich innerlich ohrfeigen können dafür, einmal gesagt zu haben, wie sie sich fühlte. Nun war es nicht mehr rückgängig zu machen. Für dieses Leben in billigen Berliner Absteigen und Kneipen war sie nicht gemacht. Was ihr aber unabhängig davon vor allem fehlte, war geistige Ansprache.
Ihr Urgroßvater hatte im Alter leider die unangenehme Eigenschaft entwickelt, zu tadeln, ohne einen Fingerzeig zu geben, wie ein Problem zu beheben wäre. Als Langustier aufstand, um mit einem Angler zu sprechen, der in Sichtweite seine drei Ruten ausgeworfen hatte, wandte sie sich an Alexander und fragte ihn:
»Und wie geht es dir bei dem ganzen Schlamassel?«
Alexander sah sie ernst an und sagte:

»Ich bin der Sohn eines Wirtes, mir ist nichts fremd, was Berliner Gastronomie und die Zustände in Wirtschaften betrifft. Aber ich kann dich verstehen – so eine Tour wie die von gestern halte auch ich nur ein paar Tage aus.«
Sie seufzte erleichtert auf und entgegnete:
»So muss ich mir also nicht vorwerfen, ein Weibsbild zu sein, welches nichts verträgt?«
Alexander spürte zwar schon wieder eine gewisse Arroganz in ihrer Stimme, war aber so glücklich, dass sie sich überhaupt herabgelassen hatte, mit ihm zu sprechen, dass er darüber hinwegging. Überaus erfreulich hingegen erschien ihm die Tatsache, dass sie ihn geduzt und sein Du im Gegenzug widerspruchslos hingenommen hatte.
»I wo – nicht die Bohne.«
Sie lächelte über den Ausdruck.
»Willst du nicht einfach Gastwirt werden wie dein Vater und den *Krug* übernehmen?«
Er schüttelte entschieden den Kopf.
»Mein Vater hat sein ganzes Leben damit zugebracht, andere zu bedienen und ihnen Honig ums Maul zu schmieren, nur damit sie wiederkommen oder wenigstens ein zweites Glas Bier bestellen. Das ist nicht die Zukunft, die ich mir vorstelle.«
»Und was stellst du dir vor? Bei meiner Großmutter hast du vorgegeben, du wolltest den Handel und die Gastronomie in allen Facetten kennenlernen. Warum? Willst du auch mit Spezialitäten handeln wie sie?«
»Ich will dorthin, wo die exklusivsten Dinge aus der weiten Welt herkommen! Dort will ich handeln und Waren kaufen und sie hier teuer weiterverkaufen.«
Sie wendete sofort ein:
»Das hat der König in Ostasien probiert, doch es hat sich nicht rentiert.«
Alexander parierte den Hieb:

»Das ist fast zwanzig Jahre her, und es war der Große Krieg, der es vereitelt hat. Im Frieden wäre der Handel aufgeblüht!«
Er hatte ein Leuchten in den Augen, das Gerardine gefiel. Eigentlich war er doch nicht so völlig uninteressant, wie sie die ganze Zeit über gedacht hatte …
Langustier kam zurück.
»Die fangen nichts. Denen geht es genau wie uns. Mal schauen, ob wir morgen mehr Glück haben. Für heute reicht es mir. Lasst uns in die Komische Oper zu Meyerbein gehen.«
»Mit dem, was wir anhaben?«, entsetzte sich Gerardine.
Langustier lächelte und sagte:
»In diesem Opernhaus, meine Liebe, musst du dir um Garderobe nicht so große Sorgen machen.«
Die Art und Weise, wie er das Wörtchen *diesem* betont hatte, verhieß nicht eben etwas der königlichen Oper Vergleichbares.
»Wenn ich ehrlich sein soll«, sagte Gerardine, »so habe ich von Meyerbeins Oper noch nie gehört.«
»Sei froh!«, sagte Alexander und grinste. »Das ist das Opernhaus der kleinen und kleinsten Leute, der allerkleinsten …«
»Nennen wir das Kind doch beim Namen: Es ist ein rechtes Schmierentheater«, sagte Langustier.
»Na und wenn schon!«, entschied Gerardine. »Besser gesagt – gerade darum! Man muss der Literatur und der Musik immer und überall die nötige Hochachtung und den gehörigen Respekt zollen. Das sollten wir den allerkleinsten Leuten einmal beibringen. Außerdem brauchen wir für unsere kleine … äh, Präsentation unbedingt eine ansprechende Montierung. Wir müssen Aufsehen erregen und neugierig machen, unser Aussehen muss ablenken und verzaubern. Je mehr man auf dein Habit schaut, desto weniger merkt man auf das, was du mit deinen Händen anstellst.«
»Schlaues Kerlchen!«, sagte Alexander frech, und Gerardine fauchte, allerdings nicht ohne Sympathie:

»Du!«
»Na, also mein Aufzug ist dafür doch wie geschaffen – und was dich betrifft, so werden wir schon noch etwas finden, das dir gefällt«, sagte Langustier.
Sie strahlte.
»Und was ist mit mir?«, fragte Alexander. »Soll ich wieder zerlumpt nebenherlaufen wie der arme Bruder?«
Langustier zählte im Geiste seine Barschaft, dann gab er ihnen mit dem Kopf einen Wink, überließ aber Gerardine die Führung. Was Kleidung betraf, fand sie instinktiv die besten und günstigsten Läden.
»Was werden wir uns übrigens ansehen?«, fragte Gerardine.
»Goldonis *Wirtin*.«
»Na, das passt ja!«, sagte Alexander.
Er lächelte zu Gerardine hin und war höchst entzückt, als sie sein Lächeln erwiderte. Langustier sah, dass die Angler ihre Versuche abbrachen. Auf dem Rückweg zur *Schwarzen Perle* hielt er einen Gassenjungen an, drückte ihm eine Münze in die Hand und flüsterte ihm etwas ins Ohr.

Das Frettchen hatte alle zusammengetrommelt, und sie waren neugierig auf diesen seltsamen Vogel mit seinen beiden jüngeren Gehilfen.
»Das kleine Weibsbild hat es faustdick hinter den Ohren, glaube ich«, sagte das Frettchen verschmitzt.
»Erzähl uns erst einmal von dem alten Dicken. Wie war noch mal sein Name?«, fragte der feste Jochum.
Sogar die Hutmacherin ließ kurz ihre Stickerei sinken, um sich ganz auf das zu konzentrieren, was es jetzt zu hören gäbe.
»Nennt sich Salvary und sieht aus wie Casanova mit siebzig.«
»Gib nicht so an«, sagte die Indianerin spitz, »du hast Casanova doch nie gesehen!«
»Nun, was man sich so erzählt«, schob das Frettchen nach.

»Sölväri – no, wonn doss kään Scharladdan is ... «, ließ sich der Sachse vernehmen, und sowohl der Pötter als auch der Schornsteinfeger signalisierten Zustimmung.
Das Frettchen strahlte.
»Sag ich doch: ein Scharlatan, wie er im Buche steht.«
»Gemach, gemach«, sagte der feste Jochum. »Wie ein Scharlatan zu heißen bedeutet noch lange nicht, einer zu sein. Außerdem ... Was hast du schon für Bücher gesehen, ich meine von innen und nicht nur von außen? Übrigens stehen Scharlatane meistens nur in einer Art von Büchern: in Schuldbüchern, in der Kreide. Was hast du noch über ihn? Was hat der Leichenfledderer vom Tor erfahren?«
»Sein Pass war gefälscht. Gute Arbeit, fast besser, als es die Polizei erlaubt.«
»Könnte eine Polizeiarbeit sein«, krächzte die Indianerin.
»Das glaube ich nicht«, sagte das Frettchen. »Dafür ist es zu gut erfunden. Er kommt aus Genf, hat Einträge aus allen großen Städten in seinem Papier. Er war schon in London, Paris, Rom, Venedig. Nun kommt er aus Hamburg.«
»Steht alles nur auf Papier!«, sagte der Pötter.
»Erzähl von den beiden Kleinen!«, forderte der rote Christian. »Besonders von der Prinzessin!«
»Natürlich, du wieder! Das ist das Einzige, was dich interessiert, was?«, spöttelte die Indianerin.
Der rote Christian schmunzelte.
»Jedem sein Tierchen – so hast auch du alte Saatkrähe dein Pläsier!«
Die Indianerin hätte beinahe ihre Pfeife geschleudert, besann sich aber im letzten Augenblick eines Besseren und hüllte sich lieber in dichten Nebel.
»Das Mädchen macht auf fein, auch wenn ihr Äußeres nicht so sehr danach ist. Sie trägt für gewöhnlich Hosen!«
Einige pfiffen.

»Das sind die Schlimmsten!«, sagte der Schornsteinfeger.
»Hat Tee verlangt! Stellt euch vor, Tee! Im *Quappenkrug*! Die Böttger'sche hat kaum ein Wort rausgekriegt. So etwas gab es dort noch nie.«
»Das Ding gefällt mir!«, sagte die Hutmacherin.
»An der wirst du dir die Zähne ausbeißen«, sagte die Indianerin mit bösem Blick zu Christian, der jedoch bloß mit den Schultern zuckte, als könnte ihn nichts schrecken.
»Lassen wir ihn doch einmal hier zeigen, was er kann«, sagte er. »Wenn er gut tricksen kann und wir alle der Meinung sind, dass er koscher ist, dann lass uns doch ein Ding mit ihm drehen. Wenn auch nur einer Nein sagt, ist er weg vom Fenster. Wir holen ihn und seine beiden Gehilfen so hierher, dass sie nicht wissen, wo sie sind. Und wir alle treiben ein bisschen Mummenschanz, damit sie uns nicht gleich wiedererkennen, wenn sie wirklich von der Polizei sind. Du allerdings«, er blickte zum Frettchen, »hast schlechte Karten. Dich kennen sie jetzt schon gut genug.«
Das Frettchen lächelte unsicher, sagte aber mit fester Stimme: »Klare Sache das. Ihr sollt entscheiden.«
Keiner sagte Nein. In ihrem sichersten Treffpunkt im neuen Vogtland würden sie diesem Salvary am folgenden Abend auf den Zahn fühlen. Vielleicht war er ja genau der, den sie brauchten. Und wenn er sich als Spitzel des Königs herausstellte, so wäre es sein letzter Auftritt. Der feste Jochum hatte dem Doktor eine Nachricht geschickt, und wenn sich Salvary nicht als Niete herausstellte, so würde er mit ihm über seinen Casus debattieren.
Ihr Beisammensein im tiefen Keller der Wackernagels wurde von einem eintreffenden Boten gestört. Es war einer der Angler, die Langustier, Alexander und Gerardine am Kai beobachtet hatten.
»Sie gehen ins Beinhaus!«

»Schönste Gelegenheit, sie in natürlicher Umgebung zu studieren. Macht euch fertig, denn ihr liebt doch alle Theater, bei dem es was zu lachen gibt.«

»Ich sehe hier niemanden, auf den deine Beschreibung passt«, flüsterte der feste Jochum, und die Indianerin unkte:
»Das ist wieder mal das Frettchen, wie es leibt und lebt. Erst die große Klappe schwingen, und am Ende stehen wir doch wieder alle wie die Ochsen vorm Berg.«
Das Frettchen war für einen Moment ratlos. Dann jedoch hellte sich sein Gesicht auf. Sofern das im Zwielicht des Meyerbein'schen Theaterhauses – in der Sprache der Besucher allgemein nur als das *Beinhaus* bekannt – überhaupt möglich war. In der verlorenen Straße lag es, am Rande des Scheunenviertels, unweit der Brachfläche mit den Scheunen am *four a chaux*, dem Kalkofen, beim Schönhauser Tor. Es bestand aus einem lang gestreckten hohen, kahlen Raum, fast einem Kirchenschiff vergleichbar, der aber in Wahrheit vormals einer Ziegelfabrik zugehört hatte. Die Bühne war hinter einer Aussparung in einer der Frontmauern errichtet – eine Holzpritsche mit Unterbau aus Balken, auf der jeder Tritt klang wie ein Donnerschlag. Die Besucher, und es waren bestimmt an die einhundert, die sich auf engen Holzbänken aneinanderdrückten, schnatterten wie ein Haufen Wildgänse durcheinander. Es war für alle offenkundig ein besonderer Anlass, auf den sie wahrscheinlich tagelang gespart und auf den sie mit zunehmender Erwartung hingelebt hatten. Gerardine beobachtete eine Mutter, die ihre fünf Kinder – das älteste war wohl etwa zehn, das jüngste knapp zehn Wochen – auf das Ereignis einzustimmen versuchte. Sie waren sicherlich für ihre Verhältnisse teuer und ausgesucht gekleidet, doch bei Lichte besehen bestand ihre Ausstaffierung bloß aus ein paar farbigen Lappen, in zufälliger Weise zusammengenäht, wenn nicht sogar nur mit Schnüren

gebunden. Dennoch, eine gewisse Feier- und Festlichkeit war dem ganzen Aufzug nicht abzusprechen, und Langustier, Gerardine und Alexander waren, ohne es zu wissen – denn niemand schien sie sonderlich zu beachten –, das heimliche Zentrum, das Großereignis des Abends. Das lag erstens daran, dass niemand sie kannte, zweitens jedoch an ihrer Garderobe. Gerardine hatte ganze Arbeit geleistet. Sie selbst trug einen Casaquin aus aprikosenfarbener Seide, auf die große tiefblaue Lilien gestickt waren, umspielt von grünem und braunem Blatt- und Rankenwerk. Dazu eine schreiend gelbe Halsbinde und einen ziegelroten Rock, der so breit war (aufgrund seines Unterbaus aus Reifen), dass sie drei Sitzplätze beanspruchte – und auch für drei hatte bezahlen müssen.

Langustier dagegen hatte seinen bleumouranten Rock gegen einen nachtvioletten vertauscht, auf dem filigrane Sterne prangten, mit echtem Silberfaden gestickt. Am Kragen seiner Hemdbrust sowie an den Manschetten blühte täuschend echt nachgenähte Brüsseler Spitze, und seine altertümliche Perücke bestach durch ihre absolut mitternächtliche Neumondschwärze. Einen Stock mit Rosenquarzknauf hatten sie noch aufgetrieben, der beinahe aus dem Besitz des Königs hätte stammen können, denn Langustier erinnerte sich deutlich, dass seine Majestät höchstselbst einen solchen bei ihrer Frankreichreise 1755 in Gebrauch gehabt hatten. Alexander nun, um ihn nicht zu vergessen, trug eine Hose aus lehmbraunem Samt, dazu schwarze, glänzende Lacklederhalbschuhe und einen himbeerroten Frack, reich mit goldenen Tressen bestickt.

»Da sind sie – gar nicht zu verfehlen!«, frohlockte das Frettchen, und die anderen folgten seinem Fingerzeig mit den Augen.

»Was denn – diese aufgetakelte Mischpoke?«

Der feste Jochum hatte es sich angewöhnt, zahlreiche jiddische Ausdrücke zu benutzen – er sprach von *Schlamassel* bei Pech und von *Massel* bei Glück, von *Stuss* bei Unsinn und von *Maloche* bei Arbeit. Nun also meinte er mit *Mischpoke* die merkwürdige Gesellschaft der drei bunten Figuren.

»Wollen doch mal sehen, was die Brüder Drillisch, die Hutmacherin, der rote Christian und der Sachse im Vorbeigehen alles aus ihnen herausholen können!«

Schon waren die Genannten dabei, sich durch die Reihe zu drängen, in der Langustier, Gerardine und Alexander saßen.

»Verdammich, gerade jetzt!«, krächzte die Indianerin.

»Was?«, fragte der feste Jochum.

»Da drüben – die Distel!«

In der Tat schien gerade zu diesem Zeitpunkt der Polizeikommissar Distel seine Runde im Bezirk zu machen, das Ereignis im Meyerbein'schen Opernhaus als willkommene Gelegenheit nutzend, einmal wieder den Gesamtbestand an Ganoven und Halbweltgestalten auf einem Fleck zu sehen. Die Brüder Drillisch hatten ihn nicht bemerkt, sie waren ganz auf das konzentriert, was nun folgen sollte. Doch auf einmal gab es einen Eklat. Langustier hatte den ersten der Brüder bei der Hand gepackt und bezichtigte ihn lautstark des versuchten Diebstahls.

»Jetzt zeig uns einmal, was du hier hast!«, sagte er und hielt die Hand des Drillischs in die Höhe: Es war des Königs Permissschreiben …

»Lasst uns die Polizei rufen!«, verlangte Langustier mit Stentorstimme.

Bei dem Wort *Polizei* gab es fast einen Aufruhr. Die Hälfte der im Saale Versammelten sprang in die Höhe und war drauf und dran, die Halle auf Teufel komm raus zu verlassen. Ihre Bewegung erstarrte jedoch, als sie Polizeikommissar Distel bemerkten, der die Gelegenheit nutzte, öffentliche Präsenz zu zeigen.

»Dass der auch gerade heute Abend hier sein muss«, sagte der feste Jochum mehr zu sich selbst als zu den anderen.

»Was geht hier vor?«, fragte Distel, und Langustier antwortete: »Monsieur le Commissaire – dieser Mensch hier hat sisch mit seiner Flosse in meiner Jackentasche verirrt, aber alles, was er zu fassen gekriescht hat, war ein Brief meiner Großmutter!«
»Bei misch ging es ähnlisch«, sagte Gerardine. »Dieser Mensch hier fand meine Halskette so schön, dass er sie misch abknispeln wollte!«
Der dritte der Brüder Drillisch, die Hutmacherin, der rote Christian und der Sachse hatten sofort den stillen Rückzug angetreten. Distel sah erst Langustier, dann Gerardine intensiv an, fragte sie anschließend, ob ihre Kette sich noch an ihrem Hals befinde, was sie kleinlaut zugeben musste, und warf sodann einen Blick auf die vorgeblich großmütterliche Briefschaft, die tatsächlich in der Hand des ersten Drillisch-Bruders sich zu befinden schien. Distels Brauen hoben sich, dann entspannte sich sein Gesichtsausdruck, und ein seltsames Lächeln stand auf seinen Lippen.
Fast angewidert scheuchte er die beiden Drillischs zurück, wandte sich an Langustier und sagte mit Nachdruck:
»Ich weiß nicht, was an diesem Fetzen Besonderes sein soll! Wenn der wirklich Ihnen zugehört, was aus dem Inhalt keineswegs eindeutig hervorgeht, so wäre sein Verlust nicht bedeutsam. Sie sollten vorsichtiger sein mit dem Bezichtigen unbescholtener Mitbürger! *Passeport, s'il vous plaît!*«
Mit sichtlichem Ekel im Blick, konsterniert ob dieses Ansinnens, kramte Langustier, nachdem er den Brief wieder zu sich gesteckt, nach dem verlangten Pass und händigte ihn widerwillig aus. Distel blätterte darin und fragte *coram publico* jeden einzelnen Punkt ab:
»Monsieur Salvary?«
»Das ist misch mein Name!«
»Aus Genf gebürtig?«
»Und Genever trinkend ...«

Das Publikum lachte und freute sich des unvermuteten Vorspiels.
»Verkneifen Sie sich Ihre Witze, Monsieur! Sie sind fremd hier in der Stadt und haben um Zulassung als Tanzlehrer nachgesucht, wie ich hier im Vermerk sehe.«
Das Stichwort *Tanzlehrer* hatte ein aufgeregtes Getuschel bei der Damenwelt im Saal zur Folge, das Langustier mit einem Lächeln und einer Rundumverbeugung honorierte. Distel räusperte sich und sagte weiter:
»Bitte bedenken Sie, dass falsche Beschuldigungen, die Sie hier vorbringen, Ihr keineswegs gefestigtes Ansehen vorab bereits vollends ruinieren können. Ich verwarne sie daher ganz ausdrücklich und kann Ihnen versichern, dass Sie im Wiederholungsfalle mit einer sofortigen Ausweisung aus Berlin, ausgesprochen im Namen des Königs, zu rechnen haben. Was selbstverständlich«, er blickte mit Brauengewoge zu Gerardine und Alexander hin, »auch für Ihre jugendliche Entourage hier gilt!«
Er gab den Pass zurück und machte mit seinen Helfern eine ausgedehnte Runde durch den Zuschauerraum, damit zu verstehen gebend, dass dies eine Routinekontrolle war, und verließ dann das Meyerbein'sche Opernhaus wieder.
»Donnerwetter!«, sagte das Frettchen. »Das hätte leicht nach hinten losgehen können. Wer konnte auch ahnen, dass die Distel gerade zur Unzeit hier auftaucht.«
»Verfluchter Schlamassel!«, sagte der feste Jochum, um sogleich hinzuzufügen: »Sieht mir alles so weit ganz koscher aus. Wer so rasch reagiert und dann auch noch von der Polizei rangenommen wird, ohne große Folgen, der kann nicht gänzlich falsch sein.«
»Jetzt sieh dir aber das mal an«, sagte der rote Christian und zeigte ihnen einen kleinen Gegenstand. »Das hat die Hutmacherin der Prinzessin abgenommen …«

»Der Schickse, meinst du?«, vergewisserte sich Jochum und betrachtete den elliptischen Kokon. Es war ein Körper aus Elfenbein mit zahllosen Löchern und höchst kunstvoll zwischen all den Aussparungen angedeuteten Figuren eines Schäfers und einer Schäferin.
»Das ist die kostbarste Flohfalle, die ich je gesehen habe!«, sagte die Indianerin.
»Und die Tierchen darin haben an der interessantesten Schickse gesaugt, die ich seit Langem gesehen habe!«, sagte der rote Christian.
»Wer so was bei sich trägt, kann nicht ganz falsch sein«, wiederholte das Frettchen reichlich dümmlich die Formel des festen Jochums.
»Wenn ihr euch da nur mal nicht vertut!«, krähte die Indianerin. »Ich wittere Betrug!«
»Das scheint mir bei einem Betrüger auch irgendwie naheliegend, oder?«, sagte das Frettchen grinsend.
Dann wurden die Kerzen und Laternen im Raum gelöscht, und nur die Talglichter in den Wannen vor der Bühne brannten weiter. Ein Gong ertönte, und der Vorhang hob sich. Der Diener der Wirtin Mirandolina, Fabrizio mit Namen, führte zwei Schauspielerinnen – Ortensia und Dejanira – in ihre Zimmer in der Herberge. Bei den Worten Dejaniras *(Doch jetzt bin ich sehr gespannt, ob die Gemächer auch zu unserer Zufriedenheit sind!)* musste Gerardine wieder an die harte Realität der *Schwarzen Perle* denken, deren durchgelegene Bettstatt ihrer harrte. Sie tastete nach ihrer Flohfalle, einer unvermuteten Zutat im gekauften Kostüm, über die sie sich sehr gefreut hatte, und musste erschreckt und enttäuscht feststellen, dass sie verloren war. Keiner jedoch nahm ihre Pein wahr. Carlo Goldonis *Wirtin*, nach der Fassung von Johannes Soppa, fesselte für die nächsten beiden Stunden das Gros des Publikums im Meyerbein'schen Opernhaus vollends. Langustier

hoffte insgeheim, dass der Auftritt Distels, diese kleine abgesprochene Komödie, für sie in irgendeiner Weise von Vorteil sein möchte.

Donnerstag, 2. Mai 1782

Das *Boucher* unter den Arkaden der Stechbahn, wo in grauer Vorzeit die Ringelstechen der Askanischen Ritter stattgehabt hatten, war das erste Café am Platz. Der feste Jochum fühlte sich dort ganz und gar nicht zu Hause, woran nicht allein seine Kleidung schuld war, die ihn als einen auswies, der normalerweise an einem solchen Ort keinen Kaffee zu sich nahm, während der Doktor in seiner neuen Rolle als Saint-Émilion vollkommen in seinem vornehmen Element war und förmlich aufblühte. Hier gab er sich als leutseliger Advokat, der generös seinen Klienten zum Kaffee einlud. Jochum hasste den Doktor für die Wahl dieses Treffpunkts noch mehr als ohnehin schon. Er sah darin nur ein weiteres Indiz für die Entfernung, die zwischen ihnen entstanden war, und eine Bestätigung für seine Mutmaßung, der Doktor habe sie als Erfüllungsgehilfen für den insgeheim gehegten Plan seiner Bereicherung und Absetzung benutzt. Doch da ihre Zusammenkunft einem ganz bestimmten Zwecke diente, verbiss er sich seinen Ärger für den Augenblick, schwor sich aber, der Sache auf den Grund zu gehen.
»Wir wollen ihn heute Abend seine kleine Demonstration vorführen lassen. Verspricht ganz profitabel zu sein«, sagte er.
»Das haben wir doch nicht nötig«, entgegnete der Doktor. »Gerade jetzt, in den ersten Wochen. Erinnere dich daran, was vereinbart war. Keine krummen Dinger, bis Gras über die Sache gewachsen ist. Ich hab euch doch gesagt: Wenn sich auch nur einer nicht an unsere Regeln hält, bringt er alle in Gefahr.«
»Bis du uns etwas von unserem Geld gibst, wird über unsere

Knochengerüste schon Gras gewachsen sein!«, fuhr der feste Jochum auf.

Die Leute an den Nachbartischen schauten zu ihnen her.

Der Doktor beschwichtigte sie lächelnd und sagte laut vernehmlich:

»Aber mein guter Mann! Regen Sie sich doch nicht auf! Was für ein Glück, dass Sie sich mich zum Advokaten gewählt haben: Sie werden sehen, wir werden alles zu Ihrer Zufriedenheit regeln!«

Die Gesichter der ringsum sitzenden feineren Kaffee-Gesellschaft entspannten sich, und die anderen Gäste tauchten langsam wieder in die eigenen Gespräche ab.

Der unablässig arbeitende Geist des Doktors hatte unterdessen eine interessante Perspektive entwickelt. Was immer Jochum auch mit diesem prominenten Scharlatan im Sinn hatte – es wäre eine willkommene Gelegenheit, die ganze Bande auffliegen zu lassen und sich selbst mit dem Schatz zu verabsentieren. Also warum nicht auf das Spiel eingehen?

»Habt ihr etwas über ihn in Erfahrung gebracht?«, fragte der Doktor leise.

Jochum knurrte zustimmend, während er den zudringlichen Blicken, die er nach wie vor von allen Seiten auf sich gerichtet wähnte, auszuweichen suchte.

»Konnten ihn gestern Abend im Beinhaus studieren – Polizeikommissar Distel, der zufällig vor Ort war, hat ihn kontrolliert und als einen Fremden visitiert.«

»Warum? Hat er irgendetwas angestellt?«

»Wir wollten seinen Pass … unauffällig mal kurz … ihm entlehnen … Hat er aber spitzgekriegt und sofort die Alarmtute geblasen.«

Der Doktor fluchte leise, setzte aber sofort wieder seine indifferente, lächelnde Herrenmiene auf, zwischen den Zähnen hervorstoßend:

»Ist Dummheit eigentlich erblich? Jeder, der halbwegs nachdenken kann, weiß, dass die Polizei Meyerbeins kleinen Flohzirkus als Guckfenster in die Unterwelt nutzt!«
Der feste Jochum fuhr eisern in seinem Bericht fort:
»Haben trotzdem erfahren, was wir wollten. Die Polizei hat ihn auf dem Kieker. Sieht also so weit sauber aus.«
Der Doktor säuselte wieder leise:
»Halt mich auf dem Laufenden.«
»Willst du dir nicht ansehen, was er kann?«
»Ehrlich gesagt ist mir das relativ egal. Wir haben längst, was wir wollen, wir brauchen nichts mehr. Wenn's euch Freude macht, wenn ihr euch partout wieder in Gefahr begeben wollt, bitte sehr! Aber ich sage euch gleich: Fallt ihr dabei auf die Schnauze, bin ich weg! Und das Geld ist auch weg. Denn ihr sitzt dann in Spandau, während ich mir in Paris oder in Venedig einen schönen Lenz mache!«
»Irgendwie glaube ich, dass du das ohnehin vorhast«, sagte der feste Jochum und forschte in des Doktors unergründlichen Augen.
»Habe ich mein Wort schon einmal gebrochen? Warum bist du nur immer so misstrauisch?«
»Also kommst du heute Abend und siehst es dir an?«, fragte der feste Jochum.
»Na gut, verdammt – meinetwegen. Ja, von mir aus, ich guck ihn mir an!«
»Danke, Herr Advocatus!«, sagte der feste Jochum laut und stand auf.
Der Doktor blieb noch eine Weile sitzen, trank einen weiteren Kaffee und stellte sich vor, wie es wohl in Venedig sein würde.

Langustier hatte sich vom Perlenwirt einen Kochtopf mit Wasser auserbeten und ein kleines Rechaud unter der Vorgabe, einen speziellen Aufguss für eine schlecht heilende Wunde am

Fuß bereiten zu wollen. Im Beisein Alexanders und Gerardines öffnete er auf dem Zimmer ein Geheimfach in seinem Koffer, zog einige Apothekergläser mit Pulvern und einen alten Schmelztiegel hervor.

»Du meine Güte – wo hast du denn das komische Zeugs her?« Gerardine starrte entgeistert auf diesen Tiegel, der aus einem anderen Jahrhundert zu stammen schien. Er hatte durch vielfältige Benutzung eine undefinierbare Farbe angenommen. Die ursprüngliche Glasur, die das Porzellan einmal überzogen hatte, mochte anfangs elfenbeinfarben gewesen sein, doch inzwischen schillerte sie grünlich, bläulich, rötlich. Dort, wo ihn die Flammen bestrichen hatten, war sie gänzlich abgebröckelt und die darunterliegende graue Schicht schwarz geworden.

»Der alte Fredersdorf – den kannst du nicht mehr kennen, er war lange der Hofkämmerer des Königs –, der hat ihn mir vermacht. Es war sein liebstes Spielzeug. Angeblich hat er ihn vom Grafen Cajetan, der ihn vom Grafen Spiegelberg, einem berühmten Dresdner Alchimisten aus dem 17. Jahrhundert, hatte, der ihn wiederum von Paracelsus selbst gekauft haben will – für tingiertes Gold, versteht sich ...«

»Tingiertes Gold?«, fragten Gerardine und Alexander wie aus einem Munde.

»Passt auf!«, sagte Langustier und öffnete mit geheimniskrämerischer Gebärde die drei Gläser.

Er mischte auf einem Blatt Papier ein graues Pulver mit einem weiteren grauen Pulver und gab noch etwas von einem dritten grauen Pulver hinzu. Das Gemisch wurde im Tiegel erhitzt. Es verflüssigte sich. Langustier holte einen goldenen Friedrichstaler aus einem Geheimfach seines Koffers.

»Ist der echt?«, fragte Alexander staunend, denn er hatte bisher noch nie eine solche Goldmünze gesehen.

»Wo denkst du hin? Es gibt keine goldenen Reichstaler, es gibt nur Friedrich d'or. Aber wir wollen ja schließlich kein falsches

Gold herstellen, oder? Wenn Diebe und Gauner eins sofort erkennen, dann falsches Gold! Ich habe mir die hier von meinem Freund Klaproth, dem Bärenapotheker, gießen lassen, schon vor vielen Jahren ... Damals haben wir uns diesen Trick ausgedacht, um unser beider Freimaurerbrüder vor Scharlatanen wie mir zu warnen. Mit diesem Trick hat der Baron Creutz von Würtz die Landgrafen von Hessen-Homburg und Hessen-Darmstadt um ihr Geld gebracht. Und auch einen reichen Frankfurter!«

»Warum denn so umständlich – es gibt doch Friedrichs d'or!«, sagte Gerardine.

»Wenn du eine Erklärung dafür hast, dass sich nicht nur das Metall verwandelt, sondern auch die Prägung?«

Sie schlug sich leicht vor die Stirn.

»Und jetzt passt sehr gut auf, denn das ist die Vorbereitung für das, was wir nachher den Freunden des Frettchens *parfait* vorgaukeln müssen!«

Die Goldmünze wurde vorsichtig in die graue Suppe getunkt und kam silbergrau wieder heraus.

»Das Grau ist löslich. So machen wir aus einer Goldmünze eine Silbermünze, die dann wieder eine Goldmünze wird! Verstanden?«

Gerardine und Alexander schüttelten nickend die Köpfe.

»*Alors*, noch einmal von vorn ...«

Gegen fünf Uhr nachmittags waren sie am Schlossplatz in eine Droschke gestiegen, die etwas abseits der übrigen stand. Langustier hatte seinen großen Utensilienkoffer bei sich. In der Kutsche erwartete sie das Frettchen und verband ihnen, ohne auf großes Widerstreben zu stoßen, mit der Erklärung, es diene ihrer aller Sicherheit, wenn sie nicht wüssten, wohin die Reise ginge, mit drei schwarzen Baumwollstreifen die Augen. Dann fuhren sie los.

Eine Weile gelang es Langustier, anhand der Geräusche und Stimmen, die man von draußen hörte, den Weg, den sie nahmen, noch mitzuverfolgen. Er hatte das Getriebe am neuen Packhof an der Pommeranzenbrücke erkannt, mutmaßte, dass sie eine Zeit lang auf der Wallstraße entlangfuhren, durchs jüdische Viertel, wo das eine oder andere jiddische Wort zu ihnen hereindrang, doch dann wurden die Mutmaßungen immer dürftiger, und was er am Ende allenfalls noch vermuten konnte, war, dass sie in Richtung auf das Bernauer oder auf das Frankfurter Tor zufuhren. Er versuchte sich zu erinnern, welche Spelunken in diesen Vierteln als geheime Treffpunkte sich eigneten, erwog etwa das von ihnen bereits besuchte *Schlösschen* oder das *Alte Schwert*, gab es jedoch schließlich auf und sich in ihr Schicksal. Ob es so eine gute Idee war, was er sich da ausgedacht hatte? Beim Gedanken daran, dass er Gerardine und Alexander in diese Bredouille mitnahm, wurde ihm kurz ganz anders ... Aber er wischte sich die Irritation wie Schweiß von der Stirn. Was sie jetzt auf keinen Fall gebrauchen konnten, war seine Unsicherheit.

»Wir sind da!«, sagte das Frettchen und gestattete ihnen, die Binden abzunehmen.

Sie standen in einem Innenhof und wurden durch einige verwinkelte Gänge in einen Saal geführt, der einst wohl prächtig gewesen sein mochte, nun aber vor allem durch eine völlig zerfressene Seidentapete, eine zerhauene, riesige Kronleuchtertraube und zufällig an der Decke verteilte Stuckreliefreste bestach. Der Hauptteil des Deckenschmucks war über die Jahre herabgefallen und lag achtlos zur Seite an die Wände gefegt. Nur in der Mitte war eine halbwegs saubere und freie Fläche. Dort umringten ein Dutzend schlichte Holzstühle einen kahlen, runden Bauerntisch. Zwei siebenflammige Leuchter gaben das Licht für die Beobachter sowie den Hauptakteur und seine beiden jugendlichen Helfer.

Gerardine wollte das Herz in die Hose rutschen, als sie die Gestalten sah, die kurz nach ihrem Eintritt aus dem Dunkel der Raumecken auftauchten und sich nun anschickten, rund um den Tisch Platz zu nehmen, ohne Gruß, ohne Willkommen. Aber sie trug keine Hosen – sie trug die farbenfrohe Robe mit Rankenwerk, die sie schon im Opernhaus angehabt. Und sie erkannte die meisten von dort wieder. Langustier war mit dem Zaubermantel bekleidet, der ebenfalls bei Meyerbein Premiere gefeiert hatte, und Alexander trug seine lehmigen Beinkleider und den Himbeer-Frack. Langustier stellte den mitgebrachten Tiegel auf den Tisch, nachdem Alexander eine tiefblaue Decke darüber gebreitet und Gerardine ein Dutzend weiße Lilienblüten kreisförmig darauf angeordnet hatte. Er verneigte sich allerdings nur knapp, denn er war im Tragen einer Perücke nicht sehr geübt – er hatte zeit seines Lebens stets sein natürliches Haar zur Schau gestellt –, und wollte eben zu sprechen anfangen, als einer aus der Runde, ein äußerst kräftig gebauter Mann in einem simplen schwarzen Anzug, der aus allen Nähten zu platzen schien, zu ihm sagte:
»Warten Sie! Wir sind noch nicht vollzählig.«
Der Brecher, schoss es Langustier durch den Kopf.
Gerardine war beim Anblick dieses Riesen kreidebleich geworden, doch unter ihrer dick aufgetragenen Schminke sah man nichts davon. Sie zwang sich, sich eine jede dieser Figuren, die sie nun umsaßen, gut einzuprägen. Eine gespenstische Gesellschaft: Da waren dreie, die sich so ähnelten wie ein Ei dem anderen, was Gerardine schon im Beinhaus aufgefallen war. Da war ein Schönling mit rotem Haar, eine Gelbhäutige, der man die Raucherin ansah, eine seltsam in sich Gekehrte, die entweder Betschwester oder Spionin von Beruf sein mochte, ein Kleiner, Bulliger mit Lehm unter den Fingernägeln, ein Langer, Dürrer, in dem sie (als er zu dem, den sie im *Quappenkrug* getroffen hatten *No glor* sagte) unschwer einen

Sachsen erkannte; und zuletzt noch ein Verrußter, der aussah wie ein Kaminfeger und vielleicht auch einer war … Alle saßen schweigend da. Nur der Sachse tuschelte mit dem neben ihm sitzenden Frettchen. Von draußen hörte man Schritte. Vielleicht war derjenige, auf den sie warteten, endlich eingetroffen.

Der Doktor erkannte Langustier beim Eintreten sofort, denn bei de La Vallée hatte er ihm ja in die Augen gesehen. *Unfassbar*, dachte der Doktor. *Salvary ist der alte Koch, der vom König als Schnüffler eingesetzt wird!* Das also war der laut Philippi so greise, unbewegliche und zu vernachlässigende einstige Geheim-Commissär des Königs: ein durchtriebener, vor nichts zurückschreckender und nun bereits ins Herz der Unterwelt vorgestoßener Hofküchenmeister in Rente! *Wie hat er uns aufgespürt?* Der Doktor konnte sich keinen Reim darauf machen. Und es war im Moment auch gleichgültig. Sein Gehirn suchte bereits nach Auswegen. Was er sogleich wusste: Langustier und seine beiden Gehilfen mussten ihn ebenfalls erkannt haben. Die Zeit lief gegen sie. Noch war die Gefahr nicht akut. Auch wenn die Bande hier heute Abend versammelt saß, so hatte Langustier höchstwahrscheinlich nur vage Vermutungen. Außerdem: Sie könnten ihn und seine jungen Spießgesellen einfach um die Ecke bringen und verscharren. Er betrachtete lächelnd die junge Frau in ihrem schreienden Kostüm und fühlte schon ihren bleichen, zarten Hals … Doch dann verwarf er diesen verlockenden Gedanken, denn das wäre vielleicht die kurze und schmerzlose Lösung, doch damit vergäbe er sich ja die grandioseste aller Lösungen! Wenn er es schaffte, den Eindruck zu erwecken, Langustier und seine Gehilfen nicht erkannt zu haben – und es schmeichelte einem Betrüger stets so sehr, dass es ihn blind machte für die Wirklichkeit, wenn man ihm glaubhaft den Eindruck vermittelte, sein plumper Betrug habe Erfolg –, so eröffneten sich abenteuerliche, geradezu sensationelle Möglichkeiten. Er starrte den festen Jochum an, diese Fleisch-

wurst in ihrer schwarzen Anzughaut, und in seinen Augen flackerte ein diebisches und mörderisches Höllenfeuer. Eine Überlegenheit ergriff von ihm Besitz, dass es selbst ihn, den innerlich so Kalten, fast zu Boden geworfen hätte vor Schwindel. Er tat nichts weiter, als sich auf den noch freien Stuhl zu setzen, zwischen die Hutmacherin und den roten Christian, und machte eine nach außen hin gelassen wirkende kurze, nickende Kopfgeste, welche bedeuten sollte, dass er bereit sei.
Der feste Jochum schnaubte, verbiss sich die Bemerkung nicht, dass man nun nicht länger auf Nachzügler warten müsse, sondern anfangen könne, und gab dem Scharlatan Salvary das Zeichen, dass man seine Demonstrationen nunmehr erwarte.
Langustier hatte den Franzosen, der ihm de La Vallées Eiskeller gezeigt, natürlich sofort erkannt. Er spann im Geist die abenteuerlichsten Vermutungen aus, riss sich aber gleich an der Kandare, um nicht den Boden unter den Füßen zu verlieren. Die lebenswichtige Frage lautete: Hatte der Franzose sie erkannt? Sein Herzschlag hatte kurz innegehalten. Nun setzte er zum Glück wieder ein: Der Aquitanier war offenbar durch seine Maskerade erfolgreich getäuscht worden, was ihm keine geringe Genugtuung verschaffte. Gerardine und Alexander hatte er augenscheinlich bei Amalie gar nicht wahrgenommen.
Langustier verneigte sich noch einmal, wiederum tunlichst bedacht, seine Perücke nicht zu verlieren, und sprach, wobei er sich bemühte, seiner Stimme einen gewichtigen, seinem sonstigen Duktus gänzlich fremden Hohlklang zu verleihen, im Übrigen distinguiertes Französisch bemühend:
»*Mesdames et Messieurs, je …*«
Doch der feste Jochum schnitt im sofort das Wort ab und verlangte barsch:
»Spreche er Deutsch, wenn es ihm beliebt. Sonst können wir ihn hier nicht verstehen.«
Langustier brach ab und lächelte. Dann fuhr er fort:

»Meine Damen und ’Erren, seien Sie *sans souci*! Isch werde Sie nicht verlangweilen mit langen Reden vorweg! Isch werde Ihnen stattdessen vorführen, wie isch eine Transmutation von Silber in Gold vornehme, die jeden reichen Mann kirre machen wird, wie man, glaube isch hierzulande sagt! Wenn man Menschen betrachtet, die Geld haben, so ist es sehr auffällig – und jeder der hier Sitzenden wird misch beistimmen, dass eine Mensch, die viel Geld für sisch hat, nur eins im Sinne behält: noch mehr zu haben. Denn das Geld hat die Tendenz, in einem Kopfe die Gierde nach noch mehr aufzuwecken. Oder täusche isch misch?«

Er wartete, und das erhoffte Nicken kam von einigen.

»Gewinne isch misch hundert Taler in die Lotterie, so freue isch misch im ersten Augenblick, doch dann denke isch: Warum kann es nischt hunderttausend gewesen sein? Das ist, was man ausnutzen kann und muss, wenn man über die Fähigkeiten hat, über die isch habe, und isch darf Ihnen gestehen, auch wenn ich oftmals meinen Wohnort habe gewechseln müssen, so habe isch in den letzten zwanzig Jahren, sei es à Paris, sei es à Londres, sei es à Venise, à Dresden oder Ambuursch, bei Leibe nischt ein schlechtes Leben gehabt!«

Hier fasste er sich an den erwähnten Leib, vor allem an die Stelle, die am weitesten nach vorne trat, und lächelte. Zumindest bei der Hälfte der Versammelten hatte er dadurch einen kleinen Lacherfolg.

So war er nun ganz in seinem Element, als er Gerardine bat, jedem Teilnehmer der sonderbaren Versammlung eine Schale voller Reichstaler mit des Königs Zitronenprofil hinzuhalten und sie aufzufordern, sich daraus je einen zu nehmen. Sie tat, wie ihr geheißen, und ging herum. Alle bedienten sich und besahen sich die Münzen eingehend.

»Bitte prüfen Sie diesen Taler genau«, sagte Langustier, »denn dreie davon werden im weiteren Laufe von meine Darstellung eine höchst wunderlisch unvorhergesehen und jedermann und jede Frau gänzlich wunderbar verzaubernd Verwandlung machen!«

Die Umsitzenden sparten nicht mit Proben, um das Silbergeld auf seine Echtheit zu prüfen. Ein jeder und eine jede biss darauf, schabte und kratzte daran, wog mit der Hand und prüfte den Glanz nach polierendem Darüberwischen mit irgendeinem Kleidungsteil im Schummerlicht der Kerzen.

»Isch hoffe nischt«, sagte Langustier alias Salvary, »dass misch auf dem Markte einer eine falsche Münze untergejubelt hat, sonst dürfen Sie mir diese gerne zurückgeben und isch werde Ihnen eine echte für sie aushändigen.«

»Dit is hier vielleicht ja een jezinkter Frizze!«, sagte der feste Jochum und gab ihm eine aus Zinn gefertigte Falschmünze, die er absichtlich unter die übrigen gemischt hatte.

Nachdem der Austausch vorgenommen und die neue Münze als eine echte akzeptiert war, erbat sich der Adept drei der Friedrichstaler, und der feste Jochum wies den Pötter und die Indianerin an, ihre Münzen Gerardine einzuhändigen. Der Doktor tat unaufgefordert desgleichen. Gerardine verneigte sich dankend in die Runde, was ihr die Gelegenheit gab, die drei echten unauffällig mit drei präparierten, mit der grauen, löslichen Farbe überzogenen Goldmünzen zu vertauschen, die sie in der anderen Hand bereits gehalten.

Salvary legte diese nun für jeden gut sichtbar auf das blaue Tischtuch. Er wies Alexander an, umständlich jenen Tiegel auf ein gelbes Tuch zu setzen, der allein durch sein Äußeres bereits alle in Bann zog. Er erläuterte ihnen, so wie zuvor Alexander und Gerardine, die Herkunft dieser magischen Gerätschaft, und auch wenn keiner der Namen, der des Paracelsus vielleicht ausgenommen, auch nur irgendeinem, außer dem Doktor, der sie alle kannte, etwas sagte, so war die Aufmerksamkeit doch jetzt ungebrochen. Selbst der Doktor hatte die geschickte Ver-

tauschung der Münzen durch Gerardine nicht bemerkt und nur Augen für ihre Jugend und Schönheit gehabt. Erstaunt stellte er fest, dass sie ihn irritierte.
Mit geheimnisvollen Gebärden reihte Langustier alias Salvary drei Apothekerflaschen mit geschliffenen Glasstöpseln auf, die er allesamt dem mitgeführten hölzernen Koffer entnommen hatte. Er begann, aus jeder mit einem Spatel kleine Mengen pulverisierter Substanze zu entnehmen und im Tiegel mit dem bereits darin befindlichen Pulver zu vermischen. Dies alles geschah langsam und mit feierlicher Geste, wobei zu jeder Stoffentnahme und -zugabe und zu jeder Vermischung fast wie eine Beschwörungsformel der entsprechende lateinische Name verlesen wurde – ein Part, den Gerardine übernommen hatte, während Alexander das Umrühren besorgte.
»Sulphuricum – Gummi arabicum – Mercurium …«
Selbstverständlich war in fast allen Flaschen nur Sand, was im Halbdunkel des Raumes überhaupt nicht auffiel. Die letzte jedoch enthielt das farbgebende Kaliumpermanganat. Als diese aufwendige Mischung ihrem Ende entgegenging, wurde über einem Dreifuß im mitgebrachten Kochtopf, von dessen absoluter Leere durchs Herumgeben sich alle überzeugen konnten, gewöhnliches Wasser zum Kochen gebracht, das von den Gastgebern zur Verfügung gestellt worden und folglich über jeden Zweifel erhaben war.
Die Mischung wurde feierlich aus dem heiligen Tiegel hineingeschüttet, wodurch die Flüssigkeit nachtviolett wurde. Nun war es an der Zeit, die Münzen hineinzugeben. Im vollen Vertrauen darauf, dass die Feierlichkeit des Moments das Auge träge werden ließ, das vielleicht im Hellen den Unterschied bemerkt hätte, ließ Langustier einen der Beobachter, den festen Jochum, dies bewerkstelligen. Mit leisem *plopp!* verschwanden die drei mit dem grauen, löslichen Schutzüberzug versehenen goldenen Münzen in Friedrichstalerform im opaken Wasser-

spiegel und schlugen mit klickendem Geräusch auf dem Boden des Topfes auf. Der Adept in seinem Umhang rezitierte eine lange lateinische Zauberformel, welche der Doktor, der immerhin einige Zeit an Universitäten zugebracht hatte, an denen das Latein die Umgangssprache war, als simple Aufforderung eines bekannten römischen Moralisten erkannte, es bei allen Geschäften immer mit der Wahrheit und Wahrhaftigkeit zu halten und niemals vom Pfade der Tugend abzuweichen, und wies seine Gehilfen an, einen Auffangbehälter und ein Sieb in Position zu bringen.

Mit Aplomb goss er die nachtviolette Suppe in das über dem Auffangbehälter liegende Sieb und reichte dieses anschließend zum Herumgeben und Prüfen dem festen Jochum. Dem fielen fast die Augen heraus, als er statt der erwarteten silbernen Friedrichstaler blinkende Goldmünzen gleicher Prägung vorfand. Diese goldenen Taler wurden nun nach allen Regeln der Kunst im Kreise der Beobachter auf ihre Echtheit hin untersucht. Beim besten Willen, diesen Genfer Scharlatan des Betruges zu überführen (und den hatten sie alle) wollte auf keine erdenkliche Weise auch nur einem von ihnen gelingen. Verblüfft, aber auch ehrfürchtig und still saßen sie da. Keiner rührte sich, dann klatschte der Doktor demonstrativ und jovial-langsam in seine beigen Handschuhe: Klapp – klapp – klapp …

»Bravo! War das ein echter Betrug?«, fragte er.

Beim Anblick seines Lächelns gefror Gerardine das Blut in den Adern.

Langustier war von der Frage nur für den Bruchteil einer Sekunde irritiert, kopierte sie doch trefflich jene Art von Schein-Esprit, wie man ihn in französischen Adelskreisen so gern zelebrierte.

»In der Tat, Monsieur! Isch möchte sagen, es war ein eschter Betrug, denn alles daran war escht: der Ausgangsstoff, das

Silber und auch die transmutierte Gold. Und das Allereschteste daran war die Vorspiegelung, dass sisch die eine in die andere verwandelt hätte.«

An dieser Stelle zeigte Gerardine, die silbernen Friedrichstaler aus der Innentasche ihres Reifrockes holend und die drei goldenen aus der Hand des Frettchens entgegennehmend, der sie mit Not bei den andern hatte wieder einsammeln können, die Vertauschung an der entscheidenden Stelle der Präsentation.

»So etwas Plumpes mit so viel Grandezza vorzunehmen, dazu ist nur ein Weibsbild in der Lage!«, sagte der Doktor.

Langustier erklärte den Trick mit dem Silberüberzug. Der Doktor wandte sich wieder an Langustier:

»Und was denken Sie vom wirklichen Goldmachen?«

»Wenn Sie damit das tatsäschliche Wandeln von Silber in Gold meinen, von Blei, Zinn, Eisen oder Kupfer in Gold, so muss isch gesagt sein: Wer dem glaubt, ist eine Narr! Die Chimie wird sich wohl entwickeln, genau wie die Cuisine. Aber Wunder kann keine von beiden geben!«

Jetzt hast du dich sogar selbst verraten, auch wenn es hier außer mir keiner bemerkt, dachte der Doktor und sagte sarkastisch:

»Dafür kann ich Sie ins Gefängnis bringen!«

Sogleich schickte er hinterher, Langustiers verdutzte Miene lächelnd abtuend:

»Sie haben unseren Kronprinzen einen Narren genannt! Denn dieser hohe Herr glaubt daran!«

Alle lachten auf, und Jochum sagte triumphierend:

»Dit müssen wa ausnutzen! Damit könn' wa unbelastetet Jeld jewinnen!«

Bei dem Wort *unbelastet* warf ihm der Doktor einen scharfen Blick zu.

»Leichtet, wollt ick saren. Leichtet Jeld!«, schob der feste Jochum nach, um die ihm entschlüpfte Indiskretion zu entschärfen.

»Wie kann das ablaufen?«, fragte der Doktor.
»Für gewöhnlisch«, erläuterte Langustier, »werden Geldmänner zu einer Spektakel eingeladen, in ein vornehm Hause, eine Rahmen, der über jede Zweifel erhoben. Sodann wird die Vorführung vorgemacht, mit dem Bekünden am End, dass derlei nur zum Zeitvertreib war.«
»Das nenne ich teuflisch raffiniert«, erwiderte der Doktor begeistert. »Damit reizt Ihr ja nur umso sicherer die Frage aus den Herrschaften heraus, ob man nicht ein wenig investieren könne ...«
»Ganz genau, das passieren wird. Und einer wird an Einsatz die Nachbarn überbieten. Das ist nix Pharo: Da wird nur in Tausender-Säckchen gezählt.«
Von den Übrigen kamen erfreute Stoßseufzer.
»An welche Persönlichkeiten habt ihr gedacht?«, fragte der Doktor.
»Das nun eben«, erwiderte Langustier, »ist die Grund, worum isch nach Helfern Umschau gehalten. Da isch hier noch völlig fremd bin und kein Erfahrung mit dem Verhältnis habe, wäre es misch sehr froh, wenn eines diese Kontakte für misch herstellte, eines, die das Renommee hat dazu. Isch denke, Sie wären genau die Rischtige dafür, denn Sie sehen misch ganz aus, als verkehrten Sie in die Kreisen, aus denen die Reische kommen.«
Der Doktor nickte mit süffisantem Lächeln und sagte:
»Es gäbe da schon ein paar Persönlichkeiten, die für eine solche Geldtransmutation infrage kämen ...«
»Habt Dank für diese Vorführung, Müssjö Salvary!«, fiel der feste Jochum ein, um dem Doktor nicht das letzte Wort zu lassen. »Wir werden Euch hören lassen, was wir entscheiden. Ich denke, Ihr solltet Euch ein paar Tage gedulden.«
»Stets zum Dienst!«, sagte Langustier, verneigte sich vorsichtig und sagte zum Beschluss: »Doch nun bitte isch Sie, misch der

restlichen neun Friedrichstaler noch zurückzugeben, die isch Ihnen zwar liebend gern überlassen möschte, doch nur bin isch nischt in die Lage, sie misch, sagen wir, aus märkischem Sand, neu zu erschaffen!«

Nachdem dies unter Gelächter und Feixen geschehen und alle mitgebrachten Utensilien wieder im Koffer verstaut waren, verließ er mit seinen Gehilfen den geheimen Saal. Erneut verband ihnen das Frettchen die Augen und begleitete sie in der Kutsche durch die halbe Stadt, bis sie wieder auf dem Schlossplatz standen. Reichlich ermattet landeten sie in der *Schwarzen Perle*.

»War das nicht eine feine Überraschung?«, fragte Langustier und vollführte einen Siegestanz nach Kosakenart: »Der Brecher und der vornehme Hausgenosse des Nachbarn der Schildkröte! Die ganze feine und unfeine Diebesbande – Volltreffer!«

»Alles nur Vermutungen«, warf Gerardine ein. »Ich meine: Ob es wirklich der schlagkräftige Mörder ist, ob das Frettchen wirklich das Frettchen der Bande ist, ob der feine Freund des Schatullverwalters wirklich etwas mit der Bande zu tun hat und ob alle zusammen tatsächlich *die Bande* sind? Die Bande des Überfalls, meine ich? Wie willst du das beweisen?«, fragte Gerardine.

»An einer Stelle haben die beiden Wortführer, der starke und der vornehme, sich verraten«, sagte Langustier. »Der Starke will *unbelastetes* Geld verdienen ... Ich wette, dass sie das *belastete* nicht angreifen und auf einem Haufen lassen wollen, solange noch kein Gras über die Sache gewachsen ist.«

»Aber die Münzen sind doch gar nicht als die gestohlenen erkennbar, eine sieht aus wie die andere. Wenn sie wirklich die Diebe sind, wieso begeben sie sich jetzt noch einmal in eine solche Gefahr? Wieso wollen sie auf einmal auch noch einen Goldmacherbetrug aufziehen?«, wunderte sich Gerardine.

»Diebe sind unersättlich«, sagte Langustier und zuckte mit den

Achseln. »Außerdem glaube ich, dass es da eine heimliche Rivalität gibt, deren Hintergründe ich noch nicht durchschaue.« Gerardine gähnte.

»Wir müssen auf jeden Fall das Geld finden! Dieses Fantasieren bringt uns nichts!«

»Ich habe da eine Vermutung, freilich kann ich mich täuschen. Aber ich habe im Garten des Barons sehr tiefe Wagenspuren gesehen. Und nun ist sein neuer Adlatus ein Mitglied der Diebesbande. So viel Zufall kann es doch gar nicht geben!«

Dies schien Gerardine doch nur ein kleines, sehr schwaches Indiz zu sein.

»*Vermeintliche* Diebesbande, *vermeintliches* Mitglied!«, betonte sie. »Ich bin todmüde, ich verabschiede mich!«

Nachdem sie sich auf ihr Zimmer zurückgezogen und eine neu erstandene Flohfalle aus einfachem Knochen mit Blut und Honig scharf gemacht hatte, versuchte sie, noch ein Kapitel in den *Liaisons dangereuses* zu lesen. Beim Vicomte de Valmont kam ihr jedoch der vornehm tuende Freund de La Vallées in den Sinn, und dann fielen ihr nach anderthalb Seiten schon die Augen zu. Zum Glück brannte ihre Kerze herunter, ohne umzufallen und das ganze Hotel in Flammen zu setzen. In ihrem Traum fuhren unentwegt schwere Fuhrwerke durch leicht zu zerpflügenden Rasenboden.

Jean-François de Saint-Émilion, alias der Doktor, berichtete de La Vallée noch am selben Abend ausführlichst vom Vorgefallenen, verschwieg dabei allerdings, dass er Salvary als Langustier enttarnt hatte und von diesem zweifellos ebenfalls erkannt worden war.

»Wir sollten es versuchen, vielleicht ist es gar keine so üble Idee!«, sagte de La Vallée. »Der Kronprinz hier im Hause, über unserem Schatz, und auch alle anderen – das ist wiederum pikant. Nur schade, dass der Polizeichef diesmal nicht dabei sein kann ... Aber der eingebildete Wallner und der blasierte Neuhof – das wird ein Fest! Wir melken sie wie die Ziegen!«

Der Doktor nickte und sagte:

»Die Bande will beschäftigt sein, sie wollen ein bisschen leichtes Geld verdienen und gleichzeitig Tuchfühlung mit uns halten. Ich kann das verstehen, auch wenn ich glaube, dass der feste Jochum noch ganz anderes im Sinn hat. Sie werden an diesem Abend als livrierte Lakaien auftreten. Das wird dem Ereignis zweifelsohne Glanz verleihen. Außerdem wird es lustig. Man stelle sich den Schornsteinfeger oder die Drillisch-Brüder in Livree vor! Wir werden etwas zu lachen haben. Und ob es für den festen Jochum überhaupt eine passende Dienermontur gibt, ist mehr als fraglich.«

»Diese rauen Kerle in so großer Zahl in meinem Hause und direkt über der Beute? Das ist gefährlich«, wandte de La Vallée ein. »Die könnten auf die Idee kommen, uns zu überwältigen, und mit dem ganzen Geld abhauen. Es wäre zwar hirnrissig, aber zuzutrauen ist es ihnen. Wie wär's mit einer eigenen Schutztruppe? Ein paar starke Männer? Meine Bedienten sind leider nicht die Stärksten.«

Der Doktor bemühte sich, äußerlich Gelassenheit zu wahren. Schließlich war dies genau sein Plan, und er hoffte inständig, dass die Vorbereitungen de La Vallée verborgen blieben. So entbot er sich, einige Helfer anzuheuern, denn das würde ihm die Gewissheit verschaffen, diese in der Hand zu haben.

»Nun, warum nicht? Wir sollten auf jeden Fall den Schatz verlagern, der Eiskeller wäre tatsächlich ein viel besserer Ort dafür. Wir belassen jedoch die Kisten im Keller, allerdings füllen wir Sand und Steine hinein.«

»Ausgezeichnet! Diese Goldmachereigeschichte gefällt mir zunehmend besser.«

De La Vallée war nun beruhigt, was die Sicherheit der Beute

betraf, und schwelgte nur noch im Ausmalen der Möglichkeiten, Scharlatanerie und Kronprinz betreffend.

»Wenn wir ihn ein bisschen Gold gewinnen lassen, nachdem wir ihm den Silbereinsatz für diese Goldmacherlotterie vorgeschossen haben, wird er beim zweiten Mal vollends aufs Glatteis geführt. Wir pumpen ihm eine große Menge Silber und nehmen es ihm elegant wieder ab. Der falsche Goldmacher verschwindet offiziell samt Einsatz: ein Schurke ersten Grades! Und Seine Königliche Hoheit – über den Verlust untröstlich – sind fester an uns gekettet als zuvor. Kein besseres Druckmittel als private Kredite.«

Der Doktor lächelte diabolisch. Nachdem diese Sache geklärt war, konnte er sich innerlich wieder seiner Hauptaufgabe widmen, nämlich der Frage: *Wie verschwinde ich elegant und unauffällig mit dem Geld?* Die Bande anzuschwärzen wäre jetzt ein Kinderspiel, dank der (bald) leeren, zurückbleibenden Geldkisten in de La Vallées Keller. Wenn er es genau bedachte, so bräuchte er diesbezüglich gar nichts zu unternehmen, denn es wäre mit Sicherheit Langustier, welcher bereits dafür sorgen würde, dass die Polizei im richtigen Moment auf der Bildfläche erschiene. Nur mussten er und das Geld dann schon weg sein … Und der eigene Abgang samt Beute war ihm noch immer eine offene Frage. Wenn er sie nicht bald löste, würde diese Nacht ihrer aller, auch sein Begräbnis … Nachtbegräbnis … Bei diesen Gedanken erschien ein beruhigtes Grinsen auf seinem Gesicht. Während de La Vallée weiter fantasierte, hatte er eine teuflische Idee. Alles, was er für seinen und des Geldes Abgang benötigte, waren eine Trauerkutsche, ein schwarz gekleideter Kutscher – den er selbst vorstellen würde – und eine über jeden Zweifel erhabene vornehme Leiche. Mit ungespielter Freude blickte er de La Vallée an und sagte:

»Der Kronprinz wird einen Wechsel unterzeichnen, der ihn umso fester in unserer Schuld stehen lässt. Wenn wir ihn beim ersten Mal etwas Gewinn machen lassen, so haben wir ihn am goldenen Haken, der in der goldenen Kartoffel verborgen war, die der Karpfen verschluckt hat.«

»Karpfen blau!«, stieß de La Vallée aus, und ihr Lachen über diese einfältige Wortkarikatur des designierten Nachfolgers des alten Königs drang in die laue Vorfrühlingsnacht hinaus, so laut, dass die Schwester Friedrichs des Großen, Prinzessin Amalie, in ihrem kleinen Palais nebenan aus dem Schlaf aufschreckte und angewidert murmelte:

»Herr, vergib allen Sündern und mach, dass ich wieder einschlafe, Amen!«

Freitag, 3. Mai 1782

Es war wieder einmal eine lange, durchzechte Nacht gewesen und an Schlaf kaum zu denken. Ein paar Regimentskameraden, die ihm besonders nahestanden, hatten ihn durch Potsdams Kneipen begleitet. Er hatte immer eine Handvoll Draufgänger um sich. Natürlich konnten sie sich alles erlauben. Mit ihm in ihrer Mitte waren sie unantastbar. Kein Kredit, der ihm nicht gewährt worden wäre, kein Mädchen, das sich ihm nicht an den Hals geworfen hätte. Die Aura seiner Anwesenheit überstrahlte alles, so niedrig er sich auch gab, so schwer es ihm manchmal wurde, den Weg aus einem Lokal in irgendein privates Wohnhaus ins Schlafzimmer irgendeiner bis dahin ehrbaren Tochter zu finden.

An diesem Morgen bedrückte ihn das Elend seiner Existenz mit einem Male sehr. Er musste an die Prophezeiung des Geistes denken und fand sie in allen Punkten bestätigt und auch für die Zukunft glaubwürdig. Freilich war es kein großes Kunststück, wenn man seinen Lebenswandel kannte, ihm den Bankrott vorherzusagen. Wenn es ihm nicht gelänge, das Ruder herumzureißen, wenn es ihm nicht möglich wäre, beim lieben Gott wieder einen Fuß in die Tür zu kriegen, wäre alles verloren. Seine Ehe war zerrüttet, und das Einzige, was er sich in dieser Hinsicht zugutehalten durfte, war die Tatsache, dass er bereits jetzt, ohne selbst schon König zu sein, für die Nachfolge des Hauses Preußen mehr als ausreichend gesorgt hatte. Doch es schien, als wäre sein Schicksal damit bereits besiegelt: Seine Ehefrau verwehrte ihm, nachdem sie sieben Kinder zur Welt gebracht, fortan den Platz an ihrer Seite im Ehebett. Nicht, dass er dadurch viel vermisst hätte. Ganz Potsdam und ganz Berlin waren sein Ehebett. Aber es war eine symbolische Abkehr, die ihn mehr beschäftigte, als er hätte zugeben wollen. Der Überfluss des Lebens schien fortan an ihm vorbeizuströmen. Wiewohl er sich der Absurdität dieses Gedankens durchaus bewusst war, erschien es ihm, als wäre die Zeit seines aktiven Wirkens hiermit schon beendet. Alles, was fortan geschehen würde, beträfe nur noch sein zweites, inoffizielles Leben – ein Schattendasein, das sich auf eine Handvoll treuer Gespielinnen aufteilte, von Adelheid bis Wilhelmine, von Anna bis Sophie. Die Freude und das Glück, das sie ihm schenkten, währten stets nur Momente, doch das Blut, sprich Geld, das nötig war, sie ihm zu Willen sein zu lassen, floss in Strömen. Sie machten, dass er ausblutete ... Mit dem Gedanken an seine Schulden kam der Kopfschmerz zurück, die Hauptwehe, die ihm noch den letzten Nerv raubte.

Die Vogelwelt hatte schon seit Stunden den neuen Tag mit ihrer Musik gelobt, doch er, der so viel für die Musik übrig hatte, dessen Cellospiel von jedermann für seine Empfindsamkeit gelobt wurde, verwünschte an diesem Morgen alle Gesänge, verschloss die Fenster, stopfte sich Baumwolle in die Ohren, um wenigstens für ein oder zwei Stunden den Vergessen bringenden Schlaf noch zu finden. Indes vergebens, es war ein Bohren und Brüten des Schmerzes, ein sich Hin- und Herwälzen auf der einsamen Pritsche in seinem Schlafzimmer, ein unablässiges Denken an die Schulden, an das große Loch in seiner Kasse und an den Großen König, der aus all diesen Fatalitäten noch größere machte, indem er in die öffentlichen Verleumdungen seiner Person einstimmte und mit ihm schon jetzt die Katastrophe ihren Lauf nehmen sah. Ein übergroßes Malheur machte er schon jetzt aus seinem Leben.

Sein Onkel, sein Überonkel, der große Fritz, der große alte Fritz, sein Klumpfuß, sein Peiniger, seine Kettenkugel, sein Rufmörder, sein Richter und Henker. *Gebe Gott, dass sich der alte Krüppel endlich den Hals bricht!* Nach diesem verwerflichen Stoßgebet, für das er schon im nächsten Moment alle Himmelsmächte weinend um Verzeihung bat, vor Angst zitternd in der Gewissheit, dass ihm der so Geschmähte und mit dem Todeswunsch Bedachte dermaleinst als Geist erscheinen und ihn umso schlimmer züchtigen würde, fiel er in einen unheimlichen, empfindungslosen nachtschwarzen Schlaf, aus dem er jedoch schon drei Stunden später schweißnass wie ein zu Tode geschundenes Pferd und mit noch weit stärkeren Kopfschmerzen als zuvor wieder erwachte.

De La Vallée sah sofort, wie es um den Kronprinzen stand, als er ihm gegen elf Uhr beim Frühstück im Kronprinzenpalais in Potsdam Gesellschaft leistete. Und er frohlockte innerlich, die übliche Maske des Bedauerns, der Anteilnahme und des warmen Mitgefühls gegen ihn zur Schau stellend. Nach drei Jahren der durchaus treuen, weil auf konsequente Selbstbereicherung bedachten Dienste für ihn genoss er sein volles Vertrauen. Er war nicht länger nur der Verwalter der kronprinzlichen Schatulle – will sagen: Schuldenverwalter des Kronprinzen; er war Lebensberater, Doktor, Mittelsmann. Er kannte seine größten Geheimnisse, seine Schwächen und Gebrechen. Ein paar Monate, allenfalls Jahre noch, und er wäre der Vertraute, der treue

Freund und unersetzliche Lebensgefährte eines Königs. Seitdem der Keller seines Palais in der Friedrichstraße praktisch mit Silber gepflastert war, stieg sein Selbstvertrauen ins Unermessliche. Nun würde eine gänzlich neue Ära anbrechen. Zu all seinen bisherigen Rollen würde die des prinzlichen Krediteurs, des Geldgebers, des Aushelfers, des Finanziers hinzukommen. Als er mit stolzgeschwellter Brust sein Ei aufschlug – mit der gleichen Grazie übrigens, wie alle Welt es vom früheren französischen König berichtet hatte[5] –, sagte er:

»Königliche Hoheit müssen das hier probieren, es ist das Wundermittel eines Mannes, der vor Tagen erst nach Berlin gekommen ist. Sein Name ist Salvary.«

Er zog einen kleinen Stoffbeutel aus seiner Jackentasche und legte ihn vor den Kronprinzen auf den Tisch. Es war das übliche Schmerzmittel aus der Potsdamer Schwanenapotheke, nur etwas eleganter verpackt.

»Was ist das?«, fragte der Schmerzensmann.

»Etwas gegen Kopfschmerz – weitaus besser als das, was Sie bisher hatten, da bin ich mir sicher.«

»Woraus ist es?«

»Das weiß man bei Wundermitteln nie so genau. Doch ich habe es selbst ausprobiert und kann Ihnen versichern, es wirkt!«

Der Kronprinz ließ ihn etwas in einem Glas mit Wasser auflösen und trank es willenlos.

»Der Mann kann noch ganz anderes. Ganz unglaubliche Dinge, die Sie, Königliche Hoheit, mit einem Schlag von vielen, wenn nicht gar allen Ihren Schmerzen zu befreien vermögen …«

»Sprechen Sie nicht in Rätseln, de La Vallée! Was sollte das sein? Kann er vielleicht meinen Onkel zum Verschwinden bringen?«

De La Vallée lachte.

—

5 ausführlich beschrieben in: »Rosé Pompadour. Mord in Versailles«

»Ich wette, er würde auf Wunsch auch das ins Werk setzen! Aber das sollte nicht passieren, nicht einmal in Gedanken! Es wäre eine schwere Sünde, auf diese Weise in Gottes Werk und in die Schöpfung einzugreifen. Sie dürfen derlei geheimen Wünschen keinen Raum geben. Es addiert zu Ihren sonstigen Schmerzen noch das Bohren des schlechten Gewissens.«

»Nun, so rücken Sie schon heraus mit der Sprache: Was ist es, was er sonst noch kann? Kann er etwa Gold machen?«

Der Kronprinz hatte es genervt und achtlos dahingeworfen, den Blick gesenkt, um die Sprache seines Gegenübers auf Trab zu bringen. Er war mit seinen Gedanken bei seiner derzeitigen Lieblingsgeliebten und sann nach Möglichkeiten, wie er es anstellen könnte, genügend Geld für ein rauschendes Abendessen mit der Schönen zusammenzukratzen. Als de La Vallée beharrlich schwieg, blickte er auf. Das Lächeln seines Schatullverwalters schien bedeuten zu sollen, dass er mit seiner gar nicht ernst gemeinten Frage ins Schwarze getroffen hatte.

»Keine Scherze so früh am Morgen!«

»Es ist beinahe zwölf Uhr, Königliche Hoheit! Um diese Zeit bin ich für gewöhnlich der Ernst selbst.«

»Woher wissen Sie das? Sie sind doch gar nicht in den Verbindungen, in denen ich bin, die sich mit derlei beschäftigen!«

»Wenn Sie Wallners Geheimniskrämer meinen, die Gold- und Rosenkreuzer, so halte ich mich aus gutem Grund fern. Dies ist ein – mit Verlaub, Königliche Hoheit – Verein für alte Männer, die Geld zu viel haben. Da gehören Sie gar nicht hin. Haben Sie denn jemals etwas Gewinn aus dem Treiben in diesem Orden gezogen? Es hat Sie doch bisher nur Geld und Geld und immer mehr Geld gekostet – Geld, das in den Taschen der unbekannten und bekannteren Oberen gelandet ist. Sie haben, um es einmal forciert auszudrücken, nur die Kamine und Schmuckfenster an Wallners Schloss finanziert.«

Die Hauptwehe des Kronprinzen, fast verschwunden, kehrte

bei dieser Spitze seines Schatullverwalters noch einmal mit ihrer alten Heftigkeit zurück. Es ärgerte ihn, dass de La Vallée ihm seine Mitgliedschaft bei den Gold- und Rosenkreuzern immer wieder madig zu machen versuchte. Allerdings musste er ihm dahingehend beipflichten, dass die vorgeblich so christliche Goldkocherei tatsächlich ein Loch ohne Boden zu sein schien, in das all jenes Geld abstürzte, mit dem er etwa der momentanen Hauptangebeteten ein Jahr lang opulente Gastmahle mit ganzen Sturzbächen von Champagner hätte bieten können.

»Sie dürfen nicht so vorlaut sein, mein Freund, denn ich bin Kronprinz und Sie nur mein Angestellter! Und nun malen Sie sich aus, ich wäre der König, was ich bald bin, und Sie würden mir sagen, ich solle doch bei den Freimaurern austreten. Sie werden selbst einsehen, dass Sie damit Ihre Kompetenzen überschritten.«

»Ich bitte um Vergebung, Königliche Hoheit, Sie haben vollkommen recht, doch ich wollte nur Ihre Aufmerksamkeit schärfen bezüglich dessen, was ich über diesen Mann, diesen Salvary, zu erzählen habe. Er hat gestern Abend, in einer erlauchten Runde von kritischen, ja überaus kritischen Männern des öffentlichen Lebens, in einer pittoresken Zeremonie silberne Friedrichstaler in goldene verwandelt, und diese Transposition hat nicht einmal so lange gedauert wie mein langer Satz, in dem ich dies beschrieb.«

Der Kronprinz versuchte, sein Erstaunen und seine Neugier zu unterdrücken. De La Vallée sah ganz deutlich, wie sich sein Gesicht verfärbte und die Flamme der materiellen Begierde seinen Blick verschleierte.

»Waren Sie eine dieser kritischen Persönlichkeiten? Haben Sie das mit angesehen?«

»Nein, aber so gut wie. Saint-Émilion, mein junger Freund – Hoheit werden sich seiner vom Essen bei Eurer Hoheit Tante

Amalie erinnern –, hatte das Glück, die Sache quasi aus der ersten Reihe mitzuverfolgen.«

»Ach, der Graf aus Aquitanien, der im *König von Portugal* wohnt?«

»Nun, Comte ist er zwar nicht, doch vielleicht *kommt* das ja noch …«

Er hatte ein Wortspiel daraus gemacht, doch der Kronprinz war für diese Art Pariser Esprit nicht aufgelegt. Auch meldeten sich die Kopfschmerzen, die das de La Vallée'sche, angeblich Salvary'sche Wundermittel grundsätzlich in der Tat zu bekämpfen in der Lage schien, zwischendurch immer kurz aufs Neue, wodurch sich seine Laune erneut verdüsterte.

»Es soll viele reisende Scharlatane geben, die dergleichen Verwandlungen mit reichlich Geschick und unter Aufbietung aller erdenklichen und unerdenklichen Tricks vorspiegeln. Das erweist sich bei genauerem Hinsehen stets als billiges Kunststück.«

De La Vallée war schon glücklich, ihn überhaupt so lange bei diesem Thema gehalten zu haben, nachdem er den Beginn durch seine Kritik an den Gold- und Rosenkreuzern beinahe verdorben hatte.

»Ich bin ganz Ihrer Meinung, Königliche Hoheit, es wimmelt in der Tat nur so von Gauklern und Betrügern auf diesem Sektor. Doch dieser Salvary, ich erlaube mir, auf meiner Ansicht zu insistieren, fällt keineswegs in diese Klasse. So weit traue ich dem Urteil Saint-Émilions, der auf dem Gebiet bereits in seiner Heimat eingehende Erfahrungen gesammelt hat.«

»Sie können niemandem vertrauen!«, sagte der Kronprinz, und in seiner Stimme lag echte Erfahrung, denn er war mit Sicherheit einer der am meisten betrogenen Männer in ganz Preußen.

»Ich stimme Ihnen wiederum vollauf zu. Was aber, falls dergleichen einmal vor Ihrer Hoheit kritischen, nicht zu betrügenden Augen geschähe?«

De La Vallée sah, dass nun, da das bedrohliche Element des Hasards gänzlich aus dem Weg geräumt schien und die verheißungsvolle Unbedenklichkeit des Experiments ins Spiel gebracht wurde, die kronprinzliche Abwehr zu bröckeln begann.
»Sie schlagen mir doch wohl nicht vor, dass ich diesen Scharlatan hier in meinem Hause empfange?«
De La Vallée musste lächeln, denn er dachte daran, welche Scharlatane und Gaukler in diesem Hause bereits ihre hanebüchenen Geisterprojektionen, Wahrsagereien und vorgeblichen Trancezustände mit stetem Gewinn vorgeführt hatten, ohne dass auch nur der Funke eines Zweifels am Dargebotenen beim Hausherrn aufgeflammt wäre.
»Oh nein, wo denken Sie hin? Selbstverständlich nicht bei Ihnen, sondern bei mir – in meinem Palais in der Friedrichstraße, wo sonst?«
Das Schlaglicht der Indigniertheit verschwand wieder vom hoheitlichen Antlitz.
»Sie meinen, ich könnte dort, ganz inkognito, quasi unterm Deckmantel verborgen, mir selbst ein Bild machen?«
»Genau das meine ich!«, erwiderte de La Vallée, konnte sich jedoch nicht zurückhalten, hinzuzusetzen: »Allerdings, nehme ich an, müssten Königliche Hoheit den Deckmantel während der Darbietung kurz lüften, um überhaupt etwas zu sehen.«

Sonntag, 5. Mai 1782

Gerardine hatte die letzten drei Tage lesend herumgebracht. Ohne Lektüre wäre die Ödnis unbeschreiblich gewesen. Die *Liaisons dangereuses*, bereits am Sonnabend ausgelesen, wurden sofort in einer *Tour de Force* noch einmal durcheilt. Eben war die Leserin mit dem Finale zurande gekommen, als es an ihre Tür klopfte.

»Es geht los!«, rief Alexanders von draußen.
»Komm rein!«, sagte sie mit weinerlicher Stimme.
»Was fehlt dir?«, fragte er, darüber entsetzt, sie in Tränen vorzufinden.
»Ist die Welt wirklich so schlecht wie in den Romanen?«
Er sah das Buch in ihrem Schoß und atmete erleichtert auf.
»Nein, nein! Die Romanautoren übertreiben maßlos. In Wirklichkeit stehen auf der Welt doch nur zuckersüße Schäflein auf grüner Aue unter einem blauen Himmel ...«, sagte er grinsend.
Sie trocknete sich die Wangen und war zornig auf sich selbst, zugelassen zu haben, dass er sie in diesem schwachen Moment erlebte. Sie raffte sich auf.
»Wohin geht die Reise heute? Wird das wieder eine solch dunkle Fahrt wie neulich?«
»Nein, dieses Mal dürfen wir uns selbst zum Ort des Geschehens bemühen. Wir sollen in zwei Stunden im Palast des kronprinzlichen Schatullverwalters in der Friedrichstraße erscheinen.«
»Der Nachbar der Äbtissin von Quedlinburg. Ob die alte Amalie etwa auch Interesse am Goldmachen hat?«
»Wir werden sehen!«, sagte Alexander. »Doch jetzt sollten wir uns beeilen. Dein Urgroßvater wird schon ungeduldig.«
Langustier war überdies reichlich aufgeregt. Angestrengt überlegte er, wie er es dahin bringen könnte, unauffällig eine Nachricht ins Polizeihauptquartier zu schicken. Vermutlich hatte die Bande hier vor der *Schwarzen Perle* Späher postiert, die sie rund um die Uhr überwachten. Auch wenn dies möglicherweise eine übertriebene Befürchtung war, ließ er doch höchste Vorsicht walten und sandte Alexander zu einer eiligen Besorgung in die Apotheke seines Freimaurerbruders Klaproth.
»Sag ihm einen schönen Gruß von mir, und er möge keiner Menschenseele etwas davon erzählen, dass ich ihm diese

Nachricht schickte. Er muss dem Bundesbruder Wiedebrock umgehend persönlich mitteilen, dass Salvary heute Abend bei de La Vallée Gold kocht.«

Langustier ließ Alexander alles wiederholen und fügte hinzu: »Kauf bei Klaproth noch etwas Kaliumpermanganat und fünf Zimmervulkane. Die Dinger sind grandios!«

»Hin und zurück brauche ich in die Spandauer 25 mindestens eine Stunde«, sagte Alexander, und Langustier entgegnete: »Du gehst von dort aus direkt in die Friedrichstraße. Sieh dich genau um, falls du früher da sein solltest als wir, hörst du?«

Zu Gerardine sagte Langustier:

»Wir beide exerzieren jetzt noch mal die ganze Prozedur durch, denn ich denke, es wird eine hochgestellte Persönlichkeit zugegen sein, in deren Anwesenheit, auch wenn sie wahrscheinlich inkognito auftreten sollte, besondere Verhaltensmaßregeln zu beachten sind. Wir wollen nur sichergehen!«

Gerardine erblasste. Wen konnte er meinen? Doch im nächsten Augenblick wusste sie es bereits – den Kronprinzen! Als Kind war sie ihm einmal, ebenfalls in ihres Urgroßvaters Begleitung, begegnet. Nun jedoch ... Eine seltsame Erregung erfasste sie. Unter allen Mitgliedern des Königshauses, sogar den Prinzen Heinrich eingeschlossen, war Friedrich Wilhelm ganz ohne Frage die merkwürdigste Figur. Sollte er wirklich da sein, so würde sie sich alles, was sie an ihm beobachtete, genau einprägen. Er würde vielleicht schon bald der neue König sein.

»Gib dich ganz ungezwungen, falls er eine Münze aus deiner Schale nimmt. Aber vermeide es, ihn zu berühren. Das haben Menschen seiner Art nicht so gern.«

»Was mache ich, wenn er mich anspricht?«

»Das wird auf keinen Fall passieren. Das brauchen wir also gar nicht erst weiter zu bedenken.«

Alexander hatte seine Bestellung in der Bärenapotheke viel schneller erledigt, als gedacht. Er hätte laut loslachen können beim Gedanken an den Gesichtsausdruck des Bärenapothekers, als er ihm Langustiers Nachricht ausgerichtet hatte. Das Goldkochen war für den Gold- und Rosenkreuzer Klaproth stets eine geradezu heilige Mission gewesen. Wenn nun die Scharlatane damit ihr Schindluder trieben, wäre es nur recht und billig, dass Bruder Wiedebrock mit seinen Gens d'armes einschritt …

Fast eine Stunde vor der Zeit, gegen sieben Uhr, kam Alexander in der Friedrichstraße an und tat, wie Langustier ihm geheißen. Doch wie sollte er sich ungesehen dem Palais nähern, um das Terrain zu sondieren? *Nichts leichter als das*, dachte er. Er würde durch den verwilderten Garten der Prinzessin Amalie schleichen und über die niedrige rückwärtige Mauer auf den Grenzweg klettern. Von diesem Weg vor der hölzernen, zwei Mann hohen Palisade gegen Zoll- und Akzisebetrug würde er ungesehen in den Park de La Vallées gelangen können. Gesagt, getan. Er sprang von der Umfriedung des Amaliengartens und landete mit einem hellen Knirschen auf dem Kies des Grenzweges. De La Vallées Garten war tadellos in Schuss und die Gartenmauer leider mit einem hohen schmiedeeisernen Gitter bekrönt. Es gab praktisch nur eine Stelle, wo an ein unbemerktes Hineinkommen zu denken war: das Tor für die Gärtner, das einen Weg in eine beidseitig mit sauber gestutzten Buchenhecken bepflanzte Einfahrt frei gab. Alexander lauschte angestrengt. Als sich jedoch absolut nichts rührte, beschloss er, hineinzugehen. Er könnte ja, falls ihn einer zur Rede stellte, immer noch sagen, dass er zu früh angekommen sei und noch ein wenig im Grünen sich habe ausruhen und ergehen wollen. Der Weg führte etwa zehn Lachter weit geradeaus aufs Grundstück, dann vollführte er, von den Hecken begleitet, eine Kurve und endete auf einem kleinen freien Platz neben einem stattlichen Erdhügel mit einem Steintisch auf der Spitze. Einige aus dem Boden ragende Röhren und ein vergittertes Fenster in einer niedrigen umlaufenden Mauer ließen Alexander in der seltsamen Anlage den Eiskeller erkennen. Er kletterte auf den stumpfen Kegel, um vielleicht von dort oben aus einen Blick zum Palais zu erhaschen, und verbarg sich, als er Stimmen hörte, unter dem Steintisch.

»In einer Dreiviertelstunde wird ein Dicker in einer schwarzen Kutsche ankommen. Ich sorge dafür, dass er sie hier auf dem Platz abstellt. Sobald der Kutscher weg ist, holt ihr die Kisten mit dem Kaviar, die ich euch eben gezeigt habe, und ladet sie in den Wagen. Lasst aber Platz für einen zusätzlichen langen Kasten, habt ihr das verstanden?«

Die Stimme war Alexander nicht unbekannt. Sie gehörte dem feinen Franzosen mit dem teuflischen Grinsen.

»Wer keine Fragen stellt und mir den ganzen Abend hilft, geht morgen früh als reicher Mann nach Hause.«

Alexander verfolgte, wie der Franzose die vier starken Männer in den entfernteren Geräteschuppen schickte, wo eine stärkende Mahlzeit und Bier für sie bereitstünden, wie er sagte. Mit einem Mal, ohne dass er recht wusste, wer ihm dieses Licht aufgesteckt hatte, kam Alexander zu Bewusstsein, dass Kaviar nicht in Kisten verpackt wurde, sondern in kleinen Fässern! Über diese Erkenntnis wäre er beinahe abgestürzt, und beim Festhalten an den Steinen merkte er, dass dieses Kunstgebilde keineswegs so standfest war, wie es wirkte. Seine Gedanken überstürzten sich: Was, wenn in diesen Kisten etwas anderes als Kaviar wäre? Was, wenn es ... das Geld von dem Raub wäre? Vorsichtig blickte er sich um. Der feine Franzose war nicht mehr zu sehen. Alexander kletterte den Hügel hinunter und stand vor dem Eingang zum Eiskeller. Es war Zeit, zum Palais zu gehen und nachzusehen, ob Langustier und Gerardine schon eingetroffen wären. Doch ein Blick auf die Kisten dort drinnen im Eiskeller verlockte ihn mehr ...

Die Hand, die sich ihm vor den Mund legte, verhinderte, dass er auch nur einen Mucks noch herausbekam.

»Haben mich meine Augen also doch nicht getäuscht. Da ist ja unser kleiner Einbrecher! Er scheint nicht zu wissen, was hier mit ungebetenen Gästen geschieht. Ganz einfach: Sie werden kaltgestellt. Denn was immer sie auch gehört haben, ist unter diesem Grashügel besser aufgehoben als in den Ohren von Maître Langustier.«

Das Entsetzen darüber, dass sie enttarnt waren, überdeckte völlig Alexanders Schrecken. Aber die Schmerzen, die ihm die Hand des anderen zufügte, brachten die Enttäuschung wieder zum Verschwinden.

Der Doktor hinderte sein Opfer mit geschicktem Griff an der Gegenwehr. Er benutzte jetzt beide Hände, um den heftig Zappelnden im Zaum zu halten und ihn in eines der mit Eisbarren gefüllten Gelasse seitlich der benutzten Kühlkammern zu bugsieren.

»Was haben Sie vor? Was wollen Sie mit mir machen?«, fragte Alexander, dem nun nicht länger der Mund verschlossen war.

»Ich brauche nachher eine Leiche. Eigentlich hatte ich an jemand anderen gedacht, aber im Prinzip ist es egal. Du oder ein anderer – es hängt nichts daran!«

Alexander schrie, als er die Kälte der Blöcke spürte, die noch vor Monaten Teil der Eisdecke auf dem Rummelsburger See gewesen waren. In der absoluten Dunkelheit hörte er das schwere Atmen des Gegners, der ihm mit aller Gewalt die Kehle zudrückte. Er gluckste, röchelte.

»Hier drin hört dich keiner außer mir«, sagte der Doktor. »Ich werde dich später in die Spree werfen, falls dir das ein tröstlicher Gedanke ist.«

Alexander spürte die Bewusstlosigkeit herankriechen wie eine Würgeschlange. Er hatte einmal eins dieser Tiere auf dem Jahrmarkt in Potsdam gesehen. Es war träge gewesen, gar nicht bedrohlich, und hatte auf den breiten Schultern eines Mohren gelegen wie auf einem Baumstamm ... Sein Peiniger hatte ihn noch immer fest im Griff. Er suchte mit aller Kraft, diese todbringenden Klauen vom Hals zu lösen, doch es wollte ihm nicht gelingen. Seine Kräfte schwanden zusehends, wenn denn einer in dieser absoluten Finsternis, die sie umgab, etwas gesehen hätte. In seiner Not, unfähig, sich dessen zu erwehren, was Gott für ihn beschlossen zu haben schien, tastete er die Wand vor sich ab. Die Berührung des Eises schmerzte. Da traf er auf Holz. Es war ein Kasten. Die lange Kiste, von der der Franzose geredet hatte. Alexander versuchte, ein Brett herauszubrechen, um sich zu wehren. Vergeblich. Das Letzte, was er dachte, war: *Ein Sarg! Mein Sarg!*

Um acht Uhr ging die Sonne daran, hinterm Tiergarten zu versinken. Langustier und Gerardine erreichten den Palast de La Vallées in der Friedrichstraße just, als die letzten Strahlen sich in den Kutschenfenstern der dort abgestellten noblen Karossen spiegelten. Sie selbst waren in einem schweren Leichenwagen gekommen, eng hineingequetscht zu den männlichen Mitgliedern der Räuberbande, die samt und sonders in Dienerlivreen steckten. Die Indianerin und die Hutmacherin hingegen passten nicht ins Bild und waren daher nicht mit von der Partie. Die Trauerkalesche war die perfekte Tarnung für diese abendliche innerstädtische Fahrt, dachte Langustier. Gerardine, am Ende auf seinem Schoß sitzend, war froh, als sie endlich da waren. Sie sah aufgeregt hinaus: Tatsächlich, da stand sie – die Kutsche des Kronprinzen. Und nebendran die des Prinzen Heinrich. Langustier konnte im Weiteren noch einige andere Kutschen anhand der Wappen auf den Türen zuordnen. Wallner, der Rentmeister des Prinzen Heinrich, war anwesend sowie der kränkliche, nahezu völlig verarmte zweite Bruder des Königs, der in Friedrichsfelde kärglich lebende Prinz Ferdinand.

Der junge Saint-Émilion nahm Salvary und seine Helferin in Empfang, nachdem er dem festen Jochum bedeutet hatte, er möge die auffällige Kutsche hinten bei der Eisgrube abstellen.
»Wo ist der junge Freund, der mir zur Hand geht?«, fragte Langustier alias Salvary.
Der Doktor tat überrascht.
»Hier ist er nicht. Sollte er es denn sein?«
»Eigentlich schon. Ich hatte ihm noch eine Besorgung aufgetragen.«
»Ist unsere ... Demonstration etwa in Gefahr?«, fragte der Doktor mit scheinbarer Besorgnis und dachte: *Aha, die Besorgung – der Ruf nach der Polizei!*
»Nein, das zum Glück nicht. Aber es verwundert mich. Normalerweise ist er zuverlässig.«
»Nun, so wird er es auch in diesem Falle sein. Sorgen Sie sich nicht, falls er noch auftaucht, wird er reingelassen. Doch kommen Sie, die Herrschaften warten bereits.«
Langustier und Gerardine sahen einander ratlos an.
»Was ist nur los mit ihm?«
Gerardine zuckte die Achseln. Die Umgebung war so prächtig und der Abend so aufregend, dass sie Alexanders Abwesenheit keine große Bedeutung beimaß.
»Er wird sich vertrödelt haben.«
»Das sieht ihm gar nicht ähnlich.«
»Kennst du ihn schon so gut?«
»Wahrscheinlich hast du recht. Er wird schon noch kommen. Wir müssen uns jetzt ganz auf unsere Vorführung konzentrieren.«
Der Doktor nickte und wies die anderen kurz ein, auch den festen Jochum, der inzwischen vom Abstellplatz der Totenkutsche am Eiskeller zurück war.
»Ich gehe ganz vorn, mir folgen zwei Mann als Vorhut des Magiers« – das waren zwei Drillisch-Brüder, die in ihren sma-

ragdgrün-golden schimmernden Uniformen völlig grotesk aussahen –, »je zwei Mann zu seinen und seiner Gehilfin Seiten« – Pötter, Schornsteinfeger, Frettchen und roter Christian –, »und drei Mann in der Nachhut« – der dritte Drillisch, der Sachse und der feste Jochum. »Der Zug führt die Treppe hinauf bis vor den Saal, dann hinein bis vor zum runden Tisch, den ein weißes Seidentuch bedeckte. Anschließend postiert ihr euch im Halbkreis zur Wand hin. Keine Angst, ich weise jedem von euch seine Position an. Wahrt um Gottes willen Stille während der Vorführung! Kein Nasebohren und keine halblaute Unterhaltung, denn das ist nicht die Oper von Meyerbein, sondern eine geheime Vorführung vor hochgestellten Persönlichkeiten! Man wird euch die ganze Zeit im Blick haben, also steht einfach unerschütterlich da, schaut geradeaus, seht niemanden an und blickt auf keinen Fall zu Boden oder an die Decke. Und schlaft, wenn's geht, nicht im Stehen ein.«

Der feste Jochum schoss böse Blicke auf ihn ab, denn er liebte es überhaupt nicht, wenn der Doktor so von oben herab mit ihnen sprach. Zwar waren alle Ratschläge berechtigt, und er konnte sich gut vorstellen, dass die Brüder Drillisch dennoch aus der Rolle fallen würden, doch es brachte ihn fast zur Weißglut, so gemaßregelt zu werden.

»Meine Güte, sieh sie dir an, da sitzen sie alle, blaublütig und arm. Begierig nach Gold, sprich: nach den Segnungen, die wir ihnen bringen!«, raunte Langustier Gerardine zu, und sie suchte ihre Nervosität durch die einstudierten Vorbereitungen zu verdecken. Der geheimnisvolle Tiegel Fredersdorfs kam aufs Tapet. Er würde dieses Mal auch erhitzt werden – was eine langwierige Prozedur versprach. Die Apothekerflaschen voller Sand (bis auf die eine mit dem Kaliumpermanganat, das diese herrliche violette Färbung hervorrief, beim Auflösen in Wasser) ... Dennoch gelang es ihr, sich nebenbei, durch kurze Blicke aus den Augenwinkeln, die Figuren genau einzuprägen.

Prinz Ferdinand, der jüngste noch lebende Bruder des Königs, schien von Auszehrung befallen. Seine Haut war weiß und knittrig, wirkte wie zerknülltes Seidenpapier. Der Ausdruck in seinem Gesicht war der des schicksalsergebenen Duldens. Augen und Gesten kennzeichneten ihn als einen gütigen, vom Leben gebeutelten, naiven und verletzlichen Mann. Der neben ihm sitzende Prinz Heinrich war Gerardine bereits bekannt. Zumindest einmal war sie ihm in Begleitung Langustiers begegnet. Sie hoffte inständig, dass er sie und ihren Urgroßvater nicht sofort wiedererkannte. In ihrem Fall durfte sie darüber allerdings mehr als beruhigt sein, denn junge Damen bedeuteten dem Prinzen wenig. Er saß da, schiefen Gesichts wegen einer Pockenkrankheit in der Jugend – das hässliche Entlein der Familie. Selbst bei Langustiers Anblick schien kein Kreuzer bei ihm zu fallen, ganz abgesehen davon, dass er höchstwahrscheinlich keinen bei sich trug. Außerdem war Langustiers Maskerade noch viel besser geraten als bei der Ganovensitzung. Er hatte dicke weiße Schminkeschichten aufgetragen, mit künstlich aufgemalter Wangenröte. Eine goldene Halsbinde als oberer Abschluss über dem nachtvioletten Frack und dem Spitzenkragen der weißen Hemdbrust gab ihm ein völlig extraordinäres Aussehen.
Langustier ragte auf vor den im Halbkreis Sitzenden wie der Magier am Altar eines vorzeitlichen Kultes. Seine Perücke sowie die schummerige Beleuchtung im Saal machten, dass ihn weder Prinz Heinrich noch der Kronprinz erkannten. De La Vallée indessen, der ihn zuletzt ja im Hause seiner Nachbarin erlebt hatte, schöpfte einen gewissen Verdacht, wusste aber ebenfalls noch nicht, wen er vor sich hatte. Irgendwo hatte er diesen gewichtigen Trumm von Mensch schon einmal gesehen ...
Der Kronprinz machte auf Gerardine den denkbar größten Eindruck. Eine traurige Erhabenheit ging von ihm aus, eine

Verlorenheit, Verletzlichkeit und Empfindsamkeit, wie sie es nicht vermutet hätte. Er schien ihr ein distinguierter, kultivierter, fein nerviger Mann zu sein, der vielleicht lieber als einfacher, schlecht besoldeter Cellist im königlichen Hoforchester sitzen würde oder sonst eine subalterne Position bekleidet hätte, als der künftige König von Preußen zu sein. Sie hatte Mitleid mit ihm und konnte sich gut vorstellen, dass er schon bald zum Spielball seiner Berater werden würde. Wallner, dem Rentmeister der Domänenkammer des Prinzen Heinrich, sah man das rigide, unerbittliche und ungerechte Wesen an. Und de La Vallée, der kronprinzliche Schatullverwalter, gleichsam das gelackte und weltmännische Gegenstück Wallners, hatte in ihren Augen nichts von seiner Bedrohlichkeit verloren, die sie schon bei Prinzessin Amalie empfunden. Arbeitete dieser Mann wirklich mit der Berliner Unterwelt zusammen, war er der Drahtzieher des großen Raubes? Es schien ihr sowohl möglich als auch unglaublich.

Die Vorführung begann mit einigen Worten de La Vallées, die dieser direkt an den Kronprinzen richtete. Er pries darin die Kunst Salvarys, obwohl er sie doch nur aus den Erzählungen seines Gehilfen kannte, in so hohen Tönen an, dass Gerardine selbst beinahe zu glauben anfing, ihr Urgroßvater könnte tatsächlich Wunder vollbringen. Er hatte sich in seiner Scharlatansrolle in der Tat sehr perfektioniert, und alle Zuschauer im Halbrund starrten wie gebannt auf seine Bewegungen. Nun dauerte das gesamte Procedere, etwas gedehnt und genüsslich ausgeführt, mit vielen gezierten Bewegungen und Gesten, die im Kreis der Gauner gefehlt hatten, etwa eine halbe Stunde. Beklommen hatte sie eben die Silbermünzen verteilt. Der Kronprinz hatte sich eine mit seinem weißen Handschuh aus ihrer Schale genommen und sie dabei verstohlen, ja auch ein wenig lüstern angelinst. Langustier alias Salvary sagte:

»Isch bitte Ihnen, Messieurs, misch diesen Silber, von dessen Eschtheit Sie Ihnen überzeugen könnten, nun wieder herzugeben!«

Die hohen Herren hatten nun freilich nicht die Erfahrung im Probieren des Silbers, die einfachen Ganoven zu Gebote stand. Prinz Heinrich hatte, am meisten noch mit den Eigenschaften edler Metalle vertraut, darauf gebissen und die Bissstelle daraufhin untersucht, ob etwa eine Delle in der Münze sich zeige. Die anderen hatten ein wenig daran herumpoliert, einer, es war der Amtsrat Neuhof, hatte mit seinem Brillanten daran gekratzt, was die denkbar einfältigste Art war, einer Münze – sei sie nun aus Zinn, Zink, Stahl oder aus Silber – zu Leibe zu rücken, denn es würde in jedem Fall ein Kratzer sichtbar sein. Als Gerardine herumging, um die Münzen einzusammeln, und diesmal sollten alle ihre Transmutation in Goldstücke erleben, musste sie erstaunt feststellen, dass es nur fünf statt sieben waren. Die Plätze, auf denen noch bis eben, und eben lag schon etwa drei Minuten zurück, der französische Landadlige und sein Brotherr de La Vallée gesessen hatten, waren auf einmal leer.

Im Schummerlicht, konzentriert auf das möglichst unauffällige Transferieren der präparierten Goldmünzen aus ihrer verborgenen Tasche im Reifrock in die Innenflächen der Hände, hatte sie das Verschwinden der beiden gar nicht bemerkt. Langustier indessen war es nicht entgangen, ebenso wenig der den Kreis komplettierenden restlichen Bande. Gerardine hörte ein Tuscheln zwischen dem Starken und dem Frettchen. Als sie aufblickte, sah sie erregte Blicke zwischen allen hin und her fliegen. Aber Langustier beschoss sie mit Zornesfunken, sodass sie für den Augenblick wieder in ihre Rollen zurückfielen. Doch ihr Geradeausstarren war angespannt, gar nicht mehr so interesselos wie zuvor. Gerardine glaubte förmlich zu sehen, wie es in den einfachen Köpfen arbeitete, auch wenn dies wahrscheinlich eine schwere geistige Landarbeit war, gar nicht zu vergleichen mit dem, was sich in den Köpfen auf der anderen Seite des Kreises abspielte. Gebannt, ohne den Aufruhr unter diesen seltsamen Lakaien auch nur beiläufig wahrzunehmen, waren die Augen des Kronprinzen, der beiden Königsbrüder, Neuhofs und Wallners auf die Reise der Münzen, die sie Gerardine gerade gegeben, gerichtet.

Langustier hatte der Kaliumpermanganatlösung so eingeheizt, dass die nachtviolette Oberfläche bitzelte und violette Spritzer auf dem weißen Seidentuch, welches den Tisch bedeckte, eine geheimnisvolle, wie aus dem Nichts auftauchende Aura hervorzurufen begannen. Wehmütig dachte er daran, was die Klaproth'schen Zimmervulkane nun für einen Effekt gemacht hätten, wenn der liebe Alexander denn zeitig mit ihnen erschienen wäre. Was hatten de La Vallée und sein junger Franzose so Wichtiges zu schaffen, dass sie die Gesellschaft verlassen mussten, gerade als es spannend wurde? Gerardine hatte ihm, um sich nicht zu verraten, die volle Anzahl der Goldmünzen gegeben und beide Hände voll zu tun, das Silber unauffällig in ihren geheimen Beuteln unter dem Reifrock verschwinden zu lassen. Er nahm, fingerfertig, wie Köche nun einmal sind, zwei der präparierten Taler beiseite und ließ sie in seinem rechten Ärmel verschwinden. Die restlichen fünf tauchten in der opaken Lösung ab. Während Langustier mit Ehrfurcht gebietenden Gesten selbige umrührte, war eine erneute Zunahme der Unruhe zwischen den Bandenmitgliedern feststellbar. Gerardine versuchte sich darüber durch Blicke mit ihrem Urgroßvater zu verständigen. Doch vergebens, er war gänzlich darauf bedacht, die Transmutation so prachtvoll und überraschend wie möglich in Szene zu setzen. Sie standen nicht mehr still, sondern machten Anstalten, ihren Halbkreis zu verlassen. Die Unruhe griff nun auch auf die Herrschaften über. Langustier erkannte, dass alles in Gefahr war, sich aufzulösen.

Er hob beide Hände und beschwor alle im Kreis, Ruhe zu bewahren. Für den Augenblick wirkte es, sodass er gravitätisch und äußerst wirkungsvoll die Flüssigkeit aus dem Tiegel in eine kleine Wanne aus Porzellan gießen und den zurückbleibenden Inhalt mit einem überlegenen Lächeln der hohen Versammlung präsentieren konnte. Es schien, als übertrüge sich das Glänzen des Goldes auf ihre Gesichter – welche Macht hatte dieses Metall über die menschliche Seele! Die Goldstücke nahmen die Aufmerksamkeit des Kronprinzen, der Prinzen, Wallners und Neuhofs vollständig für sich ein. Jetzt war der Abgang der falschen Lakaien jedoch nicht mehr aufzuhalten. Der Starke – selbst einer von ihnen – zügelte sie mit Blicken und Zischen, so gut er konnte. Aber an der Treppe angelangt, ging ihr Schreiten in Laufen, Stolpern und Stürzen über.
»Ihnen nach! Los, hinterher!«, raunte Langustier Gerardine zu. »Ich bin für dieses Gehetze zu alt. Sieh nach, was die da draußen machen, und schau, ob du Alexander findest!«
Gerardine knickste vor den Hoheiten. Doch die hatten nur Augen für die goldenen Taler, daher eilte sie unbemerkt aus dem Saal.

»Was gibt es denn so Dringendes? Das ist kein guter Zeitpunkt für eine Unterredung. Die Fische da drin könnten uns leicht vom Köder rutschen, wo sie ihn doch gerade erst geschluckt haben!«, sagte de La Vallée, mehr als erbost über das Ansinnen seines jungen Freundes.
»Es gibt etwas Wichtiges, das Sie ohne Zweifel hören sollten. Die ganze Demonstration war für die Katz!«
De La Vallée stutzte.
»Was sagen Sie da? Wie kommen Sie darauf? Es läuft doch ganz prächtig! Haben Sie die Mimik Seiner kronprinzlichen Hoheit nur recht verfolgt? Er würde alles tun, um seine Silberschuld in einen Goldberg zu verwandeln! Er glaubt, was er sieht. Sein

Denken ist schwach entwickelt. Sein Glaube okkupiert neunzig Prozent seiner Geistesaktivität. Und der Prinz Heinrich … Er sabbert wie ein Irrer …«
»*Mon Dieu!* Was für Ausdrücke, mein lieber Baron!«, sagte der Doktor, während er seinem Schutzherrn den rechten Arm um die Schulter legte, und fügte hinzu: »Das mag alles stimmen, was Sie sagen, doch ich habe den Herrn Salvary dank eines Mittelsmannes bei der Polizei eindeutig als den Geheim-Commissär des Königs erkannt!«
De La Vallées Mund öffnete sich und blieb offen stehen, bis er fragen konnte:
»Was sagen Sie da? Salvary ist …«
»Ganz recht – Salvary ist …«
»Langustier?«
»So ist es!«
»Aber ich habe ihn doch bei Amalie gesehen …«
In de La Vallées Schädel taumelten die Erinnerungsbilder durcheinander. Die Statur passte, die Stimme hatte er gar nicht deutlich und oft genug gehört, um sie zu erkennen …
»Ich konnte außerdem seinen jungen törichten Gehilfen kaufen! Kommen Sie, Baron! Er wartet am Eiskeller. Er wird es Ihnen selbst bestätigen!«
De La Vallée fühlte, wie sich alles in ihm zusammenzog. Beim Tod seines Vaters, der mit 97 Jahren an der Schwindsucht gestorben war, hatte er zum letzten Mal so empfunden. Der ganze Besitz, das Weingut, die Schlösser, die Häuser, das Ackerland – alles war nach dem Willen des Alten an die Herrnhuter gegangen, das geldvernichtende, verlogene, elende Pietistengeschmeiß!
Er geriet ins Stolpern, als er mit Saint-Émilion am Portal der Eisgrube angelangt war.
»Wo ist er denn, Ihr verdammter Mittelsmann?«
»Aber Baron … Man soll nicht fluchen! Das bringt Unglück!«

»Als ob das jetzt von Belang wäre.«
»Es ist von Belang!«, sagte der Doktor, während er de La Vallées Hals vor sich im Zwielicht fixierte. »Sie werden an der Himmelspforte zurückgewiesen, wenn Sie zu oft geflucht haben.«
Da war die Stelle, an der er zustechen musste, genau da … Er rechnete im Geiste nach, wie oft er diese kleine, einfache Operation schon vorgenommen hatte, vielleicht die einzige, zu der er zeit seines Lebens fähig und in der Lage sein würde. Der einzige Nutzen seines Studiums bei Le Grand in Paris. Da war die Kleine gewesen, die partout nicht hatte zu schreien aufhören wollen, in diesem elenden Landgasthof vor Versailles – bloß weil er ihr ehrlicherweise anvertraut hatte, dass es gar nicht so schwer sei, einen Menschen ins Jenseits zu befördern, das habe ihn die Praxis gelehrt … Und da war der Alte, der sich vor Varennes seiner Börse hatte bemächtigen wollen. Er hatte bei ihm einen Diebsbeutel mit fast hundert Louis d'or gefunden und sich ein schönes Jahr in Venedig gemacht. Nicht zu vergessen die hübsche zwanzigjährige Gräfin Godems in Leipzig, deren Mann gerade an Altersschwäche gestorben war. Er hatte sie kaum erst kennengelernt und ihr die Liebe beigebracht, da fing sie schon an, ihn mit immer neuen, leicht zu durchschauenden Schlichen an sich ketten zu wollen. Er war's leid geworden und hatte sie nach der ihm eigenen Art abserviert: durch einen Stich ins Loch unter der dorsalen Membran zwischen den Halswirbeln …
»Wo ist er, ich kann niemanden sehen! Haben Sie denn keine Kerze?«
Eine Kerze braucht's gar nicht, dachte der Doktor und stach zu, mit einem Brieföffner aus Messing, der als Kopf eine kleine Figur hatte und dessen Anblick er liebte: eine Dame in einem Reifrock, mit einem Militärmantel, deren Augen nur als kleine Einkerbungen im unförmig breiten Kopf gearbeitet waren, so-

dass man im Zweifel war, ob sie das Gesicht einer Lebenden oder einer Toten hatte.

Der Baron röchelte, schlug mit den Armen im Dunkel um sich, drehte sich, torkelte, fiel hin.

»Er hat mich gestochen ...«, krächzte er, »... er hat mich ...«

Dann war er still. Der Doktor stieß ihn leicht mit dem Schuh an und war mit seiner Arbeit zufrieden. Ob er den Kleinen noch töten würde oder nicht, er wusste es nicht, und es war auch gleichgültig. Wahrscheinlich war er ohnehin schon erfroren. Leblos lehnte er an der Wand neben der Kiste, war so weit herabgerutscht, dass er bald auf dem Hosenboden sitzen würde ...

Herr über Leben und Tod zu sein war ein befriedigendes Gefühl, das über vielerlei hinwegtrösten konnte. Er zog den einfachen Holzsarg aus der Kammer, bis er flach auf dem Boden stand. Der Körper des Barons war leicht und schmal. Kein guter Futterverwerter. Jetzt war er zugrundegegangen und wusste gar nicht, wie ...

Der feste Jochum stürzte die Treppe hinab und schlug hart auf dem Marmorboden auf. Einem der Lakeien, der ihm aufhelfen wollte, verpasste er einen seiner gefürchteten Handkantenschläge auf die Halsschlagader, sodass er an der Wand verröchelnd zu liegen kam.

»Los! Der Doktor türmt mit unserem Geld!«, brüllte er, am rechten Arm blutend, sodass sich die Livree, dieses Knechtsgewand, von dort aus rot verfärbte. Schon war er wieder vorne an ihrer Spitze, hinausstürmend, um die anderen zu der Stelle zu führen, an der er die Leichenkutsche auf des Doktors Geheiß abgestellt hatte. Er fletschte die Zähne, während ihm die Zweige ins Gesicht schlugen. Hart traf ihn der Kies des Weges, als er strauchelte und noch einmal hinfiel. Er achtete der Schmerzen nicht, hatte den Sturz kaum wahrgenommen.

Überm künstlichen Hügelgrab des Eiskellers stand hämisch grinsend der Mond. Die Kutsche … sie war weg … Das Geheul des festen Jochums verrauschte zwischen den hohen Tannen zum Garten des Amalienpalais hin, während die anderen auf dem kleinen Platz anlangten.
»Was ist los?«, fragte das Frettchen.
»Das verdammte Schwein!«, grunzte der feste Jochum mit deutlich sichtbaren Striemen im Gesicht. »Der Doktor ist mit der Beute auf und davon! Er hat die Kutsche genommen, mit der wir kamen. Das Geld lag wohl hier drin.«
Er zeigte auf den Eiskeller.
»Lös!«, sagte der Sachse. »Weswächen worten wir? Do vorn sind doch genüschend Guddschen!«

Gerardine hatte Mühe, ihre Schritte zu zügeln, um nicht zu stürzen. An der Wand in der Halle lag ein lebloser Lakai. Es war niemand zu sehen. Eine Atmosphäre mörderischen Grauens stand für jede empfindsame Seele deutlich wahrnehmbar im Raum. Sie kam vor den Haupteingang. Aus dem hinteren Teil des Gartens drangen spitze Schreie. Sie lief den Weg entlang, auf den Lärm zu, und drückte sich am Ende seitlich unter die Bäume. Das da links musste der Eiskeller sein. Sie sah den Starken und die anderen der Bande und hörte, wie sie heftig aufeinander einschrien, dann direkt an ihr vorbei zum Palais zurückhetzten.
Eine kalte Hand legte sich ihr auf die Schulter. Zugleich verschloss ihr eine zweite den Mund, sonst wäre ihr Schrei bis zum Mond zu hören gewesen, der trübe bereits über den sich verschattenden Bäumen stand.
»Mein Gott, hast du mich erschreckt!«, sagte sie, als ihre geweiteten Augen ein bleiches Nachtgespenst erblickten, das sich als Alexander herausstellte.
»Um Himmels willen, was ist denn mit dir passiert?«

»Kleine Eiskellerbesichtigung. Mein Sarg war schon vorbereitet, dann hat der Franzose doch lieber den Baron um die Ecke gebracht …«

»De La Vallée ist tot?«, fragte Gerardine.

Alexander nickte.

»Du liebes bisschen, du bist ja fast erfroren!«

»Liebes Bisschen hat mich noch keine genannt«, feixte Alexander, und sie war froh, dass er noch am Leben war.

»Was ist mit dem Franzosen?«, fragte sie.

»Ist samt der Beute mit einer Kutsche auf und davon!«

»Wo war das Geld?«

»Da drin!«, sagte Alexander und deutete auf den Eishügel.

Jetzt hatte Gerardine alles begriffen und sagte:

»Daher die ganze Aufregung … Sie wollen hinterher, suchen vorne nach zu klauenden Kutschen.«

Der Starke und der Sachse schwangen sich auf die Böcke, der Pötter sowie die Drillischs kletterten hinten auf die Trittbretter für die Lakaien, der Rest in die beiden viel zu engen noblen Rollkästen. Die zugehörigen echten Kutscher eilten rufend und gestikulierend aus einem kleinen Häuschen auf der linken Seite, dem Kutscherstall, und ihre Kollegen folgten ihnen. Doch alle hatten nur das Nachsehen. Die schweren Wagen rasten ungehindert in den Park, um durchs rückwärtige Gärtnertor der Totenkutsche des Doktors zu folgen.

Langustier hatte sich aus der verhexten Gesellschaft der Goldliebhaber davongestohlen, was nicht einfach gewesen war. Er hatte sieben Eide schwören müssen, nach seinem Moment der Rekreation, den er von ihnen einforderte, umgehend wieder zu erscheinen. Denn sie hatten Fragen über Fragen, vor allem, was eine größere Probe mit gemeinsam aufgebrachter Einlage betraf … Eben kam er aus dem Palast, sah Gerardine und Alex-

ander und erhielt seine Antwort auf die Frage, was zur Hölle denn los sei, als die Kutschen Wiedebrocks und Distels aus der Friedrichstraße in die Einfahrt fuhren.
»Wer sind Sie?«, fragte der Polizeiinspektor scharf.
Langustier riss sich die Perücke vom Kopf, was ihm die Beantwortung erleichterte.
»Mein Gott – was ein solches Ding doch aus einem ehrbaren Mann machen kann!«, sagte Wiedebrock.
»Die Bande ist eben hinten rausgefahren«, sagte Langustier, der keine Zeit mit langer Konversation verlieren wollte, »ein schwerer Leichenwagen und zwei gestohlene herrschaftliche Kutschen. Wenn wir sie einholen wollen, müssen wir uns beeilen! Allerdings sollten wir nach Verstärkung schicken, denn es sind ihrer insgesamt zehn Mann, darunter die vermuteten harten Brocken!«
Der Kutscher des Prinzen Ferdinand übernahm die Verständigung des Regiments Gens d'armes, ein weiterer schwang sich aufs Pferd, um die Polizeikutschen zu begleiten und die Verbindung in die Stadt herzustellen, wenn klar war, in welche Richtung die Verfolgung sie führen würde.
»Mit diesen Wagen können sie praktisch überall aus der Stadt heraus!«, sagte Gerardine, über deren Mitkommen nicht weiter diskutiert wurde. *Ein Fortschritt,* dachte sie, *immerhin ein kleiner Fortschritt …*

Wild ging es über den Mauerweg, dann zwischen zwei Gärten wieder in die Friedrichstraße, selbige hinauf und in scharfer Linkskurve unter die Linden. Die Spuren des schwer beladenen Wagens waren eindeutig zu sehen. Als sie aufs Karree kamen, sahen sie, dass die Pestkutsche schon das enge, kleine Brandenburger Tor passiert hatte. Der Schlagbaum war längst wieder unten und nur die kleiner werdende Rückenansicht des Gefährts in der Allee von Charlottenburg noch zu sehen. Der feste Jochum auf dem Kutschbock trieb die kronprinzlichen Gäule an, dass es den Trittbrettfahrern angst und bange wurde. Wollte er nicht anhalten? Der Landauer jagte über das Quadrat dem Nadelöhr des Brandenburger Tores zu, gefolgt von der Berline des Prinzen Heinrich. Jeder Torwächter kannte diese Kutschen (wiewohl sie selten vereint auftauchten) und wusste, was zu tun war, wenn sie sich dem Tor näherten: Hacken zusammen, Gewehr geschultert, Habachtstellung – aber zu allererst: Schlagbaum hoch!

Nach der schnellen Durchfahrt ging es in den Tiergarten hinaus. Der Totenwagen hatte einen ansehnlichen Vorsprung. Doch sie machten rasch Boden gut, denn er war langsam, weil er sehr schwer beladen war. Es war der Ertrag ihrer Arbeit, das Ergebnis ihres Wagemuts und ihrer Stärke, was sich dort davonzumachen versuchte, in den Händen desjenigen, der sie gerade zu hintergehen versuchte und der sein eigenes Todesurteil damit unterschrieben hatte … Der feste Jochum peitschte und peitschte, und der Sachse in der Kutsche hinter ihm tat desgleichen. Wie oft schon hatten sie die Pferde angetrieben, in der vagen, unbestimmten Hoffnung, alles zu gewinnen oder alles zu verlieren? Die auf den Trittbrettern Stehenden hatten Mühe, oben zu bleiben, die Lakaienschuhe waren ungewohnt, die kleinen Griffe zum Festhalten langten kaum für ihre großen Hände.

Der Doktor hörte die Verfolger und drehte sich um. Als er den festen Jochum auf dem Kutschbock der Kronprinzenkutsche sah, zweifelte er ernsthaft daran, dass sein Plan noch aufgehen könnte. Sie waren viel zu früh aus dem Palais gekommen, und die Polizei, diese verschlafene Bagage, hatte dem absehbaren Hilferuf des königlichen Geheim-Commissärs und Laienschauspielers offenbar nicht die nötige Dringlichkeit beigemessen. Allein gegen neun, das war ein schlechtes Spiel. Es bestand allerdings eine Chance, sie an den Zelten abzuhängen. Er musste

ihnen nur den Weg gehörig verbauen. Dann konnte die Zeit reichen, um zur Anlegestelle des Zeesenkahns zu gelangen, den er sich in der Frühe als für seine Zwecke am geeignetsten ausgeguckt hatte. Er hatte die Träger dorthin beordert, und sie hielten sich hoffentlich bereit wie abgesprochen und vertranken nicht stattdessen den blanken Silbertaler Lohn, den er ihnen gegeben hatte, damit sie den Mund hielten. Auf der Höhe des Rosenhains zur Linken dirigierte er die Pferde nach rechts in einen der Wege, die strahlenförmig zwischen riesigen Erlen auf die Lichtung mit den sieben Kurfürsten zuführten. Dort an den Zelten sah man im Sommer nur Sonnenschirme, Reiter und Spaziergänger und hörte das fröhliche Lachen der Vergnügungssüchtigen. Durch die Bäume am Ufer war von dort aus die lang gezogene Spreeinsel zu sehen, die wie ein gebogenes Seziermesser auf dem Wasser lag. Jetzt war es hier noch immer feucht und nass, und er merkte, wie der schwere Wagen einzusinken und zu schlingern begann. Noch ein kleines Stück, dann hatte er den Dreiviertelkreis der Kurfürsten erreicht. Die Balkengerüste der Zelte waren in der zunehmenden Dunkelheit kaum noch zu sehen. Er spähte krampfhaft nach einer Lösung. Hinter sich auf dem Weg hörte er bereits die Wagen seiner Verfolger. Ein Ruf ertönte – da war die angeheuerte Truppe seiner Helfer! Sie saßen auf einem Stapel noch unverbauter Zeltstangen. Daneben stand ein leerer langer Transportwagen.
»He, ihr! *Vite, vite!* Zweie verrammeln den Weg, da drüben an der Einfahrt ins Rondell mit den Figuren! Die da hinten kommen dürfen da nicht durch! Die anderen beiden aufspringen und mit mir; müssen uns sputen!«
Während schon der erste Balken auf dem Weg landete, matschte sich der Totenwagen mühsam weiter in Richtung Wasser. Die Spuren der Überflutung waren deutlich zu sehen. Helle Graswimpel schimmerten vage im Geäst der Büsche. War der Kahn verschwunden? Hatte er doch abgelegt, was am Vor-

mittag so unwahrscheinlich schien? Nein, da war er! Der Weg wurde immer feuchter, die Räder sanken immer tiefer ein. Hinter den ersten frisch begrünten Zweigen flimmerte fahles Licht auf dem Spiegelband der Spree. Und da lag der Kahn. In der Dunkelheit kaum zu erkennen. Ebenfalls ein Gefährt, mit dem Material für die Zelte herangeschafft wurde. Auf den letzten Metern wühlten die Räder des Transporters kleine Gräben auf. Die Pferde blieben stecken, es nutzte nichts mehr, sie weiter anzutreiben. Sie wanden sich und bäumten sich verzweifelt auf, in Todesangst im schlammigen, nachgebenden Untergrund.
»Los, die Kisten! Hier her!«
Die beiden anderen Träger kamen herangelaufen; er hörte das Patschen ihrer Stiefel auf dem morastigen Weg.
»Mit anpacken, los, los! Was ist mit denen da hinten?«
»Wird nicht lange halten, sind ihrer zu viele!«
»Ein paar Minuten reichen, los – Kisten rüber!«
Der Übergang zum Kahn war nur eine dicke Bohle. Sie mussten ins Wasser, um mit der schweren Last nicht abzustürzen. Fluchend schickten sie sich drein. Drei von zehn Kisten waren erst an Bord, als man von den Kurfürsten her ein Johlen und Peitschen hörte. Jochum und die anderen hatten den Weg frei geräumt. Fünf Kisten waren bewältigt, als der Doktor entschied:
»Da, euer Lohn!«
Er drückte einem der vier ein Säckchen mit Talern in die Hand. Der grinste und schien langsam zu ahnen, was in den Kisten war. Zu dumm, dass die Verfolger schon fast da waren.
»Schiebt mich rein!«, rief der Doktor, und sie gaben ihm mit der Bohle einen kräftigen Start.
Träge nahm der Kahn Fahrt auf, dann wurde er vom Hauptstrom erfasst.
Die Träger mussten machen, dass sie verschwanden. Sie nahmen die Beine in die Hand und schlugen sich in die feuchten

Büsche. So blieb der Wagen mit den fünf restlichen Kisten einfach im Sumpf stehen. Die Pferde warteten ermattet und mit großen, bangen Augen, im kalten Schlamm davor halb versunken. Aus ihren weit geöffneten Nüstern drangen Angstnebel.

»Teufel noch mal, er ist weg!«, schrie der feste Jochum, als sie beim stecken gebliebenen Fuhrwerk mit den fünf zurückgelassenen Geldkisten anlangten.
Die Wolkendecke riss auf, als sie zum Ufer liefen, das in Sichtweite lag.
»Da hinten ist der Kahn!«, rief das Frettchen, die Augen zusammenkneifend und in Richtung eines fernen Nebelstreifs mit dunklem Kern auf dem schwarzen Wasserspiegel zeigend, das im trüben Mondlicht jetzt gut zu erkennen war.
»Kannste nur noch hinterherschwimmen!«, sagte der Pötter, und der Schornsteinfeger spie wutschnaubend in den Morast.
»Je-nau-dit-mach-ick-jetz-ooch!«, stakatierte der feste Jochum, riss sich in abgehackten Zappelbewegungen das Lakaiengewand vom Leib und watete in die eiskalte Spree. Beim Eintauchen brüllte er, keuchte und spuckte, doch schließlich hörten sie, wie er sich mit heftigen Armstößen und rhythmischem Aus- und Einatmen in der finsteren Flut entfernte.

»Ich kann Ihnen gar nicht sagen, lieber Bruder, wie sehr ich mich freue, dass Ihr Abenteuer Sie nicht das Leben gekostet hat!«, sagte Wiedebrock zu Langustier.
»Und ich freue mich auch für *sie* beide!«, sagte Distel und blickte zu Gerardine und Alexander hin.
»Mal sehen, ob es die Sache wert war«, sagte Langustier.
Sie waren am Rondell der Kurfürsten angelangt und hielten. Das Mondlicht erlaubte es, das Gelände besser einzusehen.
»Da hinten stehen sie – der Leichenwagen und die beiden Prinzenkutschen!«, sagte Gerardine.

Vom Wasser her schollen aufgeregte Rufe durch die Dunkelheit.
»Wie lange wird es dauern, bis Ihre Truppe hier ist?«, fragte Langustier.
»Kann nicht mehr lange dauern«, sagte Distel.
Der Meldereiter war zum Gendarmenmarkt geritten, sobald klar gewesen war, dass die Jagd in die Allee von Charlottenburg hinausgehen würde. Augenblicklich waren nur vier Mann mit Gewehren aus Wiedebrocks und Distels Begleitung zu ihrem Schutz anwesend.
»Wir warten hier und beobachten, was passiert. Lassen Sie uns vorsichtig nach vorne gehen!«, sagte Langustier. »Gerardine und Alexander, geht bitte langsam zur Stadt zurück und erklärt den Soldaten die Lage, wenn sie kommen. Und bei Gefahr ... schlagt ihr euch in die Büsche.«
Als Langustier sich umwandte, um die Angesprochenen anzusehen, blickte er ins Leere. Auch Wiedebrock und Distel schauten ratlos. Gerardine und Alexander hatten sich unbemerkt entfernt und schlichen im Bogen zum Wasser. Die kurze Distanz ließ sie schon im Näherkommen hören, was die Bandenmitglieder so aufbrachte, und sie sahen, wie der feste Jochum davonschwamm.
»Lass uns hinterherschwimmen!«, flüsterte Geradine.
»Bist du verrückt?«, flüsterte Alexander zurück.
»Vielleicht!«, sagte sie und küsste ihn.
Er war so verdutzt, dass er erst gar nicht begriff, dass es ihr ernst gewesen war mit ihrem absurden Vorschlag. Sie hatte sich das hinderliche Kleid schon halb vom Leib gezerrt, als sie innehielt und sagte:
»Verdammt, sie haben uns bemerkt!«
Sie deutete zur Bande hin. Alexander drehte sich um und kniff die Augen zusammen. Dunkle Gestalten kamen durchs schüttere Geäst rasch auf sie zu.

»Kiek an, kiek an – was haben wir denn hier? Reichlich frisch für ein Schäferstündchen! Ick gloobe, die beiden waren auch an unsrem Jelde interessiert!«, sagte das Frettchen.
»No, dos Pränzessschen wollde woul än Bad nähmen?«, sagte grinsend der Sachse.
Sie hatten sie umstellt und weideten sich an dem Anblick. Gerardine hatte das Kleid notdürftig wieder um sich gerafft. Alexander war vor sie getreten, und sie klammerte sich an ihn. In ihrem Rücken war das Wasser.
»Abgekartetes Spiel!«, sagte der Schornsteinfeger. »Salvary und der Doktor stecken unter einer Decke! Und die beiden Früchtchen hier auch! Die ganze Goldmacherei sollte uns ablenken und ihm Zeit verschaffen. Wo wollt ihr euch treffen? Wo wollt ihr euren Teil in Empfang nehmen?«
Jetzt grinsten sie alle höhnisch und freuten sich wieder. Das Blatt hatte sich gewendet. Das Spiel war wieder offen. Sie konnten immer noch gewinnen.
»Raus mit der Sprache – wie sollte es weitergehen?«
Gerardine presste sich an Alexander. Zeit gewinnen war alles, was ihnen blieb.
»Tut uns nichts!«, sagte sie. »Der Schuft hat uns genauso hintergangen wie euch. Wir sollten mit ihm fahren und ihm helfen, das Geld zu verstecken. Aber er hat uns ausgebootet.«
»Das kannst du deiner Großmutter erzählen, Frollein!«, sagte der Schornsteinfeger.
Er ging auf Alexander los, der sich verzweifelt bemühte, den Angreifer abzuwehren, und tatenlos zusehen musste, wie der Pötter und das Frettchen Gerardine an den Armen packten, sodass ihr das Kleid von den Schultern rutschte, die jetzt weiß im Mondlicht leuchteten. Ihr Blick war wild entschlossen, ihre Frisur zerzaust.
»Auf einem der Werder vor Potsdam wollte er es verbergen!«, schrie sie.

»Verdammt, wir werden uns ein Boot suchen müssen«, sagte der rote Christian, der sich verzweifelt bemühte, wieder Ordnung in seine völlig verdreckte Livree zu bringen.
»Jochum wird ihn umbringen«, sagte der Sachse und sprach damit nur aus, was alle insgeheim dachten.
Es knackte im Unterholz. Von allen Seiten traten Bewaffnete auf sie zu: Vierzig Soldaten des Regiments Gens d'armes hatten sie umringt – ein kompletter Zug, den Polizeiinspektor Wiedebrock befehligte. Wiedebrock und Distel kamen jetzt ebenfalls aus dem Waldesdunkel hervor in den schwachen Lichtschein der Kutschlaternen. Und da war auch der Mann im nachtvioletten Umhang, allerdings völlig verändert ohne Perücke und Schminke …
»Spitzel!«, zischte der rote Christian.
»Ick fass et nich …«, sagte das Frettchen.
Gerardine und Alexander machten sich aus der Umklammerung ihrer Widersacher los. Langustier schloss seine Urenkelin in die Arme.
»Das war das letzte Mal, dass ich dich in so eine Geschichte verwickle! Marie bringt mich um, wenn sie davon erfährt.«
»Was willst du denn?«, sagte sie, kaum dass die Welle der Erleichterung und Freude verebbt war. »Ohne unseren Einsatz hättet ihr nicht so leichtes Spiel gehabt!«
Sie sah Alexander an, der ihr zulächelte.
»Der Starke ist dem Franzosen hinterhergeschwommen«, sagte sie, als sie merkte, dass Langustier irritiert die Bandenmitglieder zählte.
»Wie weit kann ein Zeesenkahn fahren in der Nacht?«, fragte Langustier den Polizeiinspektor, als die Gauner abgeführt waren. »Wir müssen den Fluss abfahren!«, setzte er nach, ohne eine Antwort abzuwarten. »Sie könnten zwischen hier und Potsdam irgendwo ankern, stecken geblieben oder an Land gegangen sein.«

»Kommen Sie um vier zum Unterbaum«, sagte Distel. »Jetzt im Dunkeln wäre das nutzlos.«
In diesem Moment ging Gerardine auf, dass sie zum ersten Mal nach ungezählten Tagen wieder ein richtiges Bett haben würde, und sie strahlte weit heller als die Laternen.

So geht es dahin, dachte der Doktor, und der Gedanke an die zurückgelassenen fünf Kisten voller Taler schmerzte ihn bis zum Grund seiner Seele. Seine Augen hatten sich an die Dunkelheit gewöhnt, und das Licht des silbernen Mondes genügte, um den Kahn mit leichten Ruderbewegungen in der Mitte des Stroms zu halten. Die Geräusche des nächtlichen Flusses legten sich lindernd aufs Gemüt, und er schloss für einen Moment erschöpft die Augen. Sie konnten ihn noch immer abfangen. Die Polizei ganz Preußens würde nach diesem Kahn suchen – spätestens wenn es hell würde, wäre er dran. Sein unermüdlicher Kopf fand auch in dieser Situation einen Ausweg, um wenigstens der Entdeckung zu entgehen und diesen ihm verbliebenen Teil der Beute für einige Zeit zu sichern. Hinter Charlottenburg, wo die Spree am Nonnendamm einen langen Weg durch eine menschenleere Gegend antrat, würde er sich eine unscheinbare Stelle aussuchen, wahrscheinlich würde es bereits hell, wenn er das Gebiet erreichte. Er würde sich einen Punkt am Ufer merken und die Kisten über Bord stoßen. Da läge das Geld erst einmal sicher, und er könnte sich bei nächstbester Gelegenheit an Land davonmachen. Den Kahn ließe er einfach weiter treiben, das würde seine Spur verwischen und er hätte eine Chance, ungeschoren davonzukommen.
Ein Rüsseln und Zischen hinter ihm, der Kahn erzitterte unter einer schweren Last, die sich selbst an Bord wuchtete. Der Doktor fuhr herum und sah ein Meerungetüm, von Algen, Tang und Seegras überwuchert, dessen Tentakel sich ihm mör-

derisch fest um die Gurgel legten. Das Herz blieb ihm stehen. Im Zwielicht erkannte er die Fratze des festen Jochums.
»Stirb, du Schwein!«, war das Einzige, was sein Angreifer hervorstieß und unablässig wiederholte, während er alle Kraft aufwandte, um den Doktor zu erwürgen.
Der Doktor versuchte vergeblich, die Klammer der Klauen zu lösen. Es dauerte lange, bis er begriff, dass er mit seinen freien Händen auch etwas anderes unternehmen konnte. Seine Kraft war schon im Schwinden begriffen, und in seinen Augen grieselte es weiß, obwohl man rundum fast nichts mehr sah als schwarzes Grau. *Das ist der kollabierende Kreislauf*, dachte er. *Warum hast du nicht einfach zugeschlagen, mein dummer Jochum? Man soll immer bei der Methode bleiben, die sich bewährt hat …* Es gelang ihm, die rechte Hand in die Innentasche seiner Jacke zu schieben, wo sich der Brieföffner befand. Er zog ihn mit großer Anstrengung und Konzentration heraus und befühlte mit der Linken den dicken Hals des festen Jochums. *Die menschliche Anatomie ist schon eine beeindruckende Wissenschaft*, dachte er, während er jene Operation ausführte, die er so gut beherrschte. Er nahm all seine verbliebene Kraft für diesen Stich zusammen. Schon war der feste Jochum nicht länger fest, er war nicht länger Jochum. Sein Würgegriff lockerte sich, und seine Hände fielen von des Doktors Hals wie dicke Ranken, die man mit der Axt kappte. Der Doktor sah die Augen der schweren Leiche, die vor ihm wankte. Mit einem Schubs beförderte er dieses graue, dicke Wesen über Bord. Ein schweinsartiger Mensch.
Der Doktor hustete, röchelte, griff sich an den Hals und massierte die Stelle, an der er gewürgt worden war. Jetzt bemerkte er, dass sich der schwere weggestoßene Körper irgendwo verfangen hatte, denn das Boot hatte plötzlich Schlagseite. Das, was vom festen Jochum übrig war, hing mit einem Bein an einem der Haken, an denen Ankertaue festgemacht werden

konnten. Der Kahn schlingerte, begann sich, den schweren eingetauchten Fleischklotz für ein Ruder nehmend, um sich selbst zu drehen. Er driftete immer weiter aus der Mitte des Flusses ab und näherte sich rapid dem Geäst einer gewaltigen, vom Hochwasser unterspülten und entwurzelten, davongeschwemmten und vor einem der Moabiter Altarme am rechten Spreeufer verhakten Fichte. Der Strom drückte den Kahn an den Stamm, und je mehr der Doktor versuchte, die Bewegung mit einem dagegengestemmten Ruder aufzuhalten, desto schräger wurde die Lage des Kahns. Die erste Welle schwappte über die Bordwand, die zweite … Er drückte und drückte, doch der Kahn wurde immer weiter unter den Stamm mit den peitschenden, nassen Ästen gepresst.

Und dann ging es sehr schnell. *Also ist das die Stelle*, dachte er noch, *die ich mir merken muss. Hier wird das Geld liegen. In Sicherheit …* Der Kahn glitt halb unter den Stamm, und der Doktor versuchte sich an den glitschigen Ästen festzuhalten. Er wollte sich langsam an ihnen entlang ans Ufer hangeln, denn er konnte vieles, aber eines konnte er nicht – schwimmen. Doch im nächsten Moment fuhr von hinten mit Nachdruck die kleine Kajüte heran und traf auf sein schmales Genick. Sie drückte ihn mit solcher Gewalt gegen einen Ast, dass es brach. Der Kahn drehte sich auf die Seite, wobei die Geldkisten – bereits vollends unter Wasser – ins Rutschen kamen und über die Reling fielen. Wie schwerste Feldsteine sanken sie auf den Grund der Spree, die an dieser Stelle keine zwei Meter tief war. Es gelang dem Kahn nicht, unter der gestrandeten Fichte durchzuschlüpfen. Er blieb stecken. Der Tote hing im schwimmenden Geäst. Nur Kopf und Oberkörper waren über Wasser. Es gurgelte und strudelte überm Silber dahin. Vereinzelt sprangen Fische. Eine Eule rief, und der silberne Mond stand wie ein Schatzwächter hoch über allem.

Montag, 6. Mai 1782

An Schlaf war erst einmal nicht zu denken, nachdem Distel sie in der Rossstraße abgeliefert hatte. Marie, im Schlafgewand mit Mütze, fiel aus allen Nachtwolken, als das Trio sie wach geläutet und triumphalen Einzug gehalten hatte.

»Ich brauch 'ne Flasche Schampus!«, entschied Langustier. »Wollt ihr auch einen Räuberschluck? Dann brauchen wir zwei!«

»Nein, vier!«, sagte Marie, getreu ihrem Wahlspruch: *Der soll nicht kleckern, der klotzen kann*, vor allem, weil es glückliche, gesunde Wiederkehr und Sieg zu feiern galt.

Sie erzählten bis weit nach ein Uhr in der Nacht. Dann musste in aller Eile an der Matratze gehorcht werden. Schon wenige Stunden später wankten sie schlaftrunken in eines von drei Booten am Unterbaum. An der Zugbrücke hing trocken und verkrustet noch immer Unrat, den das Hochwasser abgelagert hatte.

»In Potsdam keine Sichtung!«, sagte Distel. »Wir haben sicherheitshalber bis Havelberg reiten lassen. Ohne Ergebnis. Also gilt es jetzt, die Augen aufzusperren.«

Das sagt sich so leicht, dachte Langustier, der Schwierigkeiten hatte, sie auch nur spaltbreit offen zu halten. Er gähnte so herzhaft, dass es allen beim Anblick dieses Gargantua-Rachens im engen Boot angst und bange wurde.

»Passen Sie auf, dass Sie nicht rausfallen!«, sagte Distel. »Beim Gähnen verliert man für Sekunden die Kontrolle über das Gleichgewicht.«

»Eine treffliche Beobachtung«, sagte Langustier. »Sie könnten einen Vortrag in der Akademie darüber halten!«

Unter weiteren Scherzen dieser Art gelangten sie bis zu den Zelten hinter der Spreeinsel. Nun war die Müdigkeit verflogen, und ihre Expedition hätte derjenigen Cooks den Rang abgelaufen, was die Akribie betraf, mit der die Seiten und die Mitte des Flusslaufes untersucht wurden. Eisvögel, Wasseramseln, alle Arten von Enten und Sägern, Kormorane, Bless- und Teichrallen, Haubentaucher, Zwergtaucher, Grau- und Silberreiher, See- und Fischadler ... Langustier kam aus dem Beobachten gar nicht mehr heraus. Nur die Albatrosse, Pelikane und Flamingos musste er sich eingebildet haben. Freilich verlor er den Anlass ihrer Fahrt nicht völlig aus den Augen und lotste das Boot mal an diese auffällige Sandbank, mal an diesen schlicküberspannten Stubben am Ufer. Dennoch war es nicht er, dessen Weitsicht ihn hervorragend zum Späher im Krähennest eines Südmeerexpeditionsschoners qualifiziert hätte, sondern Gerardine, die den hellen Fleck an der gewaltigen Fichtenleiche auf der Höhe der Moabiter Kolonie zuerst sah. Natürlich hätten sie hier ohnehin nachgesucht ...

»Der feine Franzose!«, sagte Alexander.

»Der Doktor, wie sie ihn nannten«, sagte Langustier.

»Sieht nicht sehr lebendig aus«, meinte Gerardine.

Distel brüllte Befehle zu den anderen Booten hinüber, die nun auch herankamen.

»Da drunter steckt der Kahn!«, sagte Alexander.

»Dann liegen die Geldkisten auch hier!«, sagte Langustier.

»Wir brauchen Stangen und Taue ... Und einen Freiwilligen!«

Alexander war schon dabei, seine Jacke auszuziehen.

Langustier hielt Gerardine die Augen zu, und sie wehrte lachend ab.

»Er wird ja wohl was anbehalten!«, sagte sie und dachte, als sie Alexander leicht erröten sah: *Schade eigentlich.*

Mittwoch, 8. Mai 1782

»Er hat dich gerufen! Und du wirst hingehen!«
Rahel hatte schon viele Launen ihres Mannes erlebt, doch das war ihr neu: Honoré Langustier, langjähriger Zweiter Hofküchenmeister Friedrichs des Großen, ja, Friedrichs des Einzigen, wie er von seinen Verehrern auch genannt wurde, wollte dem König eine Absage schicken! Noch dazu, wo er an diesem Morgen per Boten tausend Taler Belohnung erhalten hatte – die er mit Gerardine und Alexander ehrlich zu teilen gedachte.
»Das haben andere auch schon gemacht, wenn's ihnen schlecht ging!«, sagte er, die Kläglichkeit seines Einwandes selbst fühlend.
»Ja, aber das waren Generäle! Und die haben mit ihren Absagen gewartet, bis sie auf dem Sterbebett lagen, und selbst da hat sich der eine oder andere noch in einen Rollstuhl setzen und zu ihm fahren lassen. Irgendein Haudegen ist sogar während des letzten Appells gestorben, dem er nach dem Rat seines Arztes eigentlich hätte fernbleiben sollen.«
»Ganz recht, meine Liebe. Das war Generalmajor Friedrich August von Letztem, der Held von Leuthen, der mit dem Kürassierregiment No. 7 die Flanke der Österreicher aufrieb. Ja, es muss Anno '63 im Stadtschloss gewesen sein, ich kann mich noch gut daran erinnern. Zwei seiner Reiter stützten von Letztem, als er hereinkam, sie stützten ihn weiter beim Stehen, damit er nicht umfiel. Es war nicht einmal eine private Angelegenheit, er stand mit einem Dutzend anderer in einer Reihe, vor welcher der König – unermüdlich auf seine Generäle einsprechend – auf und ab schritt. Diese seltsame *Besprechung* dauerte drei Stunden. Am Ende hielten die von Letztem'schen Reiter ihren General immer noch aufrecht, aber er war schon längst tot ... Niemand wusste, bei welchem Wort des Königs er gestorben war.«

»Siehst du, nimm dir ein Beispiel an dem!«
Rahel hatte natürlich recht. Langustier sah es ja ein. Was sein musste, musste sein, und ein echter preußischer Untertan marschierte an, wenn der König auch nur mit der Wimper zuckte. Sicher – er fühlte die Anstrengung der letzten Tage in allen Knochen. Jede Bewegung tat ihm weh, aber vielleicht wäre ja Bewegung gerade das, was ihn wieder auf Trab brächte? Jeder Muskelkater verschwand, sobald man sich wieder gehörig umtat … *Zu viel Zeit in schlechten Hotelbetten, in üblen Kutschen und üblen Kähnen zugebracht*, dachte er.
Es waren seine üblichen Selbstüberredungen, wie er sie zeit seines Dienstlebens immer erfolgreich angewendet hatte. Früher waren sie ihm gar nicht aufgefallen, jetzt erkannte er sie immerhin und auch ihre Wirksamkeit.

Langustier hatte sich in die nötige Schale geworfen und eben noch den Brief des Königsbergers zu sich gesteckt, um eventuell ein hilfreiches Wort über ihn ins Gespräch einfließen lassen und seine Bekanntschaft handgreiflich dokumentieren zu können, als er sich des stürmischen jungen Weimarers erinnerte und seiner Entgegnung auf des Königs Abkanzelung der deutschen Literatur. Er nahm auch sie aus der Schublade – es war ja nur ein kleines Blatt –, entfaltete sie und las:

Der große Kritterich

Kritterich, ein Götzenbild,
garstig anzuschauen,
pustet über klar Gefild,
Wust, Gestank und Grauen.

Will der Kritterich nun gar
das Schreiben uns verpusten –

Wortlos, mit gerötetem Kopf, ließ er das Blatt sinken, lächelte und zerknüllte es. Schon lag sie im kalten Gartenhauskamin, die schnöde Papierkugel.

Während er zum königlichen Weinberg spazierte, gingen ihm die neuesten Geschichten durch den Kopf, die man sich in Berlin und in ganz Preußen vom Treiben in Sanssouci erzählte. Es waren schlimme Histörchen, welche die Runde machten. So hielt sich etwa hartnäckig das Gerücht, der Kammerlakai Strützky habe mit Freunden und leichten Frauenzimmern nur zwei Räume vom Schlafzimmer des Königs entfernt eine Nacht durchzecht, wobei sie laut gesungen haben sollten. Und als der Herr Schöning gekommen sei und sie um Mäßigung bat, da habe der Strützky gebrüllt: *Was wollen Sie denn, der Alte schläft doch schon! Und hören tut er sowieso nichts mehr.* Langustier lächelte, denn das war so absurd wie irgendetwas: Gerade Strützky – der treueste und servilste Untertan seiner Majestät, sollte sich derlei geleistet haben? Diese Geschichte konnte nur eine böswillige Erfindung sein – die Verleumdung eines Neiders, eines hasserfüllten Verwandten, eines abschlägig beschiedenen Bittstellers, eines Mannes, der keine Audienz bekommen, oder eines Generals, dessen Gespräch mit dem König nicht so verlaufen war, wie er sich das erhofft hatte. Das Bedientenleben, gerade in einer derart exponierten Stellung, war von einer bestialischen Unberechenbarkeit.

Der Eingang zum Park hinterm einsamen ägyptischen Obelisken war unbewacht wie üblich. Nur an den Türen zum Weinbergschloss standen Wachen, die sich betont wurstig gaben, als Langustier herankam. Es waren junge Leute, sie kannten ihn nicht mehr, doch seinen Namen hatten sie immerhin noch auf ihrer Liste, und so wurde er ohne großes Federlesens an den ihm bereits bekannten Herrn Schöning weitergereicht, der begierig war, aus erster Hand zu erfahren, was für abenteuerliche Geschichten sich denn da à *Berlin* zugetragen hätten. Langustier wollte gerade sagen: *Ich rate Ihnen eines, mein lieber Schöning, tun Sie das, was alle Lakaien tun – horchen Sie an der Tür, dann muss ich es nicht zweimal erzählen!*

Doch plötzlich kam ihm das garstig vor, und er sagte nur vieldeutig:

»Ach, fragen Sie nicht – ich konnte helfen, dass die Taler sich wieder einfanden. Aber es war eine ziemliche Tortur. Ich habe mich verkleiden müssen, einen Goldmacher mimen, musste mehrmals garstigen Leichen gegenüberstehen, mich in zig Kutschen herumschleudern und mit schwankenden Booten auf der Spree herumschippern lassen. Es war fürchterlich!«

Um wenigstens eine kleine Gegenleistung für diese intelligente Kurzfassung zu erhalten, warf er hin:

»Was ist denn übrigens an dieser Strützky-Geschichte dran, die man sich in Berlin und überall erzählt?«

Schöning verdrehte die Augen, seufzte und deutete mit Daumen und Zeigefinger der rechten Hand die Breite eines Haares an.

Wusste ich's doch, dachte Langustier. Dann jedoch trat all dies zurück, und er schritt geneigten Hauptes durch den ovalen Saal und eine der geöffneten Türen zur Terrasse hinaus.

»Mon cher maître! Mon très cher commissaire! Mon ami!«

Mit diesen Titularien, die Langustier wie Honig heruntergingen, begrüßte ihn der König, der draußen auf ihn gewartet hatte. Er trug – das sah Langustier, weil er das Haupt gesenkt hielt, sehr deutlich – an der linken Hand zwei Ringe, jeder mit einem sehr großen Solitärbrillanten besetzt, an der rechten dagegen einen von geringem Wert, aber großer Bedeutung, mit einem schlesischen Chrysopras: die beständige Erinnerung an die Eroberung Schlesiens.

Langustier schwindelte es. Hatte ihn der König jemals *Mein Freund* genannt? Der König sah sehr schlecht, das war bekannt. Hatte er ihn etwa verwechselt? Wie sollte sich Langustier als Langustier besser bemerkbar machen als mit der Frage:
»Was befehlen Majestät für die Küche?«
»Mein bester Monsieur Langustier!«, begann die alle Zweifel beseitigende Antwort in bestem Französisch: »Heute Abend befehle ich Ihnen, in mir wieder einmal einen einfachen Grafen zu sehen, nennen Sie mich meinetwegen Graf Dufour oder Graf Leconstant, das ist mir alles gleich. Sie können mich auch *mein König* oder *Sire* nennen, was der Wahrheit ja am ehesten entspräche. Heute Abend sind Sie mein Gast und nicht mein Koch!«
»Zu Befehl, Eure Majestät!«
»Was gibt es denn Neues in meinem verhassten Berlin?«
»Der Abt Raynal ist angekommen!«
Der König lächelte wieder.
»Nun, den werde ich erst ein paar Tage warten lassen. Erinnern Sie sich noch Ihres Schülers Conrad?«
Natürlich erinnerte Langustier sich und nickte erfreut.
»Er wird heute Abend für uns kochen.«
Ein Sturzbach kalter Enttäuschung brach über Langustier herein. Um seine Verlegenheit zu überspielen, fragte er:
»Wie viele Gäste haben Majestät denn geladen?«
Majestät lächelten.
»Einen, wenngleich einen ziemlich schwergewichtigen – in jeder Hinsicht.«
Während Langustiers Kopf noch damit beschäftigt war, diese krude Mitteilung zu dechiffrieren, fasste ihn der König beinahe familiär am Arm und sagte:
»Kommen Sie, lieber Freund, ich will Ihnen einmal etwas zeigen!«
Er führte ihn einige Schritte auf der Terrasse von Sanssouci in

Richtung auf die Bildergalerie, bis sie über der Stelle anlangten, an der einige Hunde des Königs begraben lagen.
»Hier, mein Lieber, wird man mich auch einst begraben.«
Langustier sah, dass eine zentrale Öffnung, in der Größe einer normalen Grabplatte, gerade freigelegt war. Eine Leiter stach von unten heraus.
»Wollen Sie einmal einen Blick hineinwerfen? Mir selbst ist es leider nicht mehr möglich, dazu ist mein Bein zu sehr angeschwollen. Ich war früher oft darin, um mich an meinen letzten Wohnraum zeitig zu gewöhnen.«
Langustier lehnte dankend ab.
»Sie müssen verzeihen, Sire, aber die Berliner Angelegenheit hat mein Knochengerüst so durchgeschüttelt und mein Fett derart zum Kochen gebracht, dass ich Wochen brauchen werde, um mich wieder normal zu bewegen.«
Der König lachte.
»Obwohl Sie ein Jahrzehnt älter sind als ich, ist Ihnen noch das Glück beschieden, sich wieder unbeschwert bewegen zu können, kaum dass Sie sich nur etwas ausgeruht haben. Mich dagegen haben meine Ärzte – es ist noch ungeklärt, ob man diese Spezies der menschlichen Rasse zurechnen darf oder nicht – schon aufgegeben.«
Er machte eine Pause, um dann, nach einer kleinen wirbelnden Bewegung mit seinem Stock, im Tone der Abgeklärtheit fortzufahren:
»Nun, ich habe mich damit abgefunden, dass mich keiner mehr heilen kann. Wenn ich aufwache, sehe ich mitunter einen dunklen Mann, einen Schatten, der sich nach wenigen Augenblicken lächelnd davonmacht. Ich weiß, dass es der Fuhrmann ist, der mich in das Land hinabbringen soll, aus welchem noch niemand wieder zurückkehrte, und ich erwarte den Augenblick meiner Abfahrt ohne Furcht … Meine Miene soll noch lächeln, wenn man mich begräbt. Suchen Sie alles fortzuschaffen, was

die Ruhe Ihres Lebens stören kann. Bedenken Sie, dass dieses Leben selbst ein bloßer Traum ist, von dem nichts übrig bleibt, wenn es aufhört.«

Langustier hörte diese Worte mit Schrecken. Er hatte den König schon oft resigniert erlebt, doch selten mit solcher Bestimmtheit vom bevorstehenden Ableben reden hören. Der König merkte, dass das Thema seinem Gast beschwerlich viel, und änderte die Tonlage.

»Jetzt aber fort mit dem Grabestuch! Die Tafel ruft. Lassen Sie uns sehen, was Ihr gelehriger Schüler, den ich nun zum Zweiten Hofküchenmeister bestellt habe, für uns zubereitet hat.«

Sie kamen in die Küche, die noch immer direkt neben den Pferdeställen rechts vom Ehrenhof lag, wie zu Langustiers Zeiten. Ein Mann im mittleren Alter schwitzte hier gerade mit drei Helfern vor dem offenen Herdfeuer und einigen überladenen Holztischen. Martin Conrad, 1766 nach Berlin gekommen, hatte das große Glück gehabt, von Langustier unter die Fittiche genommen worden zu sein, der damals seine kulinarischen Talente erkannte. Jetzt also stand er in der Reihe seiner Nachfolger und freute sich aufrichtig, seinen Lehrer wiederzusehen.

»Nun, Meister, was gibt es?«, fragte Langustier, nachdem sie einander herzlich umarmt hatten, wobei Conrad Geistesgegenwart genug hatte, das Fleischmesser in seiner Hand nicht in des Königs Herz zu bohren, der viel zu nah bei ihnen stand.

»Eure Majestät sind früher nicht oft in meiner Küche gewesen«, sagte Langustier.

»Doch, ganz zu Anfang! Und öfters zur Kontrolle, dass meine Küchenmeister mich auch ordentlich bestehlen!«

Der König knisterte dazu mit seinem Lächeln.

Langustier inspizierte mit fachmännischem Blick die Töpfe und teilte das Ergebnis seiner Untersuchung mit:

I

Trüffeltörtchen mit Rindermark
Artischocken mit Hühnerlebercreme
Auberginensoufflé und Schneckensauce
Ochsenschwanzsuppe mit pochierten Wachteleiern

II

Entenbruststreifen mit frittierten Selleriejuliennes
Zander, gefüllt mit gedünstetem Fenchel
Lendenmedaillons mit Meerrettich
Froschschenkel und Linsenpüree

Dessert

Rosace à l'Orange
Maronenpudding
Birnenschaum mit Nüssen
Cœur à la Crème zu kandierten Kirschen
Frittierte Pisangtaler in Schokoladensahne mit Kornelkirschengeist

»Bravo, lieber Langustier! Für Ihren Spürsinn war das natürlich keine große Aufgabe. Aber ich wollte unser Menü einfach halten, denn meine Ärzte – Gott prüfe beim Jüngsten Gericht, ob es wirklich Menschen sind – haben mir verboten, zu schwer zu essen, wohingegen mein Verstand mir sagt, dass schwere Aufgaben und ein schweres Leben mit leichtem Essen nicht aufzuwiegen sind. La Mettries Lehre von der menschlichen Maschine legt es doch nahe? Es gibt in England jetzt Maschinen, die mit Dampf betrieben werden, doch für die heiße Luft, die an sich nichts wiegt, sind viel Wasser und Holz nötig – also sehr schwere Zutaten. Bestätigt das etwa nicht, was ich vorher gesagt habe? Kommen Sie, lassen Sie uns auf der Terrasse die Schüsseln des ersten Ganges erwarten, damit der *maître* noch in Ruhe letzte Hand anlegen kann.«

Als sie wieder auf der Terrasse standen und die herrliche Aussicht genossen, fragte der König Langustier unvermittelt:
»Wenn Sie noch einmal die Wahl hätten, würden Sie der Einladung jenes Grafen Dufour nach Charlottenburg folgen?«
»Ja, selbstverständlich, Majestät!«, erwiderte Langustier sofort.
Der König lächelte. Da ritt Langustier der Teufel, und er fragte im Gegenzug:
»Und wie steht es mit Ihnen, Sire? Wenn Sie die Wahl hätten? Würden Sie noch einmal König?«
Sein Gegenüber in der blauen Uniform musterte ihn scharf, dann wies er mit dem Stock auf den vor ihnen liegenden Weinberg und sagte:
»Wenn ich denn jemals die Wahl gehabt hätte, so wäre ich Weinbauer geworden, doch ich hatte sie nie, und mein einziger Versuch, meinem Schicksal zu entfliehen, wurde mit dem Tod meines besten Freundes Katte bezahlt, den mein Vater vor meinen Augen umbringen ließ …«
Jetzt waren sie doch wieder bei den dunklen Themen angelangt. Langustier verfluchte seinen Leichtsinn. Daher ergriff er die naheliegende Chance, die das Thema Wein bot, und sagte:
»Aber ich hoffe doch, dass Sie sich dann eine bessere Gegend ausgesucht hätten als die sandige, eisige und windige Mark Brandenburg? Ein Winzer hat hier oft acht Jahre Missernten, bis wieder ein gutes Jahr kommt.«
»Das ist mit dem Los eines König gut vergleichbar«, scherzte Friedrich, und Langustier war heilfroh, dass dies Kap Hoorn umschifft war. »Ich würde als Weingärtner Ihre Heimat vorziehen. Das Elsass scheint mir überhaupt die von Gott am reichsten gesegnete Landschaft der Erde zu sein! Einige meiner Reben stammen von dort. Hier muss man sie in Glaskästen warm halten, damit sie überhaupt Trauben hervorbringen, die nach etwas schmecken. Aber Wein lässt sich daraus auch nicht

machen. Und was am Judenberg und in Werder wächst, hält dem Vergleich mit französischen Weinen auch nur stand, wenn man schon etliche Flaschen davon getrunken hat – etwa wie bei den Obstweinen, die manche aus sauren Äpfeln keltern.«

Sie nahmen an einem kleinen marmornen Tafeloval Platz und stießen mit des Königs süßlichem Lieblingssekt an, während auf einem langen Beistelltisch die Schüsseln des ersten Ganges aufgebaut wurden.

»Sie haben mir eine Menge Geld zurückgebracht und meinen Appetit dazu! Auf Sie, mein Freund!«

»Sie haben mich schon reich belohnt und tun es jetzt noch mehr! Auf meinen König!«

Dies ist der Gipfel, dachte Langustier. *Höher geht es nicht!*

»Und jetzt müssen Sie mir erzählen, wie das alles zugegangen ist!«, sagte der König, nachdem er sich ein Trüffeltörtchen mit Rindermarkfüllung einverleibt und darob die Augen verdreht hatte. »Sie sollen gar Gold gekocht haben? Ich halte das ja alles für Mumpitz, das habe ich auch meinem guten Fredersdorf immer gepredigt. Der Schatullverwalter meines aus der Art geschlagenen Neffen stand hinter dem Raub? Einige gewöhnliche Berliner Schurken und ein Student der Medizin taten die Schmutzarbeit?«

Langustier nickte.

»Der abgebrochene Studiosus hat sich auf der Spree das Kreuz gebrochen? Dabei ist sie doch gar nicht mehr zugefroren? Und vorher hat er zuletzt noch einen Dicken aus der Bande ums Leben gebracht, den man heute am Kaninchenwerder aus der Havel gefischt hat?«

Der König war die Neugier selbst. Das würde die privateste und längste Abendtafel in Sanssoucis kulinarischer Geschichte ... Langustier seufzte und begann zu erzählen.

Historische Stichworte

Alchemie und »Bankerott«

Die Idee der Verwandlung der unedlen in die edlen Metalle ist so alt wie das Schuldenmachen, mit anderen Worten so alt wie das Geld. Es war eine königliche Kunst, denn auf die Dauer konnten sich nur die Reichen eine so geldverschlingende »Wissenschaft« leisten. Diese Besessenheit hat jedoch sogar Fürsten und reiche Männer ruiniert – zwei prominente Beispiele sind Landgraf Friedrich III. Jacob von Hessen-Homburg und der Frankfurter Patrizier Justinian von Holzhausen: »Wie schon erwähnt, hatte in dieser Zeit ein Johann Christian Würth von Mackau Freiherr von Creutz, der auch die Darmstädter und Homburger Landgrafen hinters Licht führte, die Familie Holzhausen, insbesondere [...] Justinian (1683–1752), fast in den Bankrott getrieben. Für ihn waren [...] ›Chambres pour la Médecine‹ vorgesehen, in denen er jahrelang geheime und kostspielige alchimistische Experimente mit Billigung des Hausherrn durchführte, dem wie auch den anderen Geldgebern gewinnbringende Investitionen versprochen wurden. So finanzierte der Hausherr die kostspieligen Laboratoriumseinrichtungen für von Creutz und dessen aufwändigen Lebenswandel in der Hoffnung auf hohe Renditen seines eingesetzten Kapitals, das er selbst zum Teil aufgenommen hatte. Am Ende des Jahres 1730 verzeichnete er in seinem Hauptbuch als Kredite an von Creutz eine Summe von 32193 fl 54 kr, von denen er bei seinem Tode 1732 über 2000 fl schuldig blieb. [...] Insgesamt war Justinian selbst bei 32 Gläubigern mit 110.200 Gulden verschuldet.« (Hannelore Limberg: *»Seht dies gastliche Haus, ringsum das Wasser der Quelle ...« Von der Großen Oed zum Holzhausenschlösschen: die Metamorphose eines patrizischen Anwesens und sein Funktionswandel im geschichtlichen, gesellschaftlichen und topografischen Kontext.* Inauguraldissertation, Frankfurt a. M. 2012, S. 153 f.) Bei einem ungefähren Kaufkraft-Umrechnungsfaktor von 1:50 wären das heute etwa ca. 5,5 Millionen Euro. Dennoch muss man sagen, dass aus den Mythen der Goldmacher von der Transmutation über die Jahrhunderte das sichere Wissen der Chemie hervorkeimte. Erst im Zeitalter der Atom-, Molekular- und Teilchenphysik wurde es möglich, Atome bestimmter Elemente durch gezielten Teilchenbeschuss in Atome anderer Elemente zu verwandeln.

Berlinerisch – eine halbe Gaunersprache
Im Langenscheidt-Wörterbuch Berlinerisch wird die Verwurzelung des Berliner Kauderwelschs im Rotwelsch, der Gaunersprache, dokumentiert. Das Berlinern, so erklärt Wolfgang Walther, Cheflexikograf in der Redaktion Wörterbuch beim Langenscheidt-Verlag, kann bis ins 12. Jahrhundert zurückverfolgt werden. Nach der Verdrängung der eingesessenen Elbslaven ließen sich im Sprachraum Rheinische Franken, Niederländer und Askanier nieder. »Zu diesem Zeitpunkt war dort erstmals das sogenannte Niederdeutsch zu vernehmen. Das Berlinerische steht zwischen der Niederdeutschen und Mitteldeutschen Mundart.« Im Mittelalter legten »die gebildeteren Schichten […] Wert darauf, Hochdeutsch zu sprechen. Die weniger Gebildeten drückten sich in einem Mittelmärkischen Niederdeutsch aus, auf dem auch das Berlinische fußt«. Ein gemischter Satz von Mundart wuchs heran. Elemente aus allen Zuwanderersprachen kamen hinzu: Obersächsisch, Hebräisch, Jiddisch, Flämisch, Französisch und slawische Sprachen zollten dem Berlinerischen ihren Tribut. Die Gauner taten natürlich das Ihre aus dem überregionalen Rotwelsch-Fundus hinzu. Die Berliner Schnauze, die Kodder- und Schnodderigkeit, ist Neuankömmlingen seither ein Graus, aber das ist bei derartigen gemischten Dialekten immer so, »die

sind salopp, vulgär, direkt, pragmatisch« (Patrick Goldstein: Berlinerisch ist eine Gaunersprache. In: Berliner Morgenpost, 26.8.2008). Auf den Vorsatzblättern der 1987 im Verlag *Das Neue Berlin* in Buchform erschienenen anonymen Zeitungsartikelserie von 1844 mit dem Titel *Die Geheimnisse von Berlin* sind die ersten Seiten eines leider nicht näher bezeichneten Lexikons der bekanntesten Diebesausdrücke Berlins faksimiliert.

Ernährung, Tafelsitten, Kochkunst und Küchen im 18. Jahrhundert

Die einfachen Leute im vielgepriesenen Jahrhundert der Aufklärung ernährten sich miserabel. Mit Ausnahme des allgegenwärtigen ausgekochten Suppenfleischs blieben Fleischgerichte meist den Festtagen vorbehalten (wovon die sprechenden Ausdrücke für das Festtagsgewand kündeten: »Fleischanzug« hieß es im französischen Berry; »Bratenrock« in manchen Gegenden Deutschlands). Tierisches Eiweiß und Fette lieferten über die Woche vor allem Eier, Milch, Butter und Käse. Getreide aller Art in Saucen-, Brei-, Fladen- oder Kloßform sowie dunkles Brot waren Hauptquellen der Kohlenhydrate. Reis aus Italien oder Spanien galt als minderwertig, Nudeln blieben mehr oder weniger auf Italien beschränkt. Kartoffeln waren zwar bekannt und ihr Anbau wurde in Brandenburg-Preußen gar vom König per Dekret verordnet, doch im Küchenalltag spielten sie noch keine Rolle. Populärstes und sättigendstes Gemüse im 18. Jahrhundert waren Bohnen. Salate aus Salatpflanzen und/oder Gemüse waren in der armen Küche die Ausnahme, denn sie sättigten nicht und hatten daher keine erkennbare Funktion.

Das 18. Jahrhundert blieb angesichts rapide steigender Bevölkerungszahlen im Großen und Ganzen eines des Mangels. Die Mortalität sank dank erfolgreicher werdender Medizin und steigenden Wissens in puncto Hygiene. Doch Nahrungsmittelproduktion und -verteilung hinkten hinter den Bedürfnissen her. Daher suchte man dem Gros der Menschen zu suggerieren, dass etwa Fleisch nicht zwingend notwendig sei. Rein frugale und vegetarische Ernährung war jedoch gefährlich, wenn der nötige Abwechslungsreichtum fehlte. Mangelerkrankungen bis hin zu Skorbut in strengen Wintern waren die Folge.

Eine beachtenswerte Koch- und Genusskultur in Europa gab es nur in einer verschwindend kleinen reichen Oberschicht. Das sorglose Speisen in großbürgerlichen und adeligen Haushalten war ein Schmausen und Tafeln, dessen Opulenz nur durch die Grade des Reichtums eingeschränkt wurde. Der Barock hielt sich in seinem Hauptgrundsatz (mehr ist mehr ...) bis ins ausgehende 18. Jahrhundert. Tafeln bei der Hautevolee war nicht selten die reine Schau.

Im Großen und Ganzen unterschieden sich feudale oder aufgeklärt-absolutistische Küchen kaum von denen der einfachen Leute: Es waren rauch- und dunstschwangere Räuberhöhlen, in denen über offenem Feuer gesotten und gebraten, allenfalls über Frühformen des Topfherdes gebrutzelt wurde. Ausgeklügelte Sparherde (etwa der Rumford'sche), bei denen die Hitze genauer einzusetzen, der Rußgehalt der Raumluft geringer und der Bedarf an Holz oder Kohle kleiner war, kamen erst Ende des Jahrhunderts auf. Rechauds, wie man sie heute kennt – elektrische Wärmeplatten –, gab es im 18. Jahrhundert natürlich noch nicht; was man hatte, waren Kochkisten, Stövchen, Bains-Marie (Wasserbäder) und Wärmeglocken.

Verglichen mit dem heutigen Inventar fehlten vor allem Kühlschrank, Mixer und Pürierstab. Zum Kühlen in den Sommermonaten waren bestenfalls Eis aus einer Eisgrube, vermischt mit Wasser und speziellen Salzen zu einer Kältemischung, oder aber der Luftzug eines nicht genutzten Kamins vorhanden. Alles, was heute der Elektromixer bewältigt, geschah von Hand – der Handmixer aus Drahtschlaufen fehlte noch; hier hatte man den Astquirl (eine vielstrahlige Verzweigungsstelle im Nadelholz) oder eine Miniaturausgabe des Reisigbesens, von der wohl die Bezeichnung »Schneebesen« herrührt. Zum Pürieren wurden Mörser aus Stein oder Holz verwendet. Das Garen à point war eine Kunst der erfahrenen Küchenchefs. Man darf annehmen, dass die meisten Gerichte viel länger garten und folglich nach heutigem Verständnis verkocht waren.

Der sogenannte *service à la française* war dadurch gekennzeichnet, dass viele Schüsseln mit unterschiedlichen Gerichten zur selben Zeit auf dem Tisch standen, aus denen sich dann reihum jeder bediente oder vom Personal bedient wurde. Wenn es eine große Schüssel in der Mitte gab, die stehen blieb, so hieß sie Dormant. Der französische Service hatte den großen Nachteil, dass die Speisen bereits erkaltet waren, wenn der einzelne Gast seinen Teil erhielt. Mitunter standen die Schüsseln schon lange vor Beginn des Mahls parat. Nicht selten wurde zu Schau-Zwecken lang und breit auf Beistelltischen tranchiert bzw. portioniert. Der heute weltweit übliche russische Service *(service à la russe)*, bei dem das Mahl in einzelne, aufeinanderfolgende Stationen aufgeteilt ist, die separat für jeden Gast aufgetragen werden, wurde erst im 19. Jahrhundert Mode.

Die in den Menüfolgen verwendete Bezeichnung Gang bedeutet in diesem Zusammenhang eine Abteilung von Schüsseln. Mit Schüssel war ein Gericht gemeint, das eben in einer Schüssel oder Terrine aufgetragen wurde.

Die Zahl und Art der Speisen war nie eindeutig festgelegt. Ein Gang konnte aus nahezu beliebig vielen Gerichten bestehen, je nachdem, wie viele Gäste zu bewirten und wie freigebig die Gastgeber waren. Um 1740 bestand ein durchschnittliches bürgerliches Mittagessen von zehn Personen aus zwei Gängen und

Dessert. Als erster Gang kamen etwa Suppenfleisch, ein Entrée von Kalbfleisch in eigener Brühe und ein Horsd'œuvre auf den Tisch. Als zweiten Gang dann gab es Truthahn, Gemüse, Salat und eine Crème. Das Dessert bestand aus Früchten, Käse und Eingemachtem. Kaffee zum Nachtisch war um 1740 noch selten; eine Neuerfindung dagegen beliebt: Ratafia-Likör aus grünen Walnüssen und aromatischen Kräutern, mit Nelken oder Kirschen zusätzlich aromatisiert.

Im gehobenen Haushalt eines Grandseigneurs oder Großbürgers reichte man als absolutes Minimum etwa in drei Abteilungen: 1. ein ordentliches Fisch- oder Fleischgericht mit Gemüsen, vier kleinere Schüsseln und zwei Horsd'œuvres (Vorspeisen, Amuse-Gueules, Entrées etc.), 2. einen Haupt-Braten, zwei Entremets (Zwischengerichte, meist Gemüse, allenfalls Eier oder Schinken oder Wurst als tierische Zutat) sowie 3. als Dessert wahlweise Früchte, Kompott, Sorbets, süße Crèmes, Pralinés etc. Im Anschluss Kaffee und Kuchen oder Gebäck. Als Faustregel zum Abstimmen von Gästezahl und Zahl der Schüsseln nannte ein Kochbuch von 1714: 6 bis 8 Gäste – pro Abteilung (je Gang) 7 verschiedene Gerichte; 10 bis 12 Gäste – pro Abteilung (je Gang) 9 verschiedene Gerichte; 30 bis 35 Gäste – pro Abteilung (je Gang) 43 verschiedene Gerichte. Wenn der wohlhabende Financier la Mosson in Montpellier einmal ein Abendessen von zwei Gängen und Dessert gab, bei dem jeder der beiden Gänge 140 verschiedene Gerichte umfasste (50 von gekochtem oder gedämpftem Fleisch, 50 Braten, 20 Geflügelgerichte und 20 Pasteten) und das Dessert 160 verschiedene süße Delikatessen, so darf man annehmen, dass er um die 100 Personen bewirtete und bei seinem Souper schlicht gewöhnlichen Aufwand trieb.

Die in älteren Kochbüchern häufige Garniturbezeichnung à la financière verweist auf den Reichtum des Gastgebers. »Der Präsident des Brosses in Dijon verlangte dreimal mehr Gerichte als Gäste. […] es ist kein Wunder […], dass es in Paris niemand gab, der reich genug gewesen wärte, mittags und abends offenes Haus zu halten. Der reiche Samuel Bernard, der 1739 starb, ließ sich sein Mittagessen im Jahr 150.000 Francs kosten, was nach heutigem [i. e. 1919] Geldwert ungefähr einer halben Million [Francs] entsprechen würde.« Wir möchten uns nicht vorstellen, wie viele Millionen Euro das 2015 wären …

Fredersdorfs Tiegel
Friedrichs II. langjähriger Kammerdiener, Schatzmeister und Vertrauter (Geheimkämmerer) Michael Gabriel Fredersdorf war der Alchemie verfallen und »verpulverte« eine Menge Geld damit. Er hatte ein Labor in der Berliner Friedrichstraße. Friedrich II. riet ihm immer wieder, dieses Hobby fahren zu lassen. Es hat sich kein Tiegel mit den Spuren seiner Versuche erhalten.

Friedrich II. im April/Mai 1782
»April.
A. Der König in Potsdam und in Sanssouci.
26. Der König an d'Alembert: ›Zum Trost meines Alters wünschte ich einige Pflanzen aufkeimen und hervorsprossen zu sehen, welche die Stelle derer ersetzen könnten, die dem vorhergehenden Jahrhundert zur Ehre gereichten. Es scheint aber, als wenn die großen Männer ohne Nachkommenschaft sterben. Ich wollte, es gäbe eine Fortpflanzung erhabener Seelen, durch welche immer eine die andere ersetzte.
Uebrigens ist meine Zeit bald verflossen; ich habe noch die Hefen des Jahrhunderts Ludwig's XIV genossen. Dem Himmel danke ich es, daß er mir in dieser Zeit das Leben gab; und um sich wegen der Zukunft zu trösten, muß man sagen: Nach mir die Sündfluth! Die Welt ist ein Schauplatz von Abwechselungen, eine bewegliche Bühne, wo Alles sich ändert. Hier erheben

sich die Künste, die Wissenschaften und die Staaten; dort folgt Barbarei auf die Kenntnisse; dort sieht man Fürsten, deren Throne umgestürzt werden.
Wer von unsern Zeitgenossen binnen hundert Jahren von jetzt auferstehen könnte, der würde unsern Erdboden nicht wieder erkennen.‹
B.
2. Der General-Lieutenant und Kriegsminister Karl Heinrich von Wedel stirbt, 70 Jahr alt.
19. Der General-Major, Freiherr Ludwig von Buddenbrock in Königsberg stirbt, 63 Jahr alt.
Die Generale von Prittwitz und von Wartenberg in Potsdam.
Mai.
A. Der König in Potsdam (Sanssouci).
10. Der König sendet dem General-Major von Holzendorf eine von ihm selbst entworfene Instruction für die Artillerie. [...]
10. Der König nach Charlottenburg.
11. Aus Charlottenburg nach dem Berliner Thiergarten, wo er über einige Regimenter Specialrevue hält, in der Stadt der Prinzessin Amalie einen Besuch abstattet, und dann nach Charlottenburg zurück geht.
12. Wieder nach dem Berliner Thiergarten, die übrigen Regimenter zu mustern, dann nach Potsdam.
18. Der am 8ten in Berlin angekommene Abt Raynal beim König in Potsdam.« (Karl Heinrich Siegfried Rödenbeck: Tagebuch oder Geschichtskalender aus Friedrich's des Großen Regentenleben (1740–1786). Bd. 3, Fünfte Abtheilung, enthaltend die Jahre 1780–1786. 1782; Nachdruck der Ausgabe von 1842. Bad Honnef: LTR-Verlag 1982, S. 275 ff.)

Friedrich II. über Alchemie sowie Rosen- und Goldkreuzerei
Erhellendes über Friedrichs späte Ansichten zur Alchemie findet sich in den Erinnerungen des Ritters Johann Georg von

Zimmermann, der 1786 beim König war und eingehende Gespräche mit ihm führte, die mannigfaltige Themen berührten. So sagte der König 1786 über einen namentlich nicht weiter enttarnten Prinzen: »Sehr abergläubisch ist Er. In alle Thorheiten der Alchymie und Theurgie hat er sich verstiegen; und die haben, wie Sie wissen, ihren Ursprung in der Freimäurerei. Ich verlache alle diese Narrheiten! [...] Aber der Aberglauben verlieret doch allenthalben seine Macht durch die Fortschritte der Vernunft. [...] Der Aberglauben dringet izt nur selten bis zu den Fürsten. Aber viele von unsern Gelehrten sind abergläubisch. Was halten Sie, Herr Zimmermann, von den unbekannten Obern? Die waren seinerzeit die obersten der Hochgrade in der Hochgradfreimaurerei Mitte bis Ende des 18. Jahrhunderts, die sich als Wiederverkörperung des Templerordens und seiner geheimen Mächte verstand. Die Rückbesinnung auf die christlichen Traditionen des Templerordens floss in die Hochgradmaurerei der Rosenkreuzer ein, die als eine fantastische Erweiterung der alten Freimaurerei zu betrachten sind. Die Illuminaten, das sei hier noch einmal betont, waren demgegenüber ein Knigge'scher Briefkastenorden, in den später viel hineingeheimnist wurde, der aber seinerzeit ohne große praktische Bedeutung und Verbreitung blieb. Die sogenannten Hochgrade konnten übrigens – wie »Doktor«, »Professor« und »Botschafter« beim Kosul Weyer vor Jahren – mit viel Geld gekauft werden.
König. Haben Sie in Hannover auch solche Schwärmer?
Ich. Einer kam voriges Jahr zu uns, aus Berlin! Er war in alle Weiber verliebt, warb für geheime Orden, eiferte gegen alle Schwärmer und war doch selbst der größte von allen. Er verdrehte die Augen, ward blaß und roth, grimassirte und gestikulirte so jämmerlich in meinem Hause, daß ich hätte glauben sollen: unter allen meinen Schränken steckten Jesuiten!« (Johann Georg Ritter von Zimmermann: *Ueber Friedrich den*

Großen und meine Unterredungen mit Ihm kurz vor seinem Tode. Leipzig 1788, S. 93 ff.)

Friedrichs Sprache
Eine neue wissenschaftliche Abhandlung bescheinigt Friedrich II. ein fast perfektes Französisch – für einen deutschen Fürsten – und will ihm ein weit besseres Deutsch andichten, als es aus seinem Briefwechsel mit Fredersdorf hervorgeht: »Wenn man es negativ formulieren will, kann man sagen, dass der König Deutsch ›wie ein Kutscher‹ – wie er es einmal selbst ausdrückte – und Französisch nicht ganz der Norm des Hexagons entsprechend sprach und schrieb. Positiv gewendet bedeutet dies, dass Friedrich II. authentisches Deutsch mit regionaler Färbung und fast perfektes Französisch sprach und schrieb. Was aber über alledem stand, war[en] ein eigener Stil und eine ungewöhnliche Sprachbegabung.« (Corina Petersilka: *Die Zweisprachigkeit Friedrichs des Großen*. Beihefte zur Zeitschrift für Romanische Philologie. Tübingen 2005, S. 283 f.)
Für die Rolle eines deutschen Literatur-»Kritterichs« vom Range eines Reich-Ranicki war er aber nicht firm und gebildet genug. Seine Schrift über die deutsche Literatur (*De la littérature allemande; des défauts qu'on peut lui réprocher; quelles en sont les causes; et par quels moyens on peut les corriger*, dt.: Über die deutsche Literatur. Die Mängel, die man ihr vorwerfen kann, ihre Ursachen und die Mittel zu ihrer Verbesserung, http://gutenberg.spiegel.de/buch/-5308/1), 1780 auf Französisch erschienen, brachte ihm bei den deutschen Schriftstellern und Gelehrten nur Hohn und Spott ein – die hatte er sich auch ehrlich verdient! Kein Geringerer als Erich Kästner verfasste über die Erwiderungen auf Friedrichs Schrift 1925 seine Doktorarbeit (Stuttgart u. a.: Kohlhammer 1972).
Goethes Erwiderung in Gedichtform ist erfunden, nach seinem

Spottgedicht über Friedrich Wilhelm Pustkuchen (»Pusterich, ein Götzenbild …«. In: Werke. Vollständige Ausgabe letzter Hand. Bd. 56. Stuttgart, Tübingen: Cotta 1842, S. 85 f.).

Honoré Pierre André Laurent-Étienne Langustier
Geboren am 12. Februar 1702 im Haus Kammerzell am Münsterplatz in Straßburg als Sohn des Adlerwirtes Alphonse René Antoine-François Augustin Langustier und seiner Frau Jeanne Antoinette Elisabeth Langustier, geb. Montgolfier. 1714 wurde der Vater Erster Bratenmeister und Zweiter Pastetenbäcker am Hof des Sonnenkönigs. Nach dem Tod Ludwigs XIV. übernahm dessen genusssüchtiger Urenkel und Thronfolger Ludwig XV. auch Langustier in seine Dienste. 1720 verließ Alphonse René mit Frau und Sohn Honoré Versailles und erwarb den Rabenhof am Quai des Bateliers in Straßburg. 1723, in dem Jahr, als der Vater starb, heiratete Honoré die Wirtstochter Marie Louise Charlotte Haguenau aus Lahr und führte die väterliche Wirtschaft weiter. Geburt der Tochter Marie. Tod der Mutter 1736. Tod der Ehefrau 1738. 1740 stieg der inkognito (als Graf Dufour) reisende junge preußische König Friedrich II. im Rabenhof ab und war von Honoré Langustiers Bildung ebenso angetan wie von seiner Kochkunst. Er lud ihn ein, als Zweiter Hofküchenmeister nach Berlin zu kommen, wo Langustier Anfang Oktober 1740 eintraf. Seine Berliner Stadtwohnung in der Rossstraße 46 befand sich im selben Haus, in dem seine Tochter Marie 1740 das Berliner Delicatess-Comptoir der Emilie Stolzenhagen übernahm und bis zu ihrem Tod 1810 betrieb. 1766 erhielt Langustier vom König ein Haus in Potsdam geschenkt und heiratete 1767 Rahel Schönermark. Er vermietete das Haus, da es für ihn und seine Frau viel zu groß war (es wich wegen Baufälligkeit schon 1796/97 der Villa Ritz), und baute sich am Ufer des Heiligen Sees eine kleinere Villa mit großem Garten, die 1944 durch eine

Fliegerbombe zerstört wurde. Honoré Langustier starb am 3. September 1787 nach einer Reise in seine Heimatstadt in Wissembourg bei einem Kutschunfall. Veröffentlichte Werke: *Verführerische Kochkunst*, 1779; *Memoires intimes*, 1786.

Münzen und Geldwert

Friedrich der Große ließ silberne Friedrichstaler mit seinem Relief prägen, die als »Reichsthaler« in ganz Deutschland Verbreitung und Akzeptanz fanden. Taler war keine einheitliche Münze, sondern ein Oberbegriff für viele Arten von Talern, die je nach Herkunft ihre schwankenden Kurse hatten. Der wiederum allseits in unterschiedlicher Ausprägung kursierende silberne Gulden war etwa zwei Drittel Reichstaler wert. Ein solcher Gulden hatte schätzungsweise die Kaufkraft, die heute 50 Euro hätten, ein Reichstaler also die von 75 Euro. Ein (goldener) Friedrich d'or hatte hingegen den Wert von 5 preußischen Reichstalern, sprich: eine Kaufkraft, die heutzutage 375 Euro entspräche.

Polizei in statu nascendi

Der für die Bekämpfung des Verbrechens seit Jahrhunderten hinderlichen Rivalität zwischen Magistrat und Militärbehörde und der Verquickung von Gerichtsbarkeit mit Polizeigewalt wurde erst im Laufe des 18. Jahrhunderts, unter Friedrich Wilhelm I. und Friedrich II., durch erste entscheidende Veränderungen entgegengewirkt. Am 16. Juli 1735 erließ Friedrich Wilhelm I. ein Patent, dass in den preußischen Residenzen die Jurisdiktion in Polizeisachen dem Gouverneur und Magistrat allein zustehe: »Exekutivbeamte, die ausschließlich sicherheitspolizeiliche Funktionen wahrnahmen, scheint es im Anfang des 18. Jahrhunderts in Berlin noch nicht gegeben zu haben. Die Handhabung der Polizei lag immer noch in den Händen der vom Magistrat beauftragten Ratmannen, denen als Hilfsorgane Stadtdiener zur Verfügung standen. Eine besondere Polizeiabteilung in der staatlichen Verwaltung bestand ebenfalls noch nicht [...]« (Walter Obenaus: *Die Entwicklung der preußischen Sicherheitspolizei*. Berlin 1940, S. 30). 1735, in der Folge des erwähnten Patents, wurden »zwei Polizeimeister«, die ersten Berliner Exekutivpolizisten, eingestellt (ebd., S. 31). Sie waren dem Magistrat unterstellt und befehligten ihrerseits je drei Polizeidiener. Die Stadt war in zwei Polizeibezirke aufgeteilt. Die beiden Polizeimeister hatten dem Stadtpräsidenten Neuendorf jeden Morgen Bericht zu erstatten. Ihre Amtsführung und das Verhalten der Polizeidiener riefen aber dauernde Beschwerden hervor, auch beklagte man, dass die Polizeidiener Invaliden seien und daher eigentlich unfähig zu den ernsten Aufgaben, die ihnen zugeteilt waren. Friedrich II. erkannte sofort, dass fähigere Beamte her mussten, und ließ den Magistrat 1740 neue einstellen. Doch auch 1741 beklagte er sich über die »allhier immer noch so elende« Polizei (zit. nach: ebd., S. 33). Bestechlichkeit der Polizisten und Klüngelwirtschaft der Magistratsmitglieder (welche die polizeiliche Verfolgung von Verfehlungen sabotierten) waren der fortdauernde Übelstand.

Auf Ordre Friedrichs II. vom 20. Februar 1742 wurde das System zum Schutz der öffentlichen Ordnung neu organisiert. Der bisherige Bürgermeister Kircheisen wurde am 16. Januar 1742 Polizeidirektor. Um die Sabotage des Magistrats auszuschalten, erhielt er am 6. Dezember 1746 zusätzlich den Titel Stadtpräsident und hatte Weisungsbefugnis gegenüber dem Rathaus (ebd., S. 37). Nach Pariser Vorbild wurde die Stadt in 18 Quartiere aufgeteilt, dem jeweils ein Commissaire de Quartier (im Hauptberuf zumeist Handwerker, einer war Apotheker, einer Arzt, einer Gastwirt) zugeteilt war. Die Quartierskommissare hatten dem Polizeidirektor über alles Auffällige zu berichten. Es waren die ersten besoldeten Revierpolizisten Ber-

lins, bei 100 Talern Jahrgehalt. Fortan gab es überdies zwei Polizeimeister, neun Polizeidiener und vierzig Nachtwächter, ab 1752 drei Polizeimeister, elf Polizeidiener und fünfzig Nachtwächter unter Anleitung von zwei Nachtwachtmeistern. Ein dritter Polizeimeister hatte ab 1752 als Polizeiinspektor die Leitung der Exekutivgewalt inne. Die Nachtwächter rekrutierten sich nach wie vor aus dem Kreis der Invaliden. »Ihr Dienst dauerte in den Monaten November bis Februar von abends 9 Uhr bis morgens 5 Uhr. Im Juni und Juli von 11 Uhr und in den übrigen Monaten von 10 bis 3 Uhr. Jeder Nachtwächter bekam ein bestimmtes Revier, das er zu beaufsichtigen hatte. Den Ablauf der Stunden mußte er mit Blasung des Hornes anzeigen. Ein nicht unerheblicher Teil der Verbrechensverfolgung war ihnen übertragen. Jeden Verdächtigen sollten sie verhaften und an die nächste Militärwache abliefern. Was sie etwa von ›Huren-Winkeln und Diebes-Herbergen in Erfahrung bringen, sollen sie des andern Tages bei dem Magistrat anmelden, und gewarten, daß es zum Protokoll genommen werde‹.« (Obenaus, S. 39 f.)
Als Untersuchungsgefängnis, Auffang- oder Verwahranstalt für aufgegriffene Verdächtige dienten die 1742 bzw. 1758 eingerichteten Arbeitshäuser am Rondell (Belle-Alliance-Platz 11, wegen des Innungszeichens von der früheren Nutzung als Zunfthaus der Schlachterinnung an der Fasse »Ochsenkopf« genannt) und ein größeres, eigens neu errichtetes dreistöckiges Gebäude in der Nähe der Marienbastion (am späteren Alexanderplatz, etwa da, wo heute das Einkaufszentrum »Alexa« steht). Im Sommer 1769 waren dort 300, 1785 aber schon 1.250 Menschen untergebracht, die im Volksmund aufgrund ihrer schwarzen Arbeitskleidung auch als »schwarze Husaren« bezeichnet wurden. Verbrecher oder Verdächtige aus Hofkreisen kamen dagegen in die Stadtvogtei, militärische, kapitale oder politische in die Feste Spandau oder in entferntere Gefängnisse. Neben der Polizei gab es eine Art Geheimpolizei: die auf den

Polizeidirektor vereidigten Lohnlakaien und Wirte, die Verdächtiges im Tun der Gäste und Fremden sofort anzuzeigen hatten. Ab dem 9. Juni 1742 herrschte eine allgemeine Meldepflicht für ankommende Reisende. In Privathäusern und Hotels ankommende Gäste mussten innerhalb von 24 Stunden gemeldet werden, später waren auch Lohnlakaien und Ärzte meldepflichtig. Diplomaten wurden besonders observiert, und vermehrt wurden Razzien und »Generalvisitationen« durchgeführt. Mit der Ordre vom 16. Januar 1742 wurde Kircheisen angewiesen, »›unter der Hand und ganz ohnvermerkt bei der Aufsicht auf die frembden und auswärtigen Ministres mit Achtung geben lassen sollte, was etwa bei ihnen aus- und eingehet und mit was vor Bediente allhier dieselben in öfterm Umgange leben, auch ob etwa Subaltern-Bedienten aus den Kanzleien oder sonst dergleichen zu ihnen gehen‹. Da die Polizisten wohl überall als solche bekannt waren, kann man annehmen, daß Kircheisen sich hierzu der Mithilfe von Spitzeln bediente. Durch die bereits angeführten Mittel und dadurch, daß die Commissaires de Quartier auf die in ihrem Bezirk wohnenden verdächtigen Personen eine strenge Aufsicht ausübten – sie mußten die genaueste Kenntnis ihrer Bezirke, sowohl der Häuser, als auch der Einwohner haben –, erfreute sich Berlin während der mehr als 25-jährigen Amtsdauer Kircheisens einer nie gekannten Sicherheit« (ebd., S. 42).

Preußens Schatzkammer
Die im Königlichen Schloss untergebrachten »Kassen« wurden aufgelistet nach der Darstellung in Friedrich Nicolais *Beschreibung der Königlichen Residenzstädte Berlin und Potsdam, aller daselbst befindlichen Merkwürdigkeiten, und der umliegenden Gegend* (Bd. 1, Berlin ³1786, S. 290 ff.). Wie viel Geld 1782 wirklich dort lag, ist nicht bekannt. Die für das

Ende der Ära Friedrichs II. allgemein angegebenen 55 Millionen Taler werden inzwischen angezweifelt; man geht von etwa 51 Millionen aus. Das wären im Kaufkraftvergleich aber immerhin noch stattliche 3,825 Milliarden Euro (vgl. das Stichwort *Münzen und Geldwert*). Die im Roman geraubte Summe von 250.000 Talern entspräche in der Kaufkraft heute 18,75 Millionen Euro. Das Gesamtgewicht bei 29,32 Gramm je Münze hätte bei ca. 150 preußischen Zentnern gelegen. Jeder normale Transporter wäre unter der Last einfach zerborsten. Doch die Salzfuhrwerke und Totenwagen hatten Achsen, die das Dreifache leisteten: die 7,5-Tonner des 18. Jahrhunderts. Und die Fantasie kann sowieso Berge versetzen ...

Johann Leberecht Schmucker
Geboren 1712 in Magdeburg, war er nach seiner Ausbildung am Collegium Medico-Chirurgicum in Berlin zunächst Regimentsfeldscher bei der Großen Grenadier-Garde. Im Juni 1737 wurde er von Friedrich Wilhelm I. für zwei Jahre nach Paris geschickt. Seine Lehrmeister an der Académie Royale de Chirurgie waren Henri François Le Dran und Jean-Louis Petit. Durch die Vermittlung Le Drans, mit dem er lebenslange Freundschaft schloss, operierte Schmucker coram publico seinen ersten Patienten am Gallenstein. 1739 nach Berlin zurückgekehrt, wurde er Feldscher beim Regiment von Sydow. Für seine Weiterentwicklung eines in Frankreich erfundenen Ernährungspulvers (poudre d'aliment), das er unter realen Bedingungen an einem Offizier und drei Grenadieren testete, ernannte ihn Friedrich II. zum Ersten Generalchirurgus. Im Siebenjährigen Krieg leitete Schmucker das preußische Medizinalwesen und war für die Feldhospitäler verantwortlich. Er nahm an fast allen Schlachten der drei Schlesischen Kriege teil, unterhielt in Berlin eine große Praxis und löste 1760 den verstorbenen Johann Theodor Eller als Leiter der

Charité ab. Nach seinem Tod am 5. März 1786 wurde Johann Christian Anton Theden sein Amtsnachfolger.

»Herr« Schöning

»Dieser Kammerhusar ist der erste Kammerdiener des Königs. Er heißt Herr Schöning. Sehen Sie, da kommt Er, und führet Sie izt gleich zu dem König. Herein trat Herr Schöning, begrüßte mich artig und höflich, aber sehr ernsthaft und mit großer Besonnenheit. Ich dachte in diesem Augenblicke: Zunächst nach dem König, muß ich doch hier mit Herrn Schöning am besten stehen. Also faßte ich mich zusammen, und sagte und that alles was mich Menschenkenntnis und Menschenerfahrung in meinem ganzen Leben gelehret hatten, um izt, so gut ich konnte und vermöchte, den Herrn Kammerhusar zu studiren und zu gewinnen.

Herr Schöning zeigte sich mir auch bald wie er ist. Ich fand an Ihm einen Mann von Verstand, Gefühl und Klugheit, der mit großer Überlegung, aber wahr, und sehr gut sprach. Er schien den König durch und durch zu kennen.« (Johann Georg Ritter von Zimmermann: *Ueber Friedrich den Großen und meine Unterredungen mit Ihm kurz vor seinem Tode*. Leipzig 1788, S. 21 f.)

Herrn Schönings wahre Vornamen sind bisher nicht zu eruieren gewesen. »Herr« Schöning hat später als »Geheimer Rath« ein Buch über seinen langjährigen Dienstherrn geschrieben: *Friedrich der Zweite, Koenig von Preußen. Ueber seine Person und sein Privatleben. Ein berichtigender Nachtrag zur Charakteristik desselben, vom verstorbenen geh. Rathe Schöning* (Berlin: Oehmigke 1808). Dieses Werk ist dem Verfasser nur über eine Rezension in der *Allgemeinen Literatur-Zeitung* (Berlinische Monatsschrift; Nr. 23, Januar 1809, Sp. 190 f.) bekannt, wo indes genügend referiert wird, um es für entbehrlich zu halten, weil darin nur Bekanntes wiedergekäut und zum

Teil verwässert zu werden scheint, etwa, was die von Fachleuten wie dem Ritter Zimmermann besser bezeugten Speisenvorlieben betrifft: »Daß er übermäßig stark gegessen, oder selbst Löffel voll Gewürze an die Speisen gethan hätte, ist unbegründet; nur in der Wahl der Speisen war er nicht glücklich, so daß er sich öfters Koliken und Indigestionen zuzog. – Unrichtig ist es ferner, daß die gemeinen Laquais, die vor dem Schlafzimmer des Königs zur Wache blieben, ihm, wenn er klingelte, Burgunder Wein vor das Bette gebracht hätten; dies geschah wenigstens nicht in den letzten 20 Jahren; auch liebte er den Burgunder nicht (so wenig als den Rheinwein, den er einen Vorgeschmack des Hängens nannte, und dem er das von seinem Vater geerbte Podagra [i. e. die Gicht] zuschrieb).«

Weinbau in Potsdam
Vor dem Dreißigjährigen Krieg überzogen Weinberge das märkische Land. Ein Hausbuch von Johannes Colerus aus dem Jahr 1645 zog allerding für die märkische »Vinicultura« ein ödes Fazit. In dieser für den Weinbau grenzwertigen Region konnten nur risikofreudige Weinbauern ihren Schnitt machen, denn oft blieb die Ernte wegen Frost und Mehltau viele Jahre in Folge aus. Kunstdünger gab es nicht, daher mussten Berge von Kuhmist in die Wingerte gekarrt werden. Wenn's jedoch einmal gelang, war der Profit enorm (*Oeconomia Ruralis Et Domestica: Darin[n] das gantz Ampt aller trewer Hauß-Vätter / Hauß-Mütter / beständiges und allgemeines Hauß-Buch / vom Haußhalten / Wein- Acker- Gärten- Blumen und Feld-Baw / begriffen ...* Mainz: Nicolaus Hayln, 1645. Das siebente Buch: Vom Weinbau, S. 253 ff.).
Im 18. Jahrhundert standen Reben an der Südostflanke des Potsdamer Pfingstberges. Friedrich der Große liebte die lokalen Weine – anders als etwa den Rheinwein. In den Talutmauern seiner Sanssouciterrassen wuchsen Tafeltrauben..

Heute werden in Potsdam erstmals am Klausberg unter dem dortigen Belvedere wieder Trauben der weißen Neuzüchtung Phönix angebaut und seit 2012 sogar in einem Töplitzer Weingut ausgebaut. Anfang Juli findet am Klausberg ein »königliches Weinfest« statt, und im Museumsshop der Stiftung Preußische Schlösser und Gärten neben der Schlossküche von Sanssouci (aus dem 19. Jahrhundert) kann man den Klausbergwein sogar kaufen und so den Wiederaufbau des Königlichen Weinbergs unterstützen. Am Wachtelberg in Werder, dem heute nördlichsten Wingert weit und breit, kultiviert Dr. Manfred Lindicke seit 1996 mit großem Erfolg zahlreiche weiße und rote Rebsorten und keltert vor Ort exquisite Weine. Eine Flasche Werderaner (weinbaurechtlich dem Qualitätswein-Anbaugebiet Saale-Unstrut zugeordnet) kostet knappe zehn Euro und ist jeden davon wert. Besonders zünftig und beliebt ist die Einkehr in der Straußwirtschaft Weintiene. Schon der Theologe Colerus wusste, »daß das Ingenium eines Menschen, der ein stark Gehirn hat, / mehr gescherfft wird / wenn er einen rechten gesunden Wein trincket / als sonsten wenn er ihn nicht trinket«.

Foto: Tanja Nittka

TOM WOLF

Geboren 1964 in Bad Homburg, studierte Literaturwissenschaft und Philosophie in Mainz, Bamberg, Marburg und Tübingen. Von 2000 bis 2010 lebte er als freier Schriftsteller in Berlin, wo er seine erfolgreichen PreußenKrimis um den preußischen Hofküchenmeister Honoré Langustier zu schreiben begann. Seit 2011 lebt und schreibt er in Putlitz, der ältesten Stadt in der Prignitz. Tom Wolf wurde im Jahr 2005 mit dem Berliner »Krimifuchs« ausgezeichnet und war von Februar bis Juni 2006 »Stadtschreiber zu Rheinsberg«.

Im berlin.krimi.verlag erschienen sind bislang die Honoré-Langustier-Bände »Königsblau – Mord nach jeder Fasson« (auch als Hörbuch); »Purpurrot – Tödliche Passion«; »Rabenschwarz – Zepter und Mordio«; »Schwefelgelb – Mörderische Kälte« (auch als Hörbuch); »Smaragdgrün – Teuflische Pläne«; »Silbergrau – Blutige Spiele«; »Goldblond – Verheerende Torheit«; »Muskatbraun – Zerstreute Gesellschaft«; »Kreideweiß – Tödliche Schreie«; »Kristallklar – Mord à la carte«; »Glutorange – Zehrende Flammen« und »Rosé Pompadour – Mord in Versailles« sowie die Gerardine-de-Lalande-Krimis »Der rote Salon«, »Die letzte Bastion« und »Das spanische Medaillon«.

Besuchen Sie den Autor im Internet: www.tom-wolf.jimdo.com

Alle Fälle von Honoré Langustier:

Königsblau – Mord nach jeder Fasson
ISBN 978-3-89809-009-4

Purpurrot – Tödliche Passion
ISBN 978-3-89809-013-1

Rabenschwarz – Zepter und Mordio
ISBN 978-3-89809-018-6

Schwefelgelb – Mörderische Kälte
ISBN 978-3-89809-019-3

Smaragdgrün – Teuflische Pläne
ISBN 978-3-89809-026-1

Silbergrau – Blutige Spiele
ISBN 978-3-89809-028-5

Goldblond – Verheerende Torheit
ISBN 978-3-89809-501-3

Muskatbraun – Zerstreute Gesellschaft
ISBN 978-3-89809-504-4

Kreideweiß – Letzte Schreie
ISBN 978-3-89809-512-9

Kristallklar – Mord à la carte
ISBN 978-3-89809-514-3

Glutorange – Zehrende Flammen
ISBN 978-3-89809-523-5

Rosé Pompadour – Mord in Versailles
ISBN 978-3-89809-531-0

Theodor Fontanes erster Fall

ISBN 978-3-89809-511-2

9,95 €

»Frank Goyke ist ein Meister auf dem Gebiet des historischen Krimis.«

rbb Berlinradio 88,8

berlin.krimi.verlag
be.bra verlag

Theodor Fontanes dritter Fall

ISBN 978-3-89809-518-1

9,95 €

»Wer Fontane als charismatischen Amateur-Ermittler kennen lernen möchte, dem seien die Fontane-Krimis von Frank Goyke empfohlen.«

Oranienburger Generalanzeiger

berlin.krimi.verlag
be.bra verlag